# 我只在乎你

郑执 著

新 星 出 版 社　NEW STAR PRESS

新经典文化股份有限公司
www.readinglife.com
出　品

我只在乎你

# 序 言

　　这本小说是再版，初稿完成于二〇一一年，二十四岁，如今三十六，一轮怎么过来的，自己都不忍细想。写作十几年，不算爱拖稿，偏偏这本再版，生生拖出一年。这一年里，我的编辑又是怎么过来的，我也不忍细想。说来有愧，除对编辑，也对自己——三十六不敢翻二十四写的东西，故而一直拖着，这才是真实心理，也很不讲道理。二十四岁懂什么？不懂什么是好的语言，不懂怎样平心静气地讲故事，更不懂命运热衷彰显其威严的方式就是在你自以为快要熬出头的那一刻，迎头再给一棒子。那年过得确实不好，在香港的老楼里，睡一张很窄的床，床板跟床垫之间有一道无法调和的裂缝，我用一本王小波的《黄金时代》填塞进去，书中的金句也顺带被枕入梦里——"生活就是个缓慢受锤的过程"，半夜躺在床上，翻个身都挨锤，铛铛铛，脑袋总嗡嗡的。

近一年，我的生活有重大转变，不再妄言好坏，平复稍许，方才鼓足勇气翻开这本少作，读得龇牙咧嘴，倒也有种奇妙，我好像完全不认识写书这个人，但他讲故事的路子，我又再熟悉不过：双线叙事，父子互文，泛滥的童年回忆与隐秘创伤——太啰唆的，顺手删几段；太矫情的，随手改两笔。半道一扭头，人家不乐意了——二十四岁那年，他也没奢望自己能写多好，只是非讲这个故事不可，且只能以二十四岁的姿态：骄傲且自卑，莽撞且脆弱，误把时间当盟友，不懂心疼就是爱——他是另一个人，我无权修改他的人生，于是停笔，假装适可而止。如今自己能做的，只剩为他掸掸肩头的灰，再废话几句——年轻人，生活会继续乐此不疲地锤你，祝你早日找到趁手的兵器还击，倘若失败，起码你的头更硬了，不信以我为证，锤至今日，都挺过来了，脑袋也不嗡嗡了。去吧，睁大眼，重新看看这个世界，一定比十二年前更让你震惊，我也相信我们最终会达成共识——关于你我是多么微不足道。

二〇二三年六月二十八日于北京

# 第一章

　　这座城，无异于世间任何一座城：一样的吃喝拉撒，一样的喜怒哀乐，一样的生老病死，循环往复，千篇一律。过往匆匆，不过上下眼皮一搭的工夫，有人来过，有人去了，这座城仍是这座城，烟向上飘，水往东流，从未因谁增减分毫，与其用千百年不停变换的名字来唤它，不如就称其为这座城。三百多年前，曾是一朝发祥地、两代帝王宫，久居关东第一重镇；新中国成立后，这里是重工业首府，城内烟囱林立，上空永恒地笼罩着一层洗不透的、青灰色的薄雾，只赶艳阳天时，在非工业区仰望，天才是蓝的，云才是白的。在这块相对净透的一片天下，旧城门楼往西，有一处市井之地，围绕一座民间俗称"圈儿楼"的国营农副市场，低矮的平房密密麻麻地连成片，街巷鄙陋拥挤，人畜喧嚣忙乱——这座城的人，更习惯唤它的另一个名字：大西菜行。

一九七九年，三月的某个清晨，大西菜行某条狭长的胡同儿中，冯劲呼哧带喘地朝苏敬钢家门口狂奔而来。

"三儿，南站的小尾巴打上门了！"

苏家房门被一脚踹开，苏敬钢身穿藏蓝色二棉袄，右手紧攥一把尺二枪刺。刀刃打磨得锃亮，太阳一照，晃瞎人眼。

对门的张婶儿倒垃圾，跟二人撞个满怀，瞧架势不对，质问："又作啥妖儿？"冯劲砌起满脸的笑，哄骗说："我们哥儿俩洗澡去，快进屋吧，别冻着！"张婶儿瞟二人一眼，摇着头进屋去了。冯劲捯一口气："小尾巴是来截左娜的！"

"你他妈不早说！人呢？"

"跟大昆一起被堵那儿了！"

二人赶到圈儿楼门口时，大昆正挥舞一根拖布把，被七八个人围住，将左娜护在自己身后——"谁过来我就抡死谁！"——活像大闹东京街头的李逵。人群里，一个青年蹀出几步，二十啷当岁，身披泛旧的军大衣，脑后蓄一撮小辫子，用红绳绑着。此人玩弄着手里的钉子刀，阴阳怪气地说："我就是来找左娜唠闲嗑儿，跟你有个鸡毛关系？"

冯劲悄悄朝说话那人一指："小尾巴！"苏敬钢脑袋向右一偏，脖子扭出"咔、咔"两声。冯劲倒吸一口冷气，他深谙苏敬钢作风——这是决心下狠手。苏敬钢悄悄穿过人群，从背后箍住小尾巴的脖子，一刀扎进他大腿，刀刃没进去半截儿，鲜血顺着枪刺的血槽喷涌而出。小尾巴一声狼嚎，惊得众人脊背发凉。

"敢动一下，我整死你！"

枪刺从小尾巴大腿拔出，眨眼间又架到脖子上。

小尾巴示意一群混混不许动，从牙缝儿里挤着说话："报个号。"苏敬钢在他耳边一句："苏敬钢。""你就是苏老三？"苏敬钢手臂加劲儿一勒，小尾巴咳着说："我今天认栽！但咱俩没完！"

"你再敢碰她一下，我要你命！"苏敬钢手中带血的枪刺指向左娜，血滴噼啪落下，掷地有声。

"跟他废啥话！"大昆拾起小尾巴跌落的钉子刀，对着小尾巴的肚子连捅数刀。钉子刀扁短，刀口细小，血如连丝细雨落下。

围观的混混们个个惊骇，连苏敬钢也是一身冷汗："行了！"

冯劲趁机冲到阵前，大喊："还瞅啥啊？！赶紧送医院吧！"

混混们如梦初醒，抬起小尾巴便走。

"你们先回去。"苏敬钢嘴上命令道，眼睛却紧盯着左娜不放，"刚才你咋不知道跑呢？过马路就到家了，站在门口喊我也行啊！""光天化日，不信他们敢把我怎么样！"左娜不屑，好像刚刚溅到自己身上的不是血是红墨水，"你自己好好掂量下吧，他们肯定回来报复。"冯劲声音抖着问："三儿，人不会死了吧？"大昆不屑地笑说："就那几个窟窿？还没我耳朵眼儿大，死个屁啊！"说完把带血的钉子刀裹在衣角里蹭了干净，塞进裤兜儿——"扔了！"苏敬钢喝道。大昆张大嘴说："扔了干啥？这可是苏联钢钉儿轧的呢，贼难淘！"冯劲见苏敬钢脸色骤冷，忙指着大昆骂："你脑袋让驴踢了？派出所要是来抓你，这叫作案凶器，证据！让你扔就扔！"大昆也瞄了一眼苏敬钢，眉宇间冷得快要结冰——不止是大昆和冯劲，大西菜行的混混们，没人不惧这双眯起来透着寒光的丹凤眼。

"白瞎好东西——"大昆把刀丢进下水道的同时，喉咙里咽了口唾沫。

左娜笑了。

她不光是在笑大昆，而是笑大昆、冯劲，还有苏敬钢三个人。

大西菜行的冷美人，笑容比六月雪还难见。此刻，她波澜不惊的一个笑容却被苏敬钢捕捉到了——也只有苏敬钢能参透笑中意味：哪怕他苏敬钢行走在大西菜行的大街小巷上再威风，再霸道，在左娜的眼中，不过还是个游手好闲的泼皮无赖。

"她还好意思笑！"大昆圆瞪着牛眼，一脸费解，"她还笑！"

左娜夹了三人一眼，转身走了。

"你上哪儿去？"苏敬钢仍不放心。

"回家！"左娜懒得回头。

"回家可别跟张婶儿说！"心思最全的总是冯劲。

"热脸贴人家冷屁股，左娜根本就看不上你，你就是把命搭给她也白费！"冯劲狠推大昆一把："你那张破嘴咋跟棉裤腰似的！"大昆不服："那你说她傲个啥劲儿？净拿鼻孔瞅人。他爹是主席还是总理？不就是粮站打算盘儿的嘛！""人家爹有文化。'文革'不挨斗，能下放到粮站？闺女聪明又漂亮，不拿鼻孔瞅你咋地！你撒泡尿自己照照，小矬子一个，满脸横肉，也就比武大郎长得白净点儿！"

"谁武大郎？爷爷是黑旋风李逵！"大昆踹了冯劲屁股一脚，抽抽鼻涕说，"反正不能找左娜怎样儿的做媳妇，坑老爷们儿一辈子。"

苏敬钢眼神空洞地望着二人，蹲在一旁抽起烟。


三天过去，无人来寻仇。

苏敬钢收到风，小尾巴没死，就是大腿挨那一枪刺扎断了大筋，恐怕瘸了。苏敬钢强迫大昆躲到大昆舅舅远在郊区的家。冯劲则主动猫在家里，三天未出门。只有苏敬钢每天照常出动，袖管儿里裹着枪刺，军挎里揣着板儿砖，推着父亲老苏的二八大杠自行车，护送左娜上下学。说是护送，其实是远远跟在左娜后面，从不靠前，却令对方偏偏想甩又甩不掉。每天左娜前脚出门，苏敬钢后脚便推车跟上，几次被张婶儿撞见，苏敬钢也只是装傻一笑，不说话。张婶儿明知道怎么一回事，也不好多说，毕竟人家是为了左娜安全——对门苏家三小子，张婶儿是看着长大的，没人比她更了解这苏老三到底有多浑，杂七杂八的小混混瞧见有他跟在后，必定没人再敢骚扰左娜。

左娜自己也觉得出，这些日子确实照往日少了许多不怀好意的眼神，也极少再听见混混们此起彼伏的口哨声。尽管如此，左娜仍习惯被骚扰多过后边跟着个苏敬钢。多次想甩无果后，左娜改换策略，将出门时间提前，终于让摸不着头脑的苏敬钢扑空了两回。

这天，左娜只提前了十分钟，见苏敬钢正在自家门前举着石锁，大冷的天只穿一件军绿背心，一身腱子肉，几十斤的石锁在两手间飞来飞去犹如玩具。

苏敬钢也不笨，相应调整对策，每天提早半小时起床晨练，只要左娜一出门，准被他逮个正着。见左娜出来，苏敬钢抛石锁时又配合着长"嗨——"了两声，中气十足。左娜懒得夹他一眼，苏敬钢赶忙扔下石锁，套上二棉袄，车锁早开好，推出门便跟上。

"三儿！"张婶儿开门叫住苏敬钢，"小娜忘带饭了，你帮我给她！"

张婶儿递给苏敬钢一个饭盒，又塞给他俩包子："婶儿做的酸菜包子，你也吃俩！"

苏敬钢也没客气，主要是怕再多耽搁一会儿左娜就远得没了影儿，谢过张婶儿后便蹬上车走了。

苏敬钢没来得及吃早饭，两口一个苞米面包子就下了肚。张婶儿不愧是山东巧妇，面食手艺盖世，可唯独馅儿里见不着半点儿油星，也忒素了！

苏敬钢刚骑到胡同儿口，正碰见蹲坐在拐角的酒鬼老王头儿，提溜着他那个比苏敬钢年岁还大、装着散白酒的破葫芦，一脸褶子地笑着跟苏敬钢打招呼："大侄儿这么早出门啊！"

一股浓重的酒气喷涌而出，老王头儿眼睛直勾勾地盯着苏敬钢手里仅存那个包子。

"早点儿上学，脑子清醒！"

"三驴子出息了！好啊！念他娘的书，做他娘的人上人！"

老王头儿一双醉眼还没离开那包子，又盯上了车把上挂着的饭盒："念书费脑子，大小伙子长身体，得多吃！吃好的！带的啥饭啊？"苏敬钢实在怕了这老酒蒙子，小不忍则乱大谋，一狠心将包子塞进老王头儿手中："王大爷，这包子给你下酒了！"说完飞蹬上了大街。

路过国营的红星饭店，见门口摞着几张大笼屉，热气蒸腾，香味扑鼻，一闻就知道是白菜猪肉馅儿包子。苏敬钢买了四个，跟饭盒里的酸菜包子调换了，再用塑料袋装了那四个酸菜包子，塞进军挎里，猛蹬几脚追上左娜。

"要不要脸！"

"张婶儿让我给你送饭盒！"

苏敬钢直接打开左娜的书包，塞进去。

左娜僵住，却也没说谢，只是默许了苏敬钢可以推着车陪她走。

一路上，两人都不吱声，实在尴尬，不约而同地选择横穿青年公园，抄了条近路。到了二中门口，左娜挥挥手，示意苏敬钢回去——二中是当年全市唯一的省重点中学，当然不可能是苏敬钢这等不学无术的人进得来的。大西菜行一带全算上，也只有左娜一人考进二中。苏敬钢、冯劲、大昆的学校是三条街外的一百一十中，出了名的"流氓成堆、马子成行"。

苏敬钢憋了许久，才吞吞吐吐地说："我有话跟你说。"

左娜不耐烦，依平时早甩脸走人了，今天能驻足忍受，全看在饭盒的面子上。

苏敬钢反倒不知所措，本能地"咔、咔"扭了两声脖子，正要开口，一个面貌清秀、身材瘦高的男生径直冲他们走过来，手中提着一个扁长的黑皮盒子。苏敬钢下意识地挡在左娜面前，回手伸进军挎里去摸板儿砖，却抓了一手包子。

"左娜，没事儿吧？"

男生目光越过苏敬钢，直冲着左娜说话。

"你谁啊？！"

苏敬钢最恨别人对自己熟视无睹，左娜例外。

"你是谁啊？"

男生想必不认识苏老三，语气平和却不示弱。

"左娜对象！"

苏敬钢总算把憋在心里的话以这种方式抖出来，说话间一把夺过男生手中的黑皮盒子："瞅瞅你带啥家伙，这么牛逼！"盒子上的铜扣儿"啪、啪"两声被打开，盖子一掀，一支银白色的长笛躺在里面。左娜"扑哧"一声笑出来，男生也忍不住跟着笑，两人的默契让苏敬钢牙根儿直痒。

"他真是你对象？"男生无疑是在挑衅。

"喊——"左娜转身走进校门，男生也跟着进去，走远几步后不忘回头又望了一眼苏敬钢——就是这一眼，让苏敬钢捶胸顿足：刚刚脑子怎么就僵住了！怎么就没揍这逼崽子一顿！苏敬钢胸中憋闷，可转念一想，真要是当左娜的面把人家揍了，无疑是给自己原本就负面的形象雪上加霜。

苏敬钢自我安慰完，正准备骑车折返回一百一，突然被人叫住。

"三哥！"一个光头远远小跑过来，大敞的衣服怀儿随风乱摆。

"八幺子？"苏敬钢吃惊不小，"凭你也能考上二中？"

"三哥你这啥意思嘛！"光头仍是笑面相对，"我爸弄进来的呗。"

这个光头，只有苏敬钢叫他"八幺子"，在外面混的年轻人都叫他"八横子"，不用问就知道，是个横行霸道的浑不吝。可他偏偏最怕苏老三。八幺子比苏敬钢小一届，上初中时被苏敬钢揍到跪地求饶，从此服了苏敬钢。八幺子是部队大院的子弟，父亲是军官，母亲是满族正黄旗后裔，夫妻俩一连串儿生了八个孩子，他最小，所以叫八幺子。八幺子上面有七个姐姐，独子在家被宠上天，自幼就浑。

"三哥来二中找人？"八幺子自初中毕业后就没再见过苏敬钢，今日一见，仍服服帖帖。"啊——也不找谁。"苏敬钢突然语塞。八幺子窃笑："不怕三哥笑话，二中里——我是这个！"他大拇指一竖，意为自己是此地的"棍儿"，自豪地说："在二中有啥事要办，啥人要收拾，三哥言语一声，千万别客气！"苏敬钢心里原本在笑他，却反被他提了个醒儿："那你帮我打听个人。"八幺子问："谁？"——"知道是谁还用你打听？"苏敬钢不耐烦地说，"吹长笛的，瘦高个儿，背灰色书包，上面印着音乐啥啥的没看清楚，我要知道他叫啥名字，哪个班的。"八幺子一拍胸脯，两眼放光说："妥了，改天我请三哥喝酒！"他大摇大摆地进了校门，频繁地跟其他学生打着招呼。

半个月过去，仍没等到小尾巴一帮来报复，倒是有别人找上苏敬钢家门，是住菜行北头儿的老孙，带着他儿子来算账的。半个月前，小孙被苏敬钢痛揍了一顿，头上纱布到现在还没拆干净。老孙跟老苏来要医药费，老苏也不磨叨，赔了人家十七块钱，说给孩子买点儿水果吃，又替儿子赔了个不是，一句废话没有。苏敬钢此时刚好进屋，狠狠瞪了小孙一眼，小孙发怵，直往老孙身后躲。苏敬钢见小孙那个㞞逼样子，忍不住又想笑，亏他还比自己大一岁——揍他，因苏敬钢跟南市场的一帮人掐架时他吃里爬外，给敌方通风报信，害得苏敬钢几个先前藏好的枪刺、刮刀等家伙被敌方提前撬了去，直到开战前才发现，被逼空手上阵，险些栽了大的。小孙之所以阵前倒戈，就因为亲爹老孙在南市场卖货，把自己也当成南市场的人了——可是他家住大西菜行啊！平日尽跟在苏敬钢屁股后面蹭吃蹭喝，这种叛徒就该打！

孙家父子走了，苏敬钢若无其事地坐下跟爸妈吃饭。苏敬钢上头有两个哥哥，先后结婚，早都搬出去了，就剩下老儿子在身边。

"你小子别老缠着人家小娜。"老苏闷头吃着，眼睛没看苏敬钢。

"张婶儿跟你说的？"苏敬钢停下手中筷子。

"非要人家说在脸上啊！我瞎吗？"

苏敬钢不吭声，狠狠扒拉一口饭。

"就凭你能配得上人家小娜？"

"不就送她上学嘛！"苏敬钢驴脾气蹿上来，饭碗使劲儿一撂，震得叉脚桌子直晃。

老苏也摔碗，瞪着这三儿子，心头是又恨又堵。可说回来，老苏最喜爱的也是这老三，因为三个儿子中只有老三跟自己最像：聪明，手巧，主意正，脾气暴，在外从不受窝囊气，够个爷们儿。

苏敬钢瞧着老苏挤眉弄眼地喝酒，咽了一口唾沫。

"咋？馋了？"

苏敬钢含糊地说："给我点儿钱。"

"又要钱！你那裤兜儿是无底洞？"

苏敬钢母亲终于忍不住说话。

老苏犹豫了下，掏出五块钱，按在桌子上："对人家小娜别抠门儿，但也别花冤枉钱，说不定啥时候我还得给谁家赔医药费！""添点儿。"苏敬钢唯有这种时候说话底气不够足。老苏又掊了两张皱巴巴的五毛出来："你要这么多干啥？"苏敬钢解释说："我看张婶儿家的苞米面包子里连个油星儿都见不着，给他家买二斤肉馅儿。"

苏母鼻子里"哼"了一声，讽刺道："就你大方！就跟咱家天天吃龙吃凤似的！"苏敬钢充耳不闻，抓起钱就出了门——"这三驴子！你要再这么惯下去，早晚成真流氓！还没看出来吗？他随你们老苏家的根儿，随你那个当土匪的爹！"苏母愤然离桌，坐回炕上"吧嗒吧嗒"地抽起旱烟。

苏敬钢兜里不缺钱，甚至算得上富裕。但他现在急需钱。因为他要造一杆枪。他心里有数，大战在即，小尾巴必定有备而来，到时绝不是舞刀弄棒那么简单。所以，苏敬钢才想到用枪，一杆能救自己命的枪。

苏敬钢见过这样一杆枪，枪的主人叫小厉害，是苏敬钢的堂哥，大他六岁，同在大西莱行长大，是真正混迹在社会上的无业青年。小厉害自幼练摔跤，二十岁时已是全市青年摔跤冠军，贴身肉搏，七八个壮汉也近不了身。小厉害爹死得早，自幼欠管教，老早便退学混社会，几年后，身后起码也有十来个小兄弟呼来喝去，威风得很。

小厉害的枪，是手下两个小兄弟花了一个多月鼓捣出来的，单管五连发，威力极大，崩身上就是一个窟窿。可惜，枪膛是死的，五发子弹打光就是一块废铁。苏敬钢本可以向小厉害借枪，犯不着费事做一杆，可他实在对那杆枪不满意，仅跟小厉害要了一根做土枪专用的钢管——除了这件难淘，所需其他零部件都能在汽车厂、破烂儿站，还有父亲老苏的机床厂里弄到；弄不到的，偷。

连续三晚，苏敬钢独自潜入机床厂做枪，连冯劲和大昆也瞒着。

白天里，苏敬钢一如既往护送左娜上下学，稍有不同的是，两人默契地缩短了彼此间的距离。

这天放学，苏敬钢早到了半个钟头，他把二八车停在二中大门口，倚在车后座上抽烟。

"三哥！"八幺子从学校里一跑一颠地出来，满脸讨喜，苏敬钢递了根烟给他，破例帮他点上，八幺子狠吸一口，表情受之无愧，拍拍苏敬钢点火的手，吐着烟说："三哥，那小子我帮你摆平了，放心吧！"苏敬钢不解："摆平谁？""你要找那小子啊！宋春鸣，二中文艺队吹笛子的，爸妈都是音乐学院的老师。"八幺子好不得意地说，"我打了那小子一顿，就今天上午。"——"你他妈听不懂人话啊？！我让你打听他，没让你打他！打人还用得着你动手吗？！"苏敬钢从车后座暴跳而起，抬起巴掌就朝八幺子后脑勺儿抽，挥出的手突然悬在半空，刚好瞧见左娜从校门走出来，便照八幺子屁股狠狠踹一脚，推车追了上去。

左娜简直就在小跑。"走这么快干啥？"左娜对他视而不见，苏敬钢喘着粗气飞奔。"我又咋了？"苏敬钢将二八车一横，挡住了左娜。"苏敬钢！你给我听着！以后你离我远点儿！你这个臭流氓！"苏敬钢一头雾水："我又咋惹你了？"左娜眼瞪着苏敬钢，暴怒道："你凭啥找小流氓打宋春鸣？就没见过你这么小心眼儿的男人！亏你还长这么大个子，不要脸！"苏敬钢明知自己跳进黄河也洗不清，还未来得及解释，左娜已经走远，却没朝家的方向走，而是拐到了红星饭店门口。

"师傅，四个肉包子！"售货员："两毛。"左娜掏出十几枚大大小小的硬币，数来数去，只有一毛七分钱，低声说："三个吧。"还没等售货员把包子装好，左娜一把抢过来，回手丢在苏敬钢身上："还欠你一个包子，下次还你，谁稀罕吃你的！"说完才转身冲进自家的胡同儿。

苏敬钢打掉牙往肚子里咽，一脚踢翻二八车，琢磨片刻，又自己扶起来，冲回家，草草吃了口饭，便去冯劲家把他揪出来，蹬上大二八，驮着冯劲去郊区接大昆回来——苏敬钢今晚要试枪。

晚上八点多，三人从机床厂的破窗子跳进去。

苏敬钢的枪，不是一杆，而是一把——短枪，塞进裤兜儿不露枪托儿。月光射进来，如一盏舞台聚光灯，聚焦在这把美轮美奂的"作品"上：圆木的枪托儿，黝黑的枪管儿，铜制的帽盖儿——同样是单管五连发，这个作品最伟大之处在于帽盖儿是活的，可以续钢子儿——这是一把永恒的枪。

"真牛逼！"大昆惊呼。

冯劲目瞪口呆地盯着苏敬钢用铁锉对枪托儿进行最后的打磨，上面竟然还镶着一层精美的欧式雕花，那是苏敬钢从家里的老式苏联挂钟上撬下来的，纯银，多少也算古董——苏敬钢在这三晚中已然将此枪视作一件工艺品，而非武器，以至于此枪外形精美到就算崩不了人，也能收进枪械博物馆做藏品。

苏敬钢把枪举到面前，借着月光吹走最后一丝木屑，如释重负地长吁一口气："成了！"还没等苏敬钢欣赏完，就被大昆一把夺过，上蹿下跳地稀罕，随手别进自己的裤腰，兴奋地问："咱去哪儿试枪？"——"加小心！"冯劲指着大昆的裤裆，笑骂，"别崩着蛋！"

眼看就快晚上十点，街上空无一人。

三人溜溜达达，不觉又走回到自家胡同儿口。一路上，苏敬钢只想找个靶子：一棵树、一块铁板、一面墙，都行，只要证明这把枪绝不是玩具；大昆坚持要找个活物，如此才能验证真实威力，确保既能对人造成伤害，又不至于伤及性命。二人正争执不下之际，同时瞥见胡同儿口拐角处一个矮小的、蜷作一团的黑影。

"我操！赵大鼻子家的二黑！"大昆像是摸黑捡到了金元宝，神志完全失控，嚷道，"用狗正好——"话音未落，一枪崩了出去，枪声如雷鸣般，响彻整个大西菜行的夜空。"我操——"墙角里竟传来一声嚎叫，"什么玩意儿?！你娘个逼！哎哟我操——什么玩意儿！"黑影刹那间变大，原地蹦起三尺高。

此刻，三人才看清了，那他妈是酒鬼老王头儿！

"跑！"冯劲低吼一声，方才惊醒另外两人，三人一齐朝反方向的夜色中奔去。大昆一边跑，嘴里一边叨咕："这回出人命了！完了……"三人一溜儿烟拐进一条黑漆漆的土路，只听身后的整个大西菜行嘈杂无比：狗吠、婴儿啼哭和男人的骂骂咧咧。三人回头一望，一半住家的灯都亮了起来。三人整宿都没敢再回家，找了个隐蔽地方把枪藏好后，就在青年公园的露天长廊里忐忑了一夜。

大昆那一枪，只崩得老王头儿左屁股开花，已算万幸。

那夜后的许多日子，都没再见老王头儿蹲坐在胡同儿口喝酒。

直至半年后，他那醉醺醺的、佝偻的身影才又重现，只是无法再蹲坐，而是右半边身子倚在墙上，像一摊奋力想要爬上墙头的烂泥。又过了半年，老王头儿的酒葫芦突然在某一日不见了踪影，老王头儿不喝酒也不倚墙了，而是惊人地披上了一身道袍——酒鬼老王头儿摇身一变，竟成了老王道士。从此，老王道士的屁股也跟着不再受苦，他狠狠心买了一把不锈钢折叠小凳，坐上去后一派逍遥，笑得满脸老褶子都舒展开来。大西菜行的街坊邻居们以为，这老酒鬼被一年前那一冷枪吓出了毛病，闲来无事上前逗弄几句：王大爷没钱喝酒了？啥时候成出家人了！老王头儿每每都会不慌不忙地掏出一张破烂的硬纸壳子，摊开在地，上书三个大字：神算王。然后不紧不慢地跟人家讲述，自己以前尚未破童子之身时，一直在山东老家的道观里跟着师父修行，卜卦、看相、批八字，样样不在话下。只因后来遇了战乱，才归田娶了媳妇，三年困难时期闯关东跑来这座城。媳妇死后，开始酗酒，醉生梦死多年，本想借酒了此一生，不想冥冥之中在一年前的惊魂夜里挨了老天爷一冷枪。这一枪崩醒梦中人，自己在炕上躺了半年，又在墙上倚了半年后，就此顿悟，决心要在余生广做善事，重拾老本行儿，为更多的迷途中人开示，助他们早日脱离苦海。大家伙儿听老王头儿云里雾里地这么一说，多少发蒙，虔诚地问：王大爷，你瞅瞅我这面相，能帮我开示一下不？老王道士说，没问题，开示一次两块钱。众人长"喊——"几声，唏嘘散去，哪有做善事还跟人要钱的？说破大天还是个摆摊儿的嘛！老王道士听了，只是笑笑，俩眼一眯，翻看起残破的线装《周易》，嘴里念念有词。

大西菜行的老邻居们都清楚老王头儿的底细，认定他是假道士，没人找他算命，于是老王道士的生意自然也针对起生人。一些前来圈儿楼赶早市的老农偏偏信他这一套，更有甚者，开着拖拉机携一家老小进城找老王道士看相。这些老农平日勒紧裤腰带过活，对待这等事却出手大方，因此老王道士的生意不仅源源不断，九十年代末甚至一度红火。到了二十一世纪初，圈儿楼被拆，原地建起一座大型超市，老王道士就在超市一楼租下一间门脸儿房，终于坐拥属于自己的一家酿名斋，再不用受风吹雨淋，舒舒服服地度过人生最后几年，直至去世——那已经是二〇一〇年的事了，老王道士硬生生活到了九十岁。他膝下无儿女，大西菜行的居委会大妈们替他料理后事时才得知，原来老王道士算命这三十年来，一共资助过五十七名失学孤儿，一直供到他们大学毕业，这事迹后来还上了省报的头版头条。

老王道士出殡当天，这座城的上空呈现出一片罕见的净透，几个神神叨叨的老辈人更一口咬定说看见了莲花状的祥云。上百名大西菜行的街坊邻居们，纷纷自发前来为老王道士送行。不少人眼泛泪光地说，王大爷确是做了善事啊，到那边世界一定是去享清福的。也正是那天，大西菜行的老老少少才记起这王大爷，酒鬼老王头儿，老王道士，还有个大名，叫王保礼。


苏敬钢被"肉包子打狗"后，几天没再见到左娜，无论是在自家门口蹲守，还是在二中门口苦等，通通无果，左娜像是人间蒸发了。

左娜当然是故意在躲苏敬钢，并也为此吃了不少苦头：天不亮就要出门，赶到二中时看门大爷都还没睡醒；晚上放学从旁门走，兜很远一段路回家，到家已天黑。至于周末，左娜则完全不出门、不逛街，不去电影院，虽说自己平时逛街也是光看不买，电影院更是舍不得去，但如此生憋在家里，实在抓心挠肝。

往常出门，若不走出十条八条街去，左娜则完全不愿移步。左娜出门，只为躲避此地——大西菜行——这座城最大的农贸市场。早年住这一带的是从山东和河北闯关东过来的穷苦人，依靠日伪时期就已成形的菜场。不少人便以贩卖肉菜过活了。大昆家是最正宗的大西菜行坐地户，全家回民，爹死得早，母亲在圈儿楼门前支了个小摊子卖馅饼羊汤，有个姐姐，已经嫁人两年。冯劲的家境稍好些，父亲在机关单位上班，母亲是圈儿楼的会计，家里就冯劲一个孩子，父母二人工资合起来供一个孩子花，富富有余。苏敬钢的父亲老苏是第一机床厂的八级技工，在厂里地位颇高，工资是普通工人的三倍；母亲原是破落地主家的千金，年轻时不闻世事艰辛，过了二十来年锦衣玉食的日子，以致婚后既不会洗衣也不会做饭，唯独钟情搓麻跟抽旱烟。

左娜打心眼儿里厌恶大西菜行，做梦都想逃离这个蛮荒之地。说不上为什么，左娜爱畅想外国小说里男男女女过的那种优雅从容的生活，像《简·爱》和《飘》，这些"资本主义小说"还是左娜从宋春鸣那里借来的。她觉着好的生活就该是风花雪月的，决然不是自己所生长的环境。直至多年后，当社会上破解了一切对于所谓"右派"的禁锢，人们突然对"小资"两个字有了新鲜的释义，彼时左娜才顿悟，原来自己骨子里积蓄多年的情愫，就叫小资。

左娜的父亲自从在"文革"中受到极度精神摧残后，终日酗酒，性情也越发暴戾，几乎每天都对张婶儿破口大骂，完全无需缘由。左娜从最开始的恐惧，到后来的习惯，直至熟视无睹，用了整整一个青春期。左娜唯一的哥哥左勇，返城回来就进了厂子，年初刚处了一个对象，正值热恋，每天恨不能半夜才着家，白日在家吃顿午饭都算稀罕了。

"咱家啥时候这么阔了？隔三差五吃包子？"左娜不耐烦地咬了一口，汁水横溢，忍不住惊呼，"还是猪肉馅儿的？"张婶儿见闺女正吃得美，闷声又去厨房里取了一笼。

左娜突然不快，嫌弃地放下包子："别人给的吧？我不吃。"——"臭矫情啥？有你吃的不错了。"左勇两口一个包子，吃得甚欢。左娜白了左勇一眼，打小儿就瞧不上他那副寒酸相。"你哥买了二斤猪肉，我就剁了馅儿，不是别人给的，吃吧。"

张婶儿坐下来说，"都小点儿声，吵着你爸，又该骂你们了。"左娜问："真不是别人给的？""真不是！"母子俩异口同声。左娜迟疑着咬了一大口，到底还是肉馅儿的香，一口气塞了四个进肚。

"你是不是跟苏敬钢处对象了？"左勇满足地打了个饱嗝儿。"又听谁瞎说！"左娜怒不可遏，"以为谁都跟你一样啊？随便找个喘气儿的就处对象，小芬那么没文化一人，话都说不利索，还跟捡了宝贝似的。""你——"左勇一口包子噎住——"咋跟你哥说话呢！"张婶儿劝了一句，又给左娜塞一个包子。左娜推开碗筷，盯着左勇的眼睛问："五斗橱底下小匣子里的钱是不是你拿的？""别瞎赖啊！怎么就是我拿的了？"左勇睁眼说瞎话。张婶儿也盯着左勇看，左勇自知败露，语气又缓和："我不是拿钱买了猪肉馅儿嘛！高三念书累，想着给你改善一下伙食，好心当成驴肝肺！"左娜气得用拳头直敲桌子："那是我攒的钱！你凭什么拿？！""啥叫你的钱？不都是家里的钱！再说那点儿钱又没干别的，你嘴里嚼的不是肉？""那'点儿'钱？！十块钱！我攒了半年多！你买的是金猪还是银猪啊？"左勇无言以对，摆出一副死猪不怕开水烫的架势。"对啊——"张婶儿也幡然醒悟，"你那二斤肉票哪儿来的？咱家肉票早没了！"左勇吞吞吐吐道："那个……别人给的……""谁给的？"张婶儿揪住不放。左勇眼见圆不成谎，起身便走，撂下句："我找小芬去了。"

左娜气得胸脯起伏，"哗啦"一声起身，回自己的小屋继续憋着。今天周日，原本姜兰约了自己去看电影。姜兰是左娜在大西菜行唯一的"知己"，出生在半个知识分子家庭，爱好文艺。电影票是姜兰父亲单位发的。左娜为了躲苏敬钢，白来的电影都看不成。她越想越憋气，对苏敬钢恨得咬牙跺脚，恨着恨着，竟不由得想起几天前饭盒里那四个肉包子。那一顿在学校的午饭，香得她仍然记忆犹新：当她咬下第一口时就知道那是苏敬钢调了包的，因为包子不是苞米面，是白面的，况且自己家断肉都快三个月了——明知是苏敬钢买的，自己还是吃了，还吃得有滋有味儿，竟心生羞耻。

猪肉馅儿当然是苏敬钢买的，他知道张婶儿和左娜都是要面子的人，不可能收，才给了左勇。苏敬钢把猪肉馅儿给左勇时，说是为了答谢张婶儿那两个酸菜包子的。左勇还不至于傻透腔儿，明白个中意思——两个酸菜包子上哪儿值二斤猪肉馅儿？于是乐呵呵地收了，答应回家不提是谁给的。

左娜不理苏敬钢的时间里，苏敬钢爱上了另一项事业：劫道儿。一不劫财，二不劫色，专劫鱼票肉票。每日买菜时段，冯劲和大昆就蹲在圈儿楼门口，守株待兔，专等替爹妈买菜的半大小子。圈儿楼是国营副食，不管买鱼、肉、蛋、奶，还是粮、油、米、面，通通要票，多少都是每户每月按人头发放。

这座城当年曾有个姓陈的市长，为官好大喜功，为彰显东北第一大城市为国家利益节约粮食的无私精神，困难时期仍勒紧全城人民的裤腰带，规定每人每月只给发三两肉票。于是这座城当年正青春期的大小伙子个个饿得眼冒金星，扒光衣服码成排站着，能扎成篱笆。全城百姓更是集体营养不良，身子骨弱得患上小感冒没几天竟恶化成肺结核。陈姓市长在位那两年，肺结核成了全城死亡率最高的疾病。对此陈姓市长，全城百姓强咽下胃里的酸水儿，暗地里赠他俩绰号，方便咒骂：陈三两，陈肺痨。

坐拥大西菜行此等宝地，苏敬钢要填饱肚子，自然想到了劫票。从前他是为自己和跟在屁股后面的小兄弟们劫——大西菜行的小孩子都知道，苏敬钢仗义，叫上一声三哥，保证个个能蹭上几口吃喝。平日里的大方布施，为苏敬钢换来的是只要他在大西菜行吼一嗓子，就会有一半男丁从大小胡同儿中鱼贯而出的威信——甚至还有几个爱走街串巷的小孩子闲来无事，为此编了一串顺口溜儿：

> 管吃管喝管屎屁，饿死猫狗饿死鸡；
> 跟着三两饿穿肠，跟着三郎吃白胖；
> 三郎吃肉我喝汤，胀得老二硬邦邦；
> 撒尿淹死陈三两，来年我爹当市长！

苏敬钢尚明白，一家人不打一家人，专挑眼生的半大小子出现在圈儿楼门口，冯劲和大昆就上前拦下——弟弟，手里拿的什么票？若是鱼票和肉票，冯劲就攥在自己手里，不还了。熊孩子早就吓得两腿哆嗦，急得直哭，一看就是回家告状的尿蛋，冯劲就安抚说，不是抢你的，是买你的，回家就跟爹妈说票丢路上了，然后掏出几分钱给了，哄走——这叫"文抢"。遇上性子驴的，攥死了说啥不给，便轮到大昆出马，上前就是一记飞脚，再伸手一指坐在马路牙子上抽烟的苏敬钢——认识吗?！三哥要你的票，不给也得给！驴孩子的下场通常是挨一顿毒打还落不着一分钱——这叫"武抢"。应对熊驴两种孩子，二人各施所长，苏敬钢只管一旁坐镇。

每攒够三斤鱼票，苏敬钢就进圈儿楼买一兜儿黄花鱼，再交给左勇。

有段时间，左家天天大鱼大肉，张婶儿一再追问左勇钱和票是哪儿来的，左勇打死也不说，只说是正道儿来的，心放肚儿里吃。张婶儿不信，左勇只好撒谎说，是单位领导赏识自己，犒劳他的。左娜上当一回，不至于回回上当，除了苏敬钢没第二个人，可说出来又怕张婶儿面子上挂不住，最后还是把话咽了回去。父亲老左倒是从未过问，只管咂巴着炸得酥脆的黄花鱼，饶有兴致地喝酒，满面红光——某天晚饭，左娜猛然发觉，父亲居然连续几天没有破口大骂了，深感苏敬钢送的这几条黄花鱼已经不再是鱼，而是悦耳的音乐，是温馨的烛光，是资产阶级的小说，令家里的气氛美妙极了。

春光明媚，左娜大概是心情太好，突然懒得早起，更懒得再绕路。当她溜溜达达地穿过青年公园时，远远望见坐在假山上蹲点儿的苏敬钢，也没有再躲避。苏敬钢以为自己眼花，从假山顶上一跃而下，慌张中裤子被石头尖儿刮破，从大腿根儿到屁股裂开一长条口子。左娜笑出声来，苏敬钢竟觉得不再那么尴尬了，一手捂着破洞，也对着左娜笑。

苏敬钢不爱说话，也不会说话。此刻，他的喉咙仿佛被刺眼的晨光给呛到，竟咳了两声，从军挎里摸出一根油麻花，裹着的两层纸都被浸透了油光，递给左娜说："吃吧。"左娜用食指嫌弃地轻推了回去："吃过了。"苏敬钢不好意思盯着左娜看，只好仰起头盯着太阳，不到十秒钟，已头晕目眩，再低头看左娜，面目模模糊糊，顿感轻松许多。

"明天下午有空儿吗？"

"有！"

"能陪我出去一趟吗？"

幸福来得太突然，苏敬钢反应过一会儿才问："去哪儿？"左娜说："先不告诉你，明天下午两点，你就在这里等我。"苏敬钢脑子"嗡"地一下，热血沸腾，顿时嘴也不好使了，只一个劲儿地眨眼。"千万别给我妈和我哥知道，你要是敢说出去，以后就再别想见到我！"左娜恐吓完，又嘱咐道，"还有啊，以后不许再去劫人家票了，那是臭无赖干的事儿。"左娜说罢，上学去了——这大好的机会，苏敬钢本想追上前一路护送，可刚一动，顿觉屁股上直透风，只好回家缝裤子。

第二天中午，苏敬钢逃课提前回家，偷偷翻出父亲压箱底的一身中山装换上，对着镜子前前后后地照——苏敬钢的个子早已赶超父亲，肩宽腿长，虎背狼腰，中山装在他身上居然绷出了线条：肩缝儿、袖口、裤脚，比定做还合身。

苏敬钢满意地出了门，刚蹬上擦得锃亮的大二八，突然被人叫住，左勇慌慌张张地冲他跑来。

"咋了？"

"哥求你个事儿呗！"

"说。"

"我军帽儿被人抢了。"

苏敬钢以为左勇是要管自己借钱买新的，伸手往中山装的小方口袋里掏钱。"那是我为了跟小芬出去有面子，跟部队大院的人借的，大盖儿帽！我还不起啊！"苏敬钢明白了，左勇是想自己替他出头，问："找我帮你要回来？"左勇如释重负地点头。"抢你的人认识吗？""从来没见过。"左勇犹豫了一下，才说，"那人说，只有叫你去，他才肯还……"这明摆着是在下战书，苏敬钢心里有了数：这是来大西菜行"撅棍儿"的，便问左勇："他们几个人？"左勇："就一个！"

苏敬钢看一眼手表：一点半。

一个人，兴许根本用不着动手，半个小时内摆平，两点去等左娜，时间应该刚好。盘算完，苏敬钢让左勇坐到车后座上带路。

青年公园里，一个生面孔坐在松树底下喝着啤酒，手里转悠着一顶大盖儿帽，见苏敬钢到了，诡笑着站起身——二十多岁的黑脸壮汉，眉宇间戾气冲天。

"真敢来啊。"

壮汉竟戏谑起苏敬钢来。

"混哪儿的？"

"最烦你这口气！装得可他娘的像了！"壮汉朝地上吐了口痰。

"你想咋地？废话这么多！"

"我弟弟是你找人打的吧？"

"你弟弟谁啊——"

"宋、春、鸣！"

苏敬钢一愣，终于明白是哪路仇家，只是想不到宋春鸣生得个白面书生相，竟有个钟馗模样的大哥。"我是他大哥，宋连海！听说过吧？"壮汉一对八字眉挑得颇为得意，仰脖儿灌了一口啤酒——宋连海是音乐学院那一带的"棍儿"，苏敬钢确有耳闻，只是大西菜行跟音乐学院井水不犯河水，从未打过照面儿。苏敬钢清楚，今天躲不过一场恶战。苏敬钢把中山装的扣子解开，方便施展。"不是拼命三郎吗？今天我就给你机会拼命！"宋连海吹一声口哨，树林里蹿出十几个人，瞬间将苏敬钢跟左勇围住——这哪是来打架，这是想要自己的命。苏敬钢往身后一摸——坏了！永远装着枪刺和板儿砖的军挎，今天偏就扔在了家！

"我真不知道他们这么多人！"左勇的呼喊带着哭腔，"咋整啊三儿！"——"让他走！"苏敬钢沉着地说。"行啊！正好让他回去找人抬你。"左勇战战兢兢地拾起大盖儿帽，愧疚地望着苏敬钢："你自己加点儿小心，我这就回去叫人！千万别冲动啊三儿！"话音未落，左勇一路小跑就没了影儿。

十三个人，人手一块板儿砖，今天注定闯不出去了——苏敬钢目光突然一亮，左手插进上衣的小方口袋，右手掐腰。"还挺有种！"宋连海笑道，"临危不惧？大将风范！"苏敬钢的左手在上衣口袋里攥紧了拳头。"我今天偏就不跟你单掐！让你干吃哑巴亏！今天不废了你——"

苏敬钢一个箭步冲过来，宋连海毫无防备，手握酒瓶朝身后的松树干上一摔，喝道："干他！"苏敬钢用右手去挡扎过来的酒瓶子，犬牙般的玻璃刺正戳进掌心，钻心地疼！苏敬钢左手一记猛拳打在宋连海额头——只一拳！宋连海的头就如火山喷发，几股血朝天上蹿，又瀑布般倾泻直下，头顿时被染成血葫芦。

突见这触目惊心的一幕，正要一拥而上的众人吓尿了裤子——就算眼睛最毒的人也察觉不到，打在宋连海额头上的，不只是苏敬钢的拳头，还有拳头上的"手撑子"——套在指关节上的硬器，只有手掌宽。此物是苏敬钢在机床厂打造兵器那两天里做的，自从他在某本军事期刊上第一次见到这东西就被迷住，仿照图片，用某种车床厂里随处可见的高密度化工塑料打磨出一个。苏敬钢还添加了自己的创新：在每个关节处磨出一个尖刺，一共四个，像老虎的尖牙——宋连海的头上，是四个深深的窟窿眼儿，鲜血前赴后继地淌，遮得他眼前一片猩红，任由苏敬钢揪住头发打。

苏敬钢没有停手的意思，手撑子一拳接着一拳地砸，快如捣蒜，先是额头，后是鼻梁，再是太阳穴和脸颊，宋连海的整张脸被当成靶子，打成筛子。真正令所有人头皮发麻的是，苏敬钢在收拳的一刹那，居然还看了一眼腕子上的手表！

苏敬钢确实看了一眼手表：两点十七分，自己迟到了。

"我操——"

十三个人一齐冲上来，死命架起苏敬钢的两条胳膊，将他从宋连海身上拖开，抬起宋连海朝着第七医院狂奔。转瞬间，只剩苏敬钢一人站在空地中央，右手袖子被自己的血浸湿了半截儿，左手是对方的血。苏敬钢扶起地上的大二八，朝着假山骑去。他终究还是没赶上。到了假山，不见左娜，苏敬钢只好骑着车在周围的大街小巷漫无目的地寻找，中山装的衣摆仍在随风飘动，露出的白色背心上也溅满鲜血。阳光灿烂，风很大。他矢志不渝，他万夫莫当，可他还是错过了。

## 第二章

这座城的上空，从未有一片云真正迁徙过。郊区林立的烟囱永远比花草树木更早预知春天，滚滚的浓烟就是这座城的风向标。十八岁的苏凉，站在青年大街一架尚未竣工的天桥上，眺望烟雾飘向的远方。春风迎面给苏凉送来几个冷战。他在还没装围栏的一侧坐下，晃悠着双腿，掰开方便筷子，捧着一碗泡面吃起来，顿时暖和了不少。

"五千米开始检录了！你咋还吃上了？"

徐大疆正气喘吁吁地站在天桥一端，爬上来显然耗费了这个胖子不少脂肪。

天桥下，车速飞快，几个联校啦啦队的女孩正一个牵一个地横穿马路，跑向街对面的市体育场。跟在最后的一个跑得左摇右摆，突然撒开前面人的手，宿醉似的向后倒去。一辆面包车就在此刻驶来，倒地女孩似乎超出司机视线范围，眼见人就要被压。毫无预兆——苏凉下意识地从天桥上跃下，由二层楼高的头顶降落在女孩身边——刹车嘶鸣，刺耳得足以覆盖骨头断裂的脆响。苏凉觉得自己的右腿跟水泥地面贯穿成一体，半个身子也跟水泥一样硬，疼晕在地上。

一切发生得太快，徐大疆愣在天桥上，手里还捧着半碗泡面——面包车停在眼前，女孩无恙，自己爬起来，躺在她面前的苏凉，却一动不动。


苏凉在病房里醒来时，女孩正安坐角落。她脸盘很小，额头宽厚，眼圆眉长，正认真地吃一碗泡面。苏凉恍惚了一阵，才想起自己为什么会在医院，但他实在想不起自己为什么会从天桥跳下去，他甚至怀疑自己是被人推下去的。

"你什么情况？"苏凉瞪大了眼睛问女孩。

"低血糖，吃饱再跟你说。"女孩扬扬下巴。

"你谁啊？"

"康师傅。"

"啥？"

"我说我爱吃'康师傅'，你吃的是'统一'。"女孩抹抹嘴，"我叫方夏。"

苏凉不相信这是一场真实存在的对话。包括这个下午，都不是真实的。

此时，徐大疆急匆匆地进屋，身后跟着一个中年人，体育组尹国栋。尹教练一进门就指着苏凉骂："真他妈不争气！好死不死非得在节骨眼儿上给我掉链子！腿折不说，保送也没戏了，你活该啊！"

方夏听了，愤愤不平地说："名校就不收残疾人吗？这是歧视！"尹教练干瞪着方夏，一时竟找不到恰当的方式发泄怒火，心想，要不是你个催命鬼，我这张王牌能砸手里吗？徐大疆赶紧扒着耳朵给方夏恶补："苏凉就指这次省赛拿冠军保送呢，两年一届省赛，错过这届就没戏了。"方夏面露同情，却不忘调侃："中学生没有残奥会吗？"苏凉竟哭笑不得，理直气壮地说："我的腿是为你折的，你得照顾我吧？也不用你端屎端尿，估计住不了两天就回家养着了，不如你这两天放学后来陪我解闷儿吧。"没等方夏反应，徐大疆抢答："解闷儿不是有我嘛！"

苏凉咬牙徐大疆不识眼色，赶上父亲苏敬钢回来："都饿了吧，馄饨趁热吃。"尹教练万念俱灰，甩脸走人。苏凉反倒食欲大振，怎知徐大疆说不饿，再次不合时宜地提出送方夏回家，彻底倒足苏凉胃口。

方夏淡淡地说了句，拜拜，明天见。

第二天傍晚，方夏果真又来看苏凉。

方夏没话找话地问："怎么没见你妈来陪你？""走了。""出差？"苏凉的目光盯着对方："丢下我，走了。"方夏眼神也不回避："我心粗，爱说错话，你别怪。"苏凉另有隐情，悄声问："能扶我去厕所吗？"方夏难为情，反问："你爸呢？""他还得半小时才下班，实在憋不住了。"方夏反问："我给你找个瓶子？""拉倒吧。"苏凉只好转移注意力，"你爸妈呢？快高考了也不管你到处乱跑？"方夏耸肩说："他们在日本进修，快三年没回过家了。我没人管。"两人再度陷入沉默。

尴尬之际，父亲苏敬钢再次救场。

刚把儿子从厕所扶回来，苏敬钢就说："饭我做了两份儿，你俩一起吃，我晚上再过来。"又对苏凉说："晚上我把课本给你拿来。眼瞅高考也没几天了。"苏凉听了气不顺，不耐烦地说："我多躺两天能死啊？三年都没怎么学习，多看这两眼书就能上清华北大？"苏敬钢撅起眉梢本想骂娘，顾及到方夏在场，终没出口，却换了张面孔对方夏说话："吃完你也回家吧，你父母知道你往这儿跑吗？"说完便出门走了。


苏凉出院后，方夏每天傍晚都来二中找他，陪他坐在操场主席台观看体育队的师弟们训练。起初，方夏很不习惯，因为更多时候不是她在台上观看别人，而是台下的人在检阅她。尤其是带队的尹国栋，每一个白眼都像是想要从她身上挖一块肉下来。师弟们个个坏笑，每次从主席台前列队跑过都会偷瞄方夏几眼，齐声哄笑叫"大嫂"。夕阳将方夏从头到脚镀了一层铂金，偷瞄方夏侧脸的一瞬间，苏凉突然有些慌张，因为方夏的侧脸看上去像极了另一个女人。

"看什么呢？"

方夏才从余晖中回过神儿来。

"去天桥吧。"


此刻的青年大街，看上去不比平日里冷酷。车灯串成光的长龙，蜿蜒地绕过一片最不起眼的黯淡，苏凉指着前方说："那就是大西菜行。"那是苏凉的出生地和苏敬钢半辈子都寸步未移的家。大西菜行的名字从未更改，只是当年赫赫有名的"圈儿楼"已不在，取而代之是一座大型超市。

"我是你的初恋吗？"方夏眼睛还望着桥下。"是。"苏凉回答。"不信。"方夏直视苏凉的眼睛说，"你连想都没想就回答！"苏凉说："就因为没恋过才不用想，笨啊。""说的也是，"方夏迟钝起来倒很可爱，"你怎么可能没恋过别人？"苏凉反将一军："你肯定恋过别人。"方夏投降似的举起双手："没！绝对没有！"方夏笑过，眼神突然又温存起来："凉凉，你跟别人不一样。"

苏凉愣了一下。

方夏捋着苏凉的长睫毛，说："你是从天而降的。"话音未落，她被苏凉揽入怀中，脸紧贴苏凉的胸口，苏凉说："我永远不会丢下你，我跑得足够快，无论你在什么时候，在什么地方，只要你需要我，我都会马上跑去接你回来。"方夏抱着苏凉，手心轻拍着他的背："乖啊，答应我，以后有任何不开心都要跟我讲，听到没有？"苏凉的背抖得更厉害，方夏从他怀里钻出来说："等我一下。"转身向天桥另一端跑去。

"苏凉，你能听到吗——"

"能——"

"我们之间隔多远？"

"五十米。"

苏凉仅仅是望一眼，他对距离的敏感度异于常人。

"你会跑过来找我吗？"

"会。"

"五千米呢？"

"会。"

"五万米呢？"

"会。"

"如果我丢了呢？"

"我就跑遍整个世界找你。"

"怎么找？"

"赤道才四万公里长，我跑完一个赤道的距离，就等于绕了世界一周，不信找不到你！"

方夏小跑回来，跃入苏凉怀中，忘了苏凉的断腿，两人一个趔趄倒在了一起，只顾傻笑。春天仿佛停在这一天。即将竣工的天桥，此刻也只属于两个人。


距离高考还有四十六天的夜晚。苏凉如愿以偿地睡了个安稳觉，前所未有地踏实，连闹钟都没听到，没想到却被烟味儿呛醒。星期六，苏凉都睡忘了。

苏凉单腿蹦至客厅，被阳台上的苏敬钢发觉。苏敬钢抓紧猛吸了一口，把烟头儿弹出窗外。"少抽点儿吧，没摔死算我命大，别再被你给呛死。"苏敬钢骂："满嘴放屁。"说罢进了厨房。"睡到这个点儿，吃的叫个啥饭？眼瞅就要高考，跟没事儿人一样！"苏敬钢做饭的手艺究竟是从何时开始娴熟的，父子俩谁也记不起了。在苏凉印象中，父亲在他十岁以前从未踏进过厨房一步。苏凉十岁之前，家里还有一个女人在的。

"凉凉起床了？"厨房里居然应景地响起女声，周晓燕裹着长身围裙走出来，"听你爸说把腿给摔了，我前几天刚去外地跑了个活儿，才腾出空来看你。""你燕子姨特地过来给你做饭，不会说声谢啊？"——"凉凉跟我还用客气？"周晓燕说的不假，这个家里的厨房，她进出也有些年头了，除了父子俩的胃，连这大小俩孩子的脾气也早给她摸透。"姨给你炜了鸡腿，吃啥补啥嘛，"周晓燕逗得自己"咯咯"地笑，"还焖了一锅排骨，等下炖酸菜。"

门铃响了，苏敬钢去开门。

"我们看苏凉来了！"徐大疆拎着两兜子水果，臃肿的身躯快要挤破苏凉家门——"我们"？苏凉正好奇，一个活蹦乱跳的身影从徐胖子身后蹿出来，是方夏。

"叔叔好！"方夏毫不羞涩。苏敬钢意味深长地瞥了一眼苏凉："进来坐吧，他都快憋疯了。"苏凉盯着方夏问："你怎么来了？"方夏反问："不欢迎啊？"她一屁股坐在苏凉旁边。"她非逼我带她来！"徐大疆把水果往餐桌上一撂，"我就说你欢实着呢，用不着看，你们俩从周一看到周五还嫌看不够啊？"——"嘘！"苏凉惊恐地朝厨房指了指，徐大疆反应半天才回过味儿来。

周晓燕从厨房出来，解了围裙说："都是凉凉同学吧？正好，盛出锅就吃。"周晓燕忙不迭到门口换鞋，苏敬钢闻声从厨房出来："燕子，留下一块儿吃啊！""交班儿了，我得取车去，你们吃吧！"周晓燕冲一客厅里的三个孩子笑笑，挥挥手带上门。

"燕子姨再见！"方夏自来熟的本事在苏凉看来像特异功能，他费解地盯着她。方夏不解地问："你看啥呢？""没啥。"苏凉又是不怀好意地笑，笑得方夏直恼。苏凉说："叫得还挺亲，知道燕子姨是谁吗？""燕子姨就是燕子姨呗！"方夏没头没脑地说，"谁啊？"苏凉笑得狡黠："我爸的相好儿。"方夏懒得跟苏凉逗闷子，屁股一扭，身下的沙发发出"咯吱——"一长声，低沉、闷涩，像一个灵魂在悲叹自己的身世。苏凉尴尬地笑说，这沙发比你岁数都大。

"快三十年的老房子，让你笑话了。"苏敬钢抹着手从厨房出来，冲苏凉使个眼神说，"带人家随便看看。"苏凉指着自己的房间："请吧。"

方夏伫立在高过自己许多的书架前仰望着，感叹："你有好多地图册啊，还有这么多摄影书！"她随手翻开一本摄影集："你喜欢照相？"苏凉叹气说："一直没机会学。"方夏见到占据了整面墙的钢琴，惊讶地问："你会弹钢琴？"苏凉说："我妈留下的。"方夏掀开琴盖，琴键一尘不染，问："有爱听的曲子吗？"苏凉摇摇头。方夏坐下，想了想，随手弹起，哑了十年的钢琴瞬间走出悦耳的调子。

一顿饭，吃到天黑。苏敬钢借个幌子出门，留下三个孩子边吃边聊。方夏和苏凉整晚斗嘴，徐大疆坐一旁听着取乐。等苏敬钢遛完弯儿回来，苏凉坚持要送方夏和徐大疆下楼。当然，徐大疆只是掩护。


"知道我为什么跑那么快吗？"

两人再次坐在天桥台阶。方夏蜷起身子，被苏凉怀抱，一路暖到胃里。沉积的回忆泛起，将苏凉拉回十岁那年的某个夕阳下：苏凉放学回家，妈妈坐在卧室床边，穿戴整齐，她看苏凉时，表情怅然。苏凉向妈妈怀里跑过去，跟平日一样，结果摔倒了，他是被一个硕大的旅行包给绊倒——苏凉再熟悉不过，自己更小的时候，每次在家跟妈妈玩捉迷藏，瘦小的他最爱钻进旅行包里。妈妈每次都假装找过好半天，最后才打开旅行包的拉链——小淘气原来在这儿呢！然后用双手将苏凉拎出来，抱在怀里亲个没完。

"凉凉，笑！"

那是母亲跟儿子之间的暗号，只有等他开心地笑出声来，母亲才会放他下来。

苏凉的双手在空中比画着，仿佛正抱着一个五六岁的小孩子，动作那么逼真。方夏鼻酸，她感觉越是抱紧苏凉的腰，越在贴近一种不安。

"我有预感，她要走。可我并不难过，我以为那个大包是用来装我的。"

四月的夜风仍微凉，苏凉咳了一声，被方夏裹得更紧。

他接着说："她坐在出租车后排，回头望着我，可我就是追不上，我身上还背着沉得要命的书包，那天刚好放暑假，整个学期的书都装在里面。我把书包扔在了路上，腿又开始不争气，酸疼，发软。她从后车窗看着我，可我却看不清她的表情。我跟着整街的车跑，停下来时，已经到了火车站。站前全是赶路的人，个个高大过我，我看到那个熟悉的旅行包在人群里来回地穿梭，最后不见了——我被丢下了。当我定下来时，感觉自己的肺要炸了，以为自己快死了，我跪倒在路边，努力呼吸，期盼着哪怕一个路人能过来救救我，但始终没有，好像我就是一个在路边耍赖的孩子，母亲总会回来的。最后是我自己拼命喘上来了第一口气，我变成另一个人以后的第一口气。那一刻我意识到，没有人能救我。"

"我是个没救的人。"

苏凉的呼吸也跟着急促起来，继续："想通了以后，我就只剩一个问题——我该怎么回家？天黑我反倒不怕了。我当时不知道自己离开家已经有十几站远，我敲了敲腿，没知觉了，不如再跑回去吧，于是就开始跑，呼吸再不像来时那么困难了，我的腿不是自己的了。我的肺也丢了。到了家，我又一口气跑上六楼。门没锁，我爸坐在沙发上抽烟。我扑倒在门口，晕过去了。"

方夏泪流满面，她从未听苏凉一口气说过这么多话，他啰唆得像个十岁孩子，此刻，他也不过是个十八岁的孩子。方夏从书包里掏出一支黑色马克笔，在苏凉的石膏腿上写字：40 075.7，然后潇洒地签上自己的名字。苏凉会心一笑，这是赤道周长的公里数。

"你这条腿啊，赶快给我好起来！"方夏欣赏着自己的签名，"你还有这么长距离要跑呢！"

"凭什么？"苏凉反问。"不是你说要跑遍全世界找我吗？这么快就反悔了？"方夏紧咬着唇，露出兔八哥一样的板牙。苏凉轻弹着那两颗牙，语气淡淡地说："我是说，假如有天你真的丢了，我才会跑这么长的距离找你。"

# 第三章


苏敬钢的右手总共缝了五十七针，一个大夫两个护士，忙活了七个多小时才缝完这五十七针。

大夫跟苏敬钢说，拇指、食指和中指的三条筋接不上了，废了。

苏敬钢单手推着车，双脚像被上了铁镣一样重，冷风灌进怀里，不禁打了一个寒战，磨蹭到家已是深夜。苏敬钢脱下血迹斑斑的中山装，卷起来藏在床底下，忍着剧痛躺到床上，整夜没合眼。另一边，宋连海昏迷了大半天才醒过来，睁眼就声嘶力竭地喊，像活见鬼。这一战，宋连海就永远地栽了，按照社会上的规矩，只能私了。宋连海真的怕了，在他眼里，苏敬钢早就不是人了，分明是阴曹地府来的恶鬼。他这辈子也不打算再跟这只恶鬼照面，只好托中间人跟苏家交涉。最后老苏赔了宋家五百块钱，是老苏半年的工资。宋连海在医院住了两个月，出院前，拆掉脸上纱布，惊呆了病房里的大夫和家属——那张脸才是真正从油锅里滚过来的恶鬼，一眼令人胆寒又心惊。两边都不过是十八九岁、二十出头的大好青年，多年后竟同时忘了当初到底所为何事，致彼此落得身残。

与宋连海一战，拼命三郎的名号在坊间被越传越玄。有人说苏敬钢以一敌十，很快又被传为以一敌百。混混们似乎急于树立一个新的偶像，苏敬钢当仁不让。大西菜行的混混近水楼台，多半嚷着要跟苏敬钢混世界。身为苏敬钢的左膀右臂，冯劲跟大昆也鸡犬升天，走起路来都飘飘然。

大昆甚至还处上了对象，女孩名叫杨丹，是个美人坯子，就算瞎眼也不可能看上大昆。杨丹一家搬来大西菜行晚，人生地不熟，被大昆瞄上，赖汉攀花枝。杨丹自然不同意，对他唯恐避之不及。大昆便在上学路上抢杨丹的书包，三天两头儿去砸杨丹家玻璃，甚至闲来无事就揍杨丹弟弟一顿，极尽威逼利诱。大昆的下三滥手段，虽为苏敬钢和冯劲所不齿，二人却也管不了那么多。不料只半个月，杨丹竟委曲求全了。事成之后，大昆倒是对杨丹好吃好喝地供着，早晚不离左右地黏着，只恨不得卷了铺盖，住进杨丹家。

冯劲担心大昆每天单独行动太过惹眼，万一小尾巴随时来犯，揪住他落单，非出大事不可。一天，冯劲拦下兴冲冲的大昆，开门见山："给杨丹花了不少钱吧？"大昆不悦："处对象花点儿钱不正常嘛！"冯劲说："你哪来那么多钱？从你妈摊儿上偷的吧？"大昆脸红："啥叫偷的？我妈的钱就是我的钱！"冯劲说："还嫌人家左娜呢，我看杨丹才不是省油的灯，那么爱臭美，你说就你这熊色，她能图你点儿啥？傻逼！""操你大爷！你再说一句！"眼见大昆要跟自己犯浑，冯劲只好住嘴，最后叮嘱他一个人来去多长只眼睛。

大昆走后，冯劲暗叹：油盐不进，人话不懂，活脱一只牲口。

冯劲心里跟明镜似的，自己不能少了大昆，更不能没有苏敬钢。三个人绑在一起，苏敬钢是主心骨，大昆是急先锋，自己顶多算半个狗头军师。冯劲虽然个子高，却自幼瘦弱，性子尿。假如不是苏敬钢和大昆护着，早沦为大西菜行任人踩踏的驴屎蛋。从小到大，冯劲把自己拴在二人身边，尤其听苏敬钢的。苏敬钢说什么他就做什么，苏敬钢去哪儿他就跟到哪儿。但凡出门，一定叫上大昆陪着，只要有这个白李逵在，从来不怕路遇险情时吃亏。如今，大昆为了杨丹五迷三道，苏敬钢更是为左娜每天茶饭不思，三人拧成的这股绳渐渐松了。冯劲不安，这绳要是断了，自己就是一根稻草，随便谁吹口气儿他就没了。

好在冯劲够聪明，他最懂苏敬钢的两个心结：左娜和小尾巴。感情上的事，冯劲使不上力气，自己还是个愣头青；对付小尾巴，他却有主意。

冯劲破天荒地一个人出门，斗胆去找一个人。此人名叫周国大，是社会上的大哥。周国大比冯劲等人大十岁，自幼跟着开武馆的父亲习武，十五六岁从学校出来，开始在社会上混。周国大的父亲，曾为一方豪杰，全市第一柔道高手，日伪时期踢过日本人的武道场子，一夜间成了名冠全城的英雄人物。神话老去，他的儿子就接了班。可当周国大长到怒发冲冠的年纪，已然是和平年代，国恨家仇没了，就只能跟自己人斗狠。周国大就从青年公园起步，先把周围的大小混混都打服了，又去别人地盘上撅棍儿。几年下来，半个城的混混都归顺了。除了拳头服众，周国大的人品也为人称道，他遗传了父亲刚烈正直的性子，常被激斗无果的双方请去评理。因此，但凡是社会上混的，见了周国大都要礼让三分。

周国大确是奇人，除有一身柔道的好本领，还曾在插队时拜过一个江湖人称"神鞭李"的师傅，苦练三年钢鞭，鞭子使得出神入化，比枪还准。据传，周国大的钢鞭从不离身，即便只身出门撞上仇家，也从来没人敢动他。

周国大父亲的武馆早已衰败，父亲去世后，周国大将门脸儿房改成了花圈店。熟悉周国大的人都知道，他开花圈店有句口头禅：活着方便别人，死了方便自己。冯劲往花圈店门口一站，小腿肚子就开始攒筋，根本迈不开步。他向敞开的门里一望，阴暗的过道两侧堆满了花圈，挽联上写的全是死人名，更牙根儿打战。

"周大哥——"冯劲只敢站在门口轻声唤着，"周大哥在吗？"

台阶上走下一个人，练功衫，卡其布裤子，踩一双老布鞋，双手背在身后，走下来咣啷啷地响。冯劲定睛一看，正是传说中的那根钢鞭，盘了几圈穿在那人裤腰带上，鞭头还系着一绺红缨，来回摆着。

周国大完全没有冯劲想象中高大魁梧，普通身材，还驼背，从面相到气质，都比二十八岁要老。

"周大哥，我是苏敬钢的朋友，大西菜行的。"冯劲毕恭毕敬。周国大想了想："苏老三？""是是是！"冯劲腰杆子顿时挺直，"我跟三儿，都是一百一的同学，我俩是燕子隔壁班的，我今天来，实在是有事求周大哥！"周国大轻咳一声："进屋说吧。"


左娜不想去看苏敬钢，即便两家只是住对门。这一步之间，隔着万丈深渊。深渊的另一端是完全不同的世界。左娜告诉自己，她跟苏敬钢的缘分就这么多。

苏敬钢出事第二天，左家也出了事：某晚，老左烂醉，回家路上摔倒在大街上，被邻居抬进医院。突发脑溢血，差点儿就没命。当晚，张婶儿就卷了床被褥住进病房，日夜护理。白天，左勇偶尔还能去替班，晚上就逮不着他人影儿了。父母都不在家，他肆无忌惮地在外过夜，撇下左娜一人在家。左娜坚持要去医院陪护，被张婶儿拒绝了。张婶儿劝说，你得专心复习，考大学，哪有工夫往医院跑？再说你一个大姑娘家，你爸在床上拉屎撒尿的也不方便伺候。

　　左娜独自守着家，饿了就热白天的剩饭吃。一个人在家，这小破房子竟空荡无比。夜深人静时，胡同儿里不时传来的野猫叫都会令左娜心头一揪，吓得她拿枕头蒙耳朵。

　　一天中午，苏敬钢赖在床上半睡半醒，右手没断过疼。忽然有人敲玻璃，苏敬钢望一眼，是左娜，瞬时忘了疼，兴冲冲奔到屋外——门外站的人不是左娜，是周晓燕。二人身形近似，苏敬钢匆忙中看走了眼。

　　周晓燕塞给苏敬钢一个网兜儿，满满都是水果："听说你受伤了，来看看你。"周晓燕生得粉白，眼角像猫一样吊起来，煞会撩人。苏敬钢不傻，早知周晓燕从刚进一百一时就喜欢自己，他只是装傻。周晓燕是隔壁班的班花，身上沾着痞气，尤其招社会青年待见——跟左娜比，周晓燕就像野菊。左娜是莲，尤其是从大西菜行这摊污泥里钻出来的，就稀罕——苏敬钢不是谦谦君子，相反是个彻头彻尾的粗人，可他偏偏就爱莲。

苏敬钢看着周晓燕，拘谨不堪。"手伤得重吗？"周晓燕去拉苏敬钢裹着纱布的手，被苏敬钢躲了。"断了两根筋。"苏敬钢淡然地说，"血刺呼啦，有啥好看？"周晓燕强行拉过苏敬钢的右手："多大阵仗我没见过？这点儿血我还怕？"苏敬钢想，说的也是，周晓燕出名，除了是流氓学校的一枝花，她还是周国大相依为命的亲妹妹。

"过两天我给你拿咱家的刀枪药，比医院的西药好使多了，抹几次就长新肉。"周晓燕容不得苏敬钢拒绝，"别总在家憋着，多出来透透风，好得快。"周晓燕看苏敬钢的扭捏样子，笑靥如花："周日看电影去吧！我正好有两张票，《追捕》，都说好看！"苏敬钢说："出门不方便。"周晓燕叹气："听说你惹了小尾巴，怕他寻仇才不敢上街吧？"苏敬钢怒说："谁说的？尿逼才怕他！"周晓燕又笑了："不怕就跟我出门啊！你放心，小尾巴要是敢来，叫我哥收拾他！""用不着你哥！"苏敬钢的犟驴脾气被激起。"算你有刚儿！"周晓燕看苏敬钢的眼神，是一种遥望，充满崇拜与爱慕，"我周日晚上过来找你，说话算话！"

周六晚上，家家户户都会睡得晚些，穷人家里罕见电视机，晚饭后的娱乐都在户外。夏天将至，天气转暖，四方邻里纷纷出来走动：有去青年公园遛弯儿的，有去浑河边捞鱼的，还有的三三两两蹲坐在胡同儿口，支个象棋盘子，杠起来就是大半宿。苏敬钢的爸妈遛得比往常时间久，嫌苏敬钢闹眼。苏敬钢等爸妈出了门，才从小屋里出来，扒拉两口剩饭吃。左手握筷子还是不惯，正吃得恼火，忽一阵急促的拍门声，苏敬钢开门一看，这次真是左娜。

左娜满脸惊恐，哭成个泪人儿。她身后的家门口，窗玻璃全碎，院子里遍地是石头跟碎玻璃。这已经是左娜家一个礼拜之内第二次被混混们骚扰，多半是那些个吃不到天鹅肉的癞蛤蟆。

"妈了个逼——"苏敬钢咬牙切齿地骂，"逮到非整死他们！"

苏敬钢在院子里找到一张遮雨布，撕成几块，想把两扇窗户糊上，否则凉风灌进来根本没法住人。苏敬钢只能左手握锤子，勉强用右手尚能动的无名指和小指夹着钉子，每落一锤都龇牙咧嘴。窗户钉好，苏敬钢的右手已肿得老高。左娜心疼，招手示意苏敬钢进屋。

两家住对门住十多年，苏敬钢还是第一次进左娜家。屋里漆黑一片，唯有炕沿儿上燃着半截蜡烛。"咱家七点就点蜡烛，"左娜羞愧地说，"为省电钱，我爸定了规矩，七点以后都得关灯。"苏敬钢问："晚上看书呢？"左娜小声说："也点蜡烛。""眼睛不得看坏了！"苏敬钢话一出口就后悔。左娜脸上第一次卸下冰冷和孤傲，取而代之的是若有似无的自卑。"要不开灯吧？"左娜在黑暗中幽幽地说。"不用，蜡烛挺好。"左娜进了自己的小屋，也点上蜡烛，小屋子瞬间暖了。

　　苏敬钢跟左娜坐在炕沿儿上，中间隔着矮脚小四方桌，也是小屋里唯一一张桌子。蜡烛就在四方桌上燃着，火光摇曳。"平时看书都在这桌上？"苏敬钢仍然难以相信。左娜点点头。沉默好一阵，苏敬钢才问："你哥呢？"左娜气不打一处来："他有什么用？不如没有！他知道那些小流氓都是来找我，反过来把气撒在我身上，骂我不要脸，说要不是我在外面招风，哪能……"左娜说着又哽咽了。苏敬钢说："要不，这两天晚上我过来陪你吧！"左娜一个字也没说，脚在炕沿儿下不安地摆着，手不停地抠凝固在桌面上的蜡油，吱吱作响。左娜手指修长，苏敬钢伸出左手去碰，刚一触到指尖，左娜的手就飞快缩了回去。"那我先回去了。"苏敬钢面红耳烫，出门回到了对面的家。


　　第二天晚饭后，苏敬钢用水拼命将头发掭出一个偏分。他在胡同儿里徘徊了半个多小时，头上也干了，发型也散了，一狠心一跺脚，门也没敲，就进了左家。烛光从小屋里蔓延出来，左娜还在昨天的位置上坐着，袖肘上打着两块整齐补丁的衣裳也没换过。

有人敲门，苏敬钢警觉地蹿到门口，往门缝儿外看。左娜跟出来，躲在苏敬钢身后，问："是他们又来了吗？"——敲门的人是周晓燕，敲的是苏家的门。苏敬钢早忘了今天周日。"是谁啊？"左娜仍不敢看。苏敬钢"嘘——"，继续偷看，眼见周晓燕快要把门砸穿，最后狠踹了一脚："真不叫个爷们儿！"气哼哼地走了。

苏敬钢刚松口气，"啪"的一声，门突然被猛力撞了一下，险些拍塌他的鼻梁——"干啥的？！"胡同儿里传来周晓燕的喊声，苏敬钢开门，只见地上垃圾四溅，腥臭扑鼻。领头儿的大喊一声"快跑！"，四个混混像野兔出丛似的飞奔。"拿着！"——苏敬钢正要追，被周晓燕拉住，一块板儿砖塞进他手里。混混的脚力比骆驼祥子还邪乎，苏敬钢眼瞅追不上，一挥胳膊，板儿砖飞出，直奔后脑勺儿去，可惜只砸中一人的背。那人摔个狗啃屎，顽强地叫一声，爬起来继续逃。

只见又一块板儿砖飞出去——是周晓燕，力气不足，连个影子也没砸中。

"真他妈屄！"周晓燕直喘着粗气骂，手撩开刘海儿，面透红晕。苏敬钢有些惊呆，顿觉这姑娘粗野起来要比装文静时美多了。周晓燕问："那几个兔崽子混哪片儿的？"苏敬钢摇着头。左娜此时才从院子里出来，一脸惊恐。周晓燕凑近她两步，上下打量，自言自语："这就是左娜吧？是个美人儿不假。"

"今晚不好意思。"苏敬钢羞涩地跟周晓燕道歉。"得了吧，打住！"周晓燕摸出两张电影票，塞给苏敬钢说，"你们俩去看吧，还没开始呢。"转身冲二人潇洒地摆摆手。


四个混混是小尾巴的人，骚扰左娜是假，试探苏敬钢是真。

小尾巴腿伤恢复大半后，一直未敢轻举妄动，他已见识过苏敬钢的本事，不愿跟他单挑，终日冥想既能够解恨又不用拼命的报仇法子，直到他听说苏敬钢的手被人废了，顿感天助他也。小尾巴问四个仓皇逃回来的混混："苏敬钢的手真废了？"被砸中的混混点头说："还缠着纱布呢，真废了。"

苏敬钢手心攥出了汗，两张电影票被浸得皱巴巴的，他杵在一旁看左娜收拾残局：她两腮气鼓鼓的，使扫帚的力道猛过挥剑，说不上那一脸怨气要往谁身上砍。苏敬钢问："这两张票，不看白瞎了。"左娜酸酸地说："去跟你的相好儿看吧！"这一口浓醋，苏敬钢被呛得不明不白，说不上该悲该喜。

此时，冯劲慌张地跑进左家院子："大昆被小尾巴抓了！"

"在哪儿呢？"苏敬钢瞬间换回一副生冷面孔，"我拿家伙，你去叫人，全都给我叫出来！"冯劲怯生生地说："小尾巴传话，说让你一个人去，带着左娜一起，他们在圈儿楼等你，三儿……咋办啊?!"苏敬钢顿了片刻，说："你留在这儿看着左娜，我自己去。"左娜看着苏敬钢，目露歉疚，苏敬钢轻描淡写地说："放心，没啥大事儿，不过要是我回来得快，能跟我去看电影吗？"左娜的心狠狠揪了一把——还真是个死要面子的犟种！她勉强点头，目送苏敬钢的背影消失在夜色里。

折叠门的锈锁被撬开，夜风呼呼地灌进这座扁筒状建筑，搅着尘土绕场一周，冲散白日里人声鼎沸时聚集的鱼腥、肉腥和土腥味儿。苏敬钢一个人走进圈儿楼，利利索索，连影子都没跟着。

有人接通保险丝，挂在棚顶的旧灯泡"嗞嗞啦啦"地亮起来——大厅中央，聚了二十几人，小尾巴站在最前，手拎一把尖儿锹，另一只手揪着大昆头发。大昆瘫坐在地，面色惨白，身子软得像被抽了骨头，双手紧捂着左腿膝盖。

"苏老三，还算你是个带把儿的！"小尾巴心满意足，"左娜呢？"苏敬钢不说话，只是走近两步。大昆狂呼："快回去——叫人啊！"一个大嘴巴抽在大昆脸上，小尾巴瞪着苏敬钢说："老三，我问你，左娜是你对象吗？她亲口承认过吗？

没有吧！这么说她压根儿就不是你对象。既然谁的对象都不是，你能截她，我也能截她，公平竞争，可你就为截个女的下他妈狠手，太不上道儿了吧？是你不讲究在先，事情闹到今天这地步就不能怪我，你说对吧？"这通言辞，小尾巴已在心里修过几百次稿，如今一吐为快，咄咄逼人，句句在理，不禁佩服起自己的口才，恨不得指挥众人拍手叫好，偏偏无人响应，二十多号人似乎都忘了是来打架的，全一副听书的神情，几十双眼睛正迫不及待地盯着苏敬钢——相比小尾巴匠心独运的演说，他们更感兴趣的是被逼入绝境的苏敬钢这一回还有啥本事脱身，除非他是孙猴子下凡。小尾巴继续说："你兄弟扎我七刀，我砸他一个膝盖，不冤吧？你扎我一刀，瘸了，我还你一铲，也不冤吧？"苏敬钢掏出烟，点上，"啪"一声，回荡在空荡的圈儿楼，他低沉地说："想咋地？"

"拿你左手还！"

"我要不给呢？"

"跪下给我磕头，叫爷爷，我再废这胖子另一条腿，算他替你还的。"

苏敬钢深吸一口烟。"都说苏老三仗义，我呸！让兄弟替自己顶包，你以后还怎么有脸混！"——"手我给你！"苏敬钢把左手拍在铁案子上，吼："来吧！"三四个混混上前，死死箍住苏敬钢的手腕。

"还真是硬茬儿！后悔可别怨我！"

锹还没落下，小尾巴冷不防被烟头戳在面颊，双眼熏得火辣难当，再睁开时，一把短枪已经抵在自己眉心。渗着血迹的纱布挂在苏敬钢右臂上，是他事先忍痛将纱布拆了，把枪跟右手裹在一起。

"都起开！"

混混们吓得松开苏敬钢左手，可谁也不会想到，苏敬钢扣在扳机上的右手食指根本动不了了。

小尾巴缓缓放下尖儿锹："唬谁呢？你放一枪我瞅瞅！"苏敬钢果断把枪换至左手，朝天放了一枪，整座圈儿楼都在摇晃，枪口重抵回小尾巴眉心时仍滚烫。"识相的都滚！""你他妈有胆子崩人吗?!"——砰！小尾巴身后一人应声倒下，两只手紧捂住大腿根儿，蜷缩在地。苏敬钢嘴角抽搐着："你欠我兄弟一条腿，现债现还！"枪口指向小尾巴膝盖，扳机扣下去，这一枪只见烟不闻响儿，一颗钢砂滚出枪管——小尾巴趁机夺过枪，一拳打在苏敬钢心口窝儿："这就叫天意！"

这把五连发的枪，试枪时大昆打了一发，刚刚自己打了三发，一发是哑炮儿，还剩最后一发！苏敬钢死死抓住小尾巴手中的枪，抵住自己额头："还有一发！"

"你当我傻啊？再打还是哑炮儿！"

"咱赌一把！数三下，照脑袋崩！"

"三！"

混混们不敢上前，让出一片空场。

"真当我不敢?！"

"二！"

"一！"

苏敬钢腕子用力一扣，扭过枪，对准小尾巴额头：

"该我了！"

"有种你一枪撂倒我！"

"一！"

"老三，把枪放下！"

圈儿楼的折叠门"哗啦"被拉开，冯劲谦卑得像个门童。

"不放！"苏敬钢两眼涨满血丝，"你他妈谁啊？"

"三儿，这是周大哥！"冯劲忙朝苏敬钢使眼色，"来给评理的，你先放下枪再说！"

"爱鸡巴谁谁！"苏敬钢把枪口又使劲儿一顶，瞪着小尾巴嘶吼，"我今天非崩了他——"

"嚓"的一声，风被撕裂，苏敬钢手中的短枪飞出去十几米远，左手腕被钢鞭抽出一条血道子，冷不防后脑勺儿又挨一巴掌，回头一看，不知周国大几时跃至自己身后，边打边骂："不识好歹！"

"周大哥，你给评评理！"小尾巴混迹的年头久，认得周国大那张脸，"我就来跟他算算旧账，这小子他妈跟我玩儿命！"周国大问："那你想咋地？""他废我一条腿，我要他一只手，不坏规矩吧？"小尾巴口吻更像是在商量。"没毛病！"周国大扬声，"把锹捡起来！"小尾巴将信将疑，弯腰拾起尖儿锹，却不敢妄动。苏敬钢瞪大眼睛，心想他妈完了，突然被周国大一把攥住左手，压在铁案子上，力大无穷。

"砸吧！完了两清！"

小尾巴刚要举锹，才瞧出蹊跷——周国大的大手整盖在苏敬钢的手上，密不透风——这他妈怎么下手？！连周国大一块儿砸？自己这条小命儿算是别要了；不砸？凭啥忍下这口窝囊气！小尾巴不知所措，尖儿锹悬在半空。"砸是不砸？"周国大催促，"这可是你自己不砸的。"

小尾巴是哑巴吃黄连："周大哥，你这……"

"算你小子有肚量。"周国大夺过尖儿锹，同时撒开苏敬钢的手，"今晚我给你俩做个见证，这事儿就算了了，日后哪个再敢先挑刺儿，就是不把我周国大放在眼里。"小尾巴气得肝胆俱裂，含恨带着一干人走了，台阶下得急，险些被自己的跛脚绊了个跟头。


苏敬钢真闹不明白，自己这双手上辈子到底得罪了哪路鬼神，命运如此多舛：右手的纱布才刚拆掉，左手腕子上又添新疤。苏敬钢望着右掌心那三道长长的疤，拼成一个大大的"人"，像三条蚯蚓磕头拜把子。"服个软儿那么难？"周国大笑中带怒，"头一回见着你这么不识相的！"周国大的妹妹周晓燕，此时进了屋，趴在苏敬钢耳根说："叫一声哥！倔驴！"说完神色娇艳地挖了苏敬钢一眼，半晃着胯又出了屋。苏敬钢不情不愿地叫了。周国大丢过一根烟，苏敬钢自己点上。

"俺家燕子稀罕你，知道不？"苏敬钢害臊地点点头。"能处不？"周国大又问。苏敬钢挠头问："啥？""咋地？有对象了？"苏敬钢浑身不自在，支支吾吾道："也……不算有……"周国大长吐出一个烟圈儿："嫌燕子长得不够俊？"苏敬钢被结结实实地将了一军——说"俊"也不是，说"不俊"也不是，周国大这是逼亲呢——只好装傻充愣："处对象这事儿，早了点儿，以后再说……"周国大也不耐烦："我这当哥的，打小儿管她吃喝拉撒，管习惯了，就处对象这事儿我管不了，你们俩能处就处，实在处不了……"周国大啜了口茶，"嗞溜"一声瘆得苏敬钢脊背汗毛直竖，接着说，"不能处就说明白，别耽误了燕子。我就这么一个妹妹，谁要敢耽误她，我让他死都死得不痛快。"

苏敬钢手足无措，扮作环视四周。墙角立着一个素白色花圈，两侧挂着一对挽联，左书：在世拳打不平人；右书：身后脚踢阎王殿；花圈中央挂一个大大的"奠"字，下书：周国大大人纳——苏敬钢震惊：这是何等奇人？周国大得意地说：
"这是我给自己扎的，知道为啥不？这叫'置之死地而后生'。
我周国大死都不怕，还能怕谁？"周国大抻了个懒腰说："以
前是立在大门口儿的。"

"你老吓唬人家干啥！"周晓燕端着个筲箩进屋，捶了周
国大一拳，"你出去。"周国大抬屁股起身，对苏敬钢说："以
后在外面遇了事儿，就说是我周国大的弟弟，哪个敢动你，回
来告诉我。"周国大背起双手，踱着八字步出门了。他一走，
苏敬钢剩下的这半根烟抽得反而不自在。周晓燕从筲箩里挑出
一红一白俩药瓶，拉过苏敬钢右手，默默地擦起刀枪药。周晓
燕的食指肚儿——挗过那三条长疤，苏敬钢被撩得通身酥麻，
两腿间的硬物跟后脑勺儿的头发并行竖起。

"咱俩到底能不能处？行不行给句痛快话儿。"

"不行。"

"左娜答应跟你处对象了？"

"跟左娜没关系。"

"你俩睡了？"

"说啥呢！"苏敬钢心虚莫名，"你个大姑娘，咋不知道害
臊呢！"

"没睡也没答应，你跟我咋就不能处了？"

周晓燕扯过苏敬钢的右手，扣在自己胸脯上，问："左娜

的胸脯有我的高吗？说实话！有是没有？"周晓燕的手段坏透了。苏敬钢打了一个激灵，左手强拉起右手，拔萝卜一样从那高耸的火焰山上脱身，说："没工夫跟你扯淡！"说罢，出门，蹬上二八车，落荒而逃。

　　自从左娜与周晓燕二人碰面，苏敬钢夹在水深火热之间：左娜重回冷若冰霜，周晓燕继续火烧连营，他自己则是猪八戒照镜子，里外不是人。终日为情所困，自然无暇顾及兄弟。大昆的左膝盖被小尾巴砸个粉碎，扔掉挂了八个月的双拐后，成了半个瘸子。大昆不怨苏敬钢，如果不是苏敬钢，恐怕自己下半辈子都要坐轮椅了——大昆心里怨的是左娜，如果不是这个女人，就不会跟小尾巴结仇，更不会惹出这一场是非，自己的腿也就不会折。"天生就是个惹祸精！"大昆往后提起左娜，总这么说——当然，是在苏敬钢不在场时才说。"杨丹害你还浅嘛！"冯劲醉到亲娘老子都认不得时，也这么呛大昆——那都是苏敬钢结婚生子的后话了。

# 第四章

"老实交代，你俩那天晚上干啥去了？"

徐大疆盯着苏凉石膏腿上的涂鸦盘问。苏凉笑而不语。

"啥时候我才能有个女朋友啊！"徐大疆随手抄起一本牛津词典，塞进苏凉手里说："来，砸！"苏凉迷惑问："砸什么？"徐大疆指了指自己的膝盖："往这儿砸！砸折！看看能不能马上掉下来一个女孩爱我！"苏凉哭笑不得："这就叫嫉妒？""我就不信你们没干别的。"徐大疆嘴角的坏笑收拢，重申，"还有一个月就高考，你们怎么打算的？"苏凉故作潇洒道："顺其自然。"

"我拼了老命，就为考北大医学部。"

徐大疆的豪言壮语无意间为苏凉敲响一声警钟。苏凉茫然了一整个下午，坐在座位上，一动不动地发呆。何况自己想动，腿也不方便。傍晚，没等来方夏，苏凉相当难过，猜方夏还在因为前天两人就报考大学志愿吵架生自己的气，后来方夏打来电话，他又故意不接。苏凉从厕所回到教室时，见徐大疆正埋头苦学，不愿打扰，默默地拄着双拐走出校门，拦了辆出租车回家。回到家，厨房里传出闷重的切菜声。炒饭刚好出锅，搭在灶台上的烟还没燃尽，苏敬钢捻起来，享受美食一般地大口噘着。一回头惊现苏凉，苏敬钢吓得咳嗽起来，越咳肺越撕疼，一抹血被喷带出来，射在白瓷碗上，鲜得惹眼。

去医院的路上，父子俩坐在出租车里沉默不语。

苏凉甚至不敢望向副驾驶位上的那副侧脸，他怕每看一眼，都有新的异样。自己本该像个男人一样挡在他前面了，却因为瘸腿，还要像小孩子一样坐在后排。

时间晚了，医院只剩急诊。候诊处排着不少人，几个浑身血迹的小青年推着移动担架呼啸而过。父子俩都瞧见了，担架上躺了个血肉模糊的躯体。"回家吧，明天我自己再来。"苏敬钢低声说着。苏凉不理，拄着拐走到挂号处，拿起公用电话，拨通了方夏的号码。

方夏急匆匆赶到，苏凉坐着不动，还好有断腿打掩护，不会轻易被方夏看出自己在生气。方夏说过，父母以前都是医科大学的大夫，她从小就在医院长大。

"先去门诊看看谁当班儿吧。"

方夏敲开一间门，笑意盈盈地招呼："郭叔叔！"

中年男医生仔细端详过一阵："小夏？"他的惊讶也只是眉梢一挑，示意屋里还有病人在。方夏引着父子俩先坐下，举止大方得体，诚恳地看着那位病人说"没关系，我们不急"，反倒让人家感觉是自己耽误了他们时间。苏凉虚声说："你这不是插队吗？""装什么装，你找我干吗来的？"方夏嘴上笑着苏凉的口是心非，"下午我在家等爸妈电话来着，他们一个礼拜才打回来一次，没来得及告诉你，不许生我气！"苏凉无地自容，本以为自己对情绪娴熟的伪装可以换多几句方夏的关心，哪承想小心思被戳穿，慌乱地说："我只是担心你。""担心我再晕倒？随身揣着叔叔给的巧克力呢。"方夏的眼睛眯成两道缝儿，目光越过苏凉调侃道，"是吧？叔叔。"苏敬钢心不在焉，僵硬地点头："没错，低血糖可得多注意。"

那个病人提前撤了，方夏凑到她的郭叔叔身旁，攀谈几句，说爸妈刚打电话来还提到郭叔叔你呢，让我有事儿就找郭叔叔，他们才好放心。郭医生嘴上问着"是吗？"，这才想起看病才是正事，安排苏敬钢先去拍张片子。一个小时后，郭医生举着 X 光片对着光板看，敲击着肺部的一块阴影说，具体是什么，还得再查。他给苏敬钢安排了最近的复诊时日，最后一再强调："马上戒烟。再抽就是不要命了。"

从急诊室出来，苏敬钢代儿子道谢。方夏笑盈盈地说："叔叔千万别客气，这两天家里有事，苏凉也要专心复习，我就不去打扰你们了，你好好养病才是大事儿。听大夫的话，赶紧把烟戒了，等你好了，我再去家里吃饭。"苏敬钢苦笑，出门去打车。方夏不情不愿地拉过苏凉，质问："还生气呢？你的心眼儿到底是有多小！"苏凉神色不屑。"你说自己是不是小心眼儿？放大镜都找不着！"方夏不依不饶，揪住苏凉胳膊内的肉不放。苏凉大叫："疼！"——"知道疼了？"方夏欲哭无泪，"气死我了！"苏凉问方夏："家里有什么事吗？"方夏又蔫儿了起来："跟我讲考大学的事，有时间再跟你说。"

　　二〇〇六年，五月中旬。距离高考只剩半个月。

　　半个月前，苏凉的十九岁生日是一个人在天桥上过的。方夏竟然只发来一条短信：生日快乐。这令苏凉无法接受，但自己也绝不是向人讨要关心、没断奶的孩子，便也没打给方夏。

　　半个月后，又逢黄昏，方夏约了苏凉在天桥上见。

　　"半个月没见，你腿好多了呢。"方夏摸着苏凉的老人杖，撒娇，"这样就方便抱我了吧？"苏凉虽然捉摸不透方夏今天是怎么了，还是迎接了她的熊抱："有什么高兴事儿？说说。"方夏一个吻迎上去，撞到了苏凉的门牙，舌尖纠缠着，而后从嗓子里挤一声："后天我要去日本了。"方夏不忍停下亲吻，嘴里重复说着"对不起"。苏凉一时间不知该如何反应,思索着这出戏要怎么往下演,想挤两颗眼泪出来,内心却毫无波澜,反令自己陷入更大的窘境。

"不错啊,以后就能每天见到爸妈了。"方夏气苏凉终究不懂如何掩饰悲伤:"求你了,你骂我吧,对不起。""去日本读书一定比在国内好,还有父母照顾,两全其美。"苏凉抹干方夏因为哭得太卖力攒出的汗,注视着她水缸似的眼眶说,"忘了我答应过你什么吗?""答应过那么多,谁记得你说哪一件?"方夏调侃完,自己破涕为笑。苏凉抬起手指着远方说:"等我跑出这里到日本双倍的距离,就等于把你接回来了。"——这句话一出口,苏凉能感到自己脊背发凉。这场戏的走向,完全失控了。在温柔的语气背后,苏凉坚信,这些听起来动人的话,真正的功能是骗自己,其次才是骗别人。这样的"清醒",也是苏凉始终怀疑自己在灵魂深处是个冷漠至极的人的证据。

方夏鼻子里溜出几声滑稽的笑,讨好说:"我们可以写信、打电话、视频——对了!我可以给你寄明信片!每去一个地方就寄一张,永远让你知道我在哪里,你好跑来找我。"

方夏笑了。苏凉陪她笑。随后,方夏似乎想起什么,从包里掏出一个红色的卡片相机,冷不防把自己的脸贴到苏凉脸上。

"凉凉，笑！"

她把相机塞给苏凉，抽泣着说："这是我爸妈从日本寄给我的，送给你。你拿去照相吧——不过这相机什么都能拍，就不能拍别的女孩子。记得把这张合影洗出来两张，一张寄给我，另一张你要夹在钱包里，上了大学就贴在宿舍床头，好让你身边所有的女孩子都知道，苏凉有女朋友了，她叫方夏。"

高考志愿上，苏凉填了市体育学院。

徐大疆得知后，表示无限惋惜，可电话那头的一声叹息却掩饰不住他的兴奋——自己如愿以偿以高分考进北大医学部，前途一片光明。"徐胖子你该减肥了，除非你这辈子不找女朋友！"苏凉在电话里调侃徐大疆时，正对着镜子端详自己：两个月没剪过的头发已遮过眼睛。苏凉突然想把自己看个清楚，撂下电话，去楼下发廊花十块钱剃了一个圆寸。体育学院对于苏凉，一早吱声，抬腿就进。外地稍好一些的文科院校，苏凉也不是去不上，他是担心苏敬钢身边缺人照看。高考前一周，苏敬钢的病确诊了，是肺癌。万幸发现得早，动了手术，算成功，不过苏敬钢拒绝化疗，但进口药得吃，医保不报，自己掏。苏凉清楚，家里没几个钱的存款，几乎等于没钱。不去外地念书，苏凉就省了大半的生活费，上体育学院，学校还主动给他奖学金，学费也省了。苏凉一想，这买卖不亏。当他把这个决定告诉苏敬钢时，苏敬钢正在做晚饭，并没诧异，多炒了两个菜。未来四年，苏凉依旧会陪在他左右。儿子的心思，苏敬钢全猜到。他是恨自己。

　　苏凉住进大学宿舍的下午，还没有其他人搬进来。刚把两三件衣服孤零零地塞进衣柜，手机响了。

　　"喂？你好？"苏凉纳闷儿"无法显示号码"会是谁。

　　"您好，请问是苏先生吗？"电话那头是一个清脆的女声。

　　"小夏？"

　　"您好，这里是中国移动，您的电话已欠费，请及时缴付欠费。"

　　"你们肯定搞错了，我怕出远门不方便，之前交了半年的话费。"

　　"好啊！整个暑假你都去哪儿鬼混了？！"

　　"云南。"苏凉如实交代。

　　"你还有理了？说走就走，都不跟我说一声，还当我是你女朋友吗？"

　　"你自己呢？三个月前不打电话，怕影响我高考，行。两个月前不打电话，你自己准备考大学，行。上个月呢？都忙完了，也忘了自己还有男朋友吧？"

　　"先打给我能死啊？"

"不打你也没死啊。"

方夏恨信纸、恨电话、恨 QQ 和 MSN，恨一切因为距离的存在诞生的发明。无论科技多先进，永远无法精准地传递情绪：日常一句调侃，在对话窗里打成字，后面不配上装可爱的表情，都能被误解。打电话看不到表情，语气也能被歪曲。视频能看见，却还是少了一样：温度。拥抱的温度。异地恋，需要的不过是一个拥抱这么简单，可有时，恰恰是一个拥抱就那么难。方夏只是不懂苏凉，为什么永远都要她来主动。公平，好像从最开始就不存在。

"喂？"苏凉听到切线声，有股想把手机狠狠摔到墙上的冲动，可要是摔坏了，不够钱买新的。在这种本该肆意妄为的情绪上，自己居然还能用理智算计着钱，忍不住骂了自己一句"操"，把手机丢回床上。

"热烈欢迎！"一个男生进屋，邪笑着。

"不好意思，"苏凉抱歉，"我不是骂你。"

"跟对象吵架了吧？"男生将干瘪的书包朝上铺一甩，"喝酒去？"

入秋虽已渐凉，烟熏火燎的烧烤摊上却仍不乏左青龙、右白虎的社会青年，穿背心露膀子地聚堆儿喝酒。冯子肖是个潮男，名牌牛仔裤松垮地卡在脐下半寸，哈腰抬手时刚好露出半截 ARMANI 字样的内裤边。苏凉摩挲着手机，盼着方夏能打电话来，下午就那么闹翻，心有不甘。

"苏凉，我认识你。"冯子肖微醺着说，"高一那年省赛，我站操场旁看你跑五千米，当时我刚比完跳远。""你不看啦啦队的女孩们，看我干啥？"苏凉不胜酒力，少许即醉，"你不是同性恋吧？""滚！五千米又臭又长，你当谁稀罕看？"冯子肖直言不讳，"跑你后面那个千年老二，是我高中好哥们儿。"苏凉大为惊讶："你是五中的？"冯子肖灌一杯酒下肚。"你肯定在想，就我这逼样儿，咋能进省重点的？"冯子肖自问自答，"我爸找校长走后门儿，花了十万。"苏凉追问："你后来怎么不练了？""吃不了苦。"冯子肖接着说，"今年省赛，我那哥们儿屁颠儿地跑过来跟我说，拿了第一，能保送了。当时我笑话他，你能跑第一？除非苏凉腿被人打折。"冯子肖拍着自己的大腿笑说："结果还真被我给说中了！"

"不是被打折的，"恍惚中，苏凉瞟了一眼手机，无最新来电，扭过脸说，"我自作自受。"冯子肖点头说："否则也不至于来这破学校，白瞎了。"苏凉反讽说："你不也来了嘛，上大学咋不接着走后门儿？""本来能搞到北京去，"冯子肖没听出苏凉问话里的酸味儿，一本正经地说，"我这种人念再多书有个屁用？想留在我爸身边学做生意——你他妈瞎啊？！"

"砰"的一声响，冯子肖将空酒瓶摔碎在地，一众酒鬼惊得回望，莫名其妙地盯着冯子肖和站在他身后的赤膊壮汉。"瞅不见人？！"冯子肖借酒撒疯，只因壮汉尿急从他身后掠过时撞到他的凳子腿儿。"小兔崽子！找死啊？！"壮汉的手臂内侧文了一个"忍"字，"刃"字上那一"丶"被刻画成一滴下落的鲜血——文身对于壮汉，显然是重意不重形，恐怕是专门文给对方看的，提醒别人见到他要"忍"。冯子肖晃晃悠悠地起身，双脚发麻，在壮汉的胸脯上推了一把，不料自己被弹开，一屁股摔在苏凉面前的折叠桌上，啤酒瓶和竹签儿飞散一地。邻桌几个痞子趁机围住冯子肖，一顿拳打脚踢，苏凉也难逃一劫，最终沦为两只沙袋。当二人抱头被踢倒在地时，苏凉瞄了一眼冯子肖——他居然在笑。

冯劲来派出所领人时，冯子肖躺在值班室的地板上睡着了，苏凉差不多醒酒，蹲在对面角落里的四个痞子正虎视眈眈。冯劲瞥都没瞥一眼摊在地上的儿子，径直走到年轻的值班民警面前，自己点上一根烟，随后才给小民警递上一根，对方冷冰冰地推开——"提个神儿。"冯劲在半推半就中把烟点上，顺手把剩下半包烟插进小民警胸口处的口袋，"留着抽。"苏凉看得清楚，半敞的烟盒里，塞着几张被卷成细筒的红票子。四个痞子也见了，牙缝儿里蹦出骂声，小民警朝墙角伸手一指喝道："老实点儿！"

冯劲拉着小民警从屋外"密谈"回来时，民警望了苏凉一眼："这孩子也一起领走吧？""真不好意思老弟，害你值班也没打着盹儿，下次，哥一定请你吃饭，叫你们张所长一起，我跟他都多久没好好喝一顿了。"两人坚实地握了手，冯劲才跟苏凉一人一条胳膊地架起冯子肖，扶上一辆黑色悍马车。

凌晨三点的青年大街，空得可以借高低起伏的引擎声断定路上跑着几辆车。"你咋又换车？"冯子肖突然坐直身，再次吓了苏凉一跳。"你没事儿啊！"反倒是冯劲的反应平稳："又跟我耍花样儿是不？""见你一面多不容易啊！"冯子肖轻车熟路地从冯劲的手提包里掏出一包烟，点上一根说，"快俩月没着家了吧？我妈以为你死了呢。""兔崽子。"冯劲往后视镜里看了一眼，"以后这种事儿叫你妈来，我忙！""知道你忙，忙着换新车、泡小蜜吧？"冯子肖将头探出车窗，吐一口烟，"我妈现在全职打麻将，水平都能参加奥运会了，比你还忙呢。"冯劲尴尬至极，脸一阵红一阵白，才想起抓过苏凉当救星："小伙子，这次多亏你护着他，叔叔改天请你吃饭。""客气了，冯叔……"没等苏凉寒暄完，冯子肖就打断说："还差你那一顿饭？明天你给学校打电话，别给咱俩记过。""已经跟所长打好招呼了，不通知学校，老子心眼儿要是还没你全，咋给你擦屁股？"冯劲以一种"还用你说"的语气轻描淡写着说。"还有，你帮我打听打听，刚才那帮逼混哪儿的。"冯子肖追加条件。"你他妈还嚣张上了！"冯劲终于忍不住爆发，"以后少在外面惹事儿，这社会水有多深？你懂个屁啊！"

红灯亮了，刹车踩得悄无声息，冯劲不回头地问："小伙子你家住哪儿？"

"苏凉住大西菜行。"冯子肖抢话。

"你住大西菜行？"冯劲一惊一乍，"苏敬钢是你爸？"

"你怎么知道？"苏凉也惊呼。

又是一个红灯，冯劲转过头，问苏凉："左娜是你妈？"苏凉贴上前，直勾勾地盯着冯劲："你还认识我妈？""岂止认识，我跟你爸妈是光屁股一起长大的。"冯劲的眼神顿时柔和，又问，"你爸还在机床厂上班呢？"苏凉冲着后视镜点头。冯劲眯着眼说："这周六，叫上你爸，冯叔请客，咱爷们儿四个好好聚一聚——你有二十了吧？""十九。"苏凉说。"对，子肖比你大五个月。"冯劲暗自估算着什么，目光深过前路尽头。"你是八六年的？"苏凉质疑着冯子肖稚气未脱的脸。冯子肖得意地笑："叫哥！"——"这么一算，"冯劲自顾自说着，"我跟你爸也有小二十年没见了。"

# 第五章


苏敬钢明显察觉到，自从左娜见过周晓燕后，就不太爱搭理自己了。但左娜上下学时，却没有再拒绝苏敬钢的护送，她只是憋着不跟苏敬钢讲话。冷战多日，苏敬钢注意到左娜的一个变化：连续几夜，左娜都准时地出现在小屋窗前静坐，蜡烛也从小方桌移到了窗台上，她纤瘦的轮廓被映得清晰。左娜每晚坐到窗前，做的都是同一件事：捧着铅块儿大的戏匣子在怀里听，耳朵几乎要塞到喇叭里去。只有苏敬钢清楚，左娜是在听歌。

左娜打小儿连话还不会说时，就对声音高度敏感，但凡带高低调儿的动静——不管是吱吱扭扭的缝纫机响，还是酒鬼老王头儿乱吹的口哨，都能吸引左娜的耳朵。等她长到十来岁，整日抱着戏匣子不放，可没多久就听腻了，翻来覆去都是那几部样板戏，太不洋气。直到"文革"后拨乱反正，电台里才开始播放流行歌曲，无非还是革命唱腔，最婉约的也不过是苏小明的《军港之夜》。左娜深感：还是不够洋气。直到高三那年开春，左娜正漫步在放学路上，途经一户平房窗前时，一种完全陌生的曲调传入她的耳朵：节奏明快，同时还弥漫着淡淡的哀伤。尽管声音极小，还是把左娜的耳朵抓得牢牢的，那歌声强将她的头摁在窗檐下，千回百转地往她耳朵眼儿里钻：那是一把男声，纯粹、通透，连咬字也让人浑身酥软。左娜的每一个汗毛孔都在收紧。打那往后，她每天都渴望再听到那个曲调，那把声音。可惜，住那家的人像为了报复左娜才特意搬走似的，那扇窗再没敞开过哪怕一道缝儿。左娜从此丢了魂儿，怅然若失，又万分嫉妒——那不是戏匣子，戏匣子里绝不会有那样的曲调，更不可能不穿插广播员的报幕声——那是用录音机播放的磁带。左娜第一次无比厌恶自己蠢笨的戏匣子——要等猴年马月，我才能拥有一台录音机啊！

仅仅过了几天，左娜就得知了那把男声的名字：刘文正。再后来，左娜翻来覆去地把刘文正的歌曲听了无数遍，在她拥有了自己的三洋录音机后——录音机是左勇买的，原本为讨好对象小芬。买录音机的六百七十五块钱，是左勇从家里偷的，那是张婶儿压箱底的过河钱。张婶儿搬去医院照顾老左前，叮嘱左娜管好家里的钱，谁承想，家贼难防，左娜发现左勇偷了钱，气得一连三天一口饭都吃不下。有好几次，她看到左勇提溜着录音机一步三晃的背影，她就想拎起锤子冲上去给砸了，可每次总也下不去手——那么金贵的宝贝，却要整天给小芬那个土包子来享受，左娜越想就越气，越气就越吃不下饭，几天不到，瘦得眼窝儿凹陷——这些，全被苏敬钢看在眼里。

礼拜天，左勇提着录音机正准备找小芬，招摇地晃在大西菜行的街上，突然被一个高大的身影拦住。"干啥去啊？"苏敬钢点上烟，没用正眼瞧左勇。"哟！是三儿啊！"左勇顿时不自然，宋连海一事后，左勇一直在故意躲苏敬钢，"正要去找你小芬姐。"说着，骄傲地晃了晃手中的录音机。"哎哟——"苏敬钢一把将录音机抢过，"这可是日本货！得三四百呢吧？""三四百？"左勇一下来了精神，伸手比划了个"六"，高声说，"六百八呢！"苏敬钢爱抚起录音机的喇叭，用余光瞄着左勇脸上既得意又揪心的表情，说："借我喝瑟两天。"左勇支吾着："那个什么……"苏敬钢两眼一眯，不怒自威："咋地？心疼？"左勇瞧明白了，苏敬钢这是要"文抢"自己！不借也得借，还不如舰脸送个人情："说好了过两天就得还我啊，我倒是不着急，你小芬姐爱听歌儿，两天不听就耳朵刺挠……""我苏敬钢哪回说话不算数？"苏敬钢拎起录音机，大摇大摆地走了。

苏敬钢得意地走在街上，回头率极高，他感觉手里的录音机放的不是曲儿，是万丈金光。途经一家小卖部，苏敬钢买了包烟，找过钱正要走，小窗口里突然探出一个尖脑壳儿，吓了他一大跳。那颗头贼眉鼠眼，神经兮兮地问苏敬钢："哥们儿，要磁带吗？"苏敬钢费解地问："要啥？""磁带！"尖脑壳儿眨巴两下鼠眼，"顶好的机器，咋能放这么土的曲儿！"苏敬钢竟被说得脸红，鼓捣了半天，才找着暂停键。"我这儿有盘儿最新的，邓丽君。""谁？"苏敬钢听不懂。"邓、丽、君！"尖脑壳儿语气暧昧。苏敬钢还是一脸茫然。"台湾歌星，邓丽君！"尖脑壳儿说到"台湾"二字时，语气轻得发飘，"'白天听老邓，晚上听小邓'——没听说过？"苏敬钢莫名地害起臊来。"我操——哥们儿你可真够土的！"尖脑壳儿说着，递出一盘磁带，"就这个！"苏敬钢被尖脑壳儿的气魄所感染，双手郑重地接过磁带——封皮是一个年轻女孩的大头像：波浪卷，小圆脸，两眉细弯，双颊绯红，笑容甜美得直沁人心脾。"保你不后悔！那叫个甜，那叫个浪。"尖脑壳儿咂巴一下嘴说，"听的时候背着点儿人，我卖这个都冒风险。"苏敬钢把磁带揣进裤兜儿，问："多少钱？""四块。"——"你他妈咋不去抢呢？！"苏敬钢摆出"武抢"的架势，佯装要打，尖脑壳儿吓得举手求饶："真没唬你，这盘最火，上价就贵！"苏敬钢临时改为"文抢"，手里刚好攥着买烟找回的一张两块钱，随手搓成一个绿团儿丢进去："就两块！""哥们儿，我服了你，上价还两块五呢！"尖脑壳儿像被人割肉放血，痛不欲生，"以后要买带子就来找我，给你最低价儿。"苏敬钢满意了，两眼一眯，打着口哨儿，昂首阔步，高大的身影被夕阳镀了一层金边儿，如一尊佛坛前持剑护法的忉利天王，美美地走进日落之西。

左勇傻等了三天，也没等到苏敬钢来还录音机。

左勇抓心挠肝地苦等至第五天，仍不见苏敬钢和录音机的踪影，终于架不住小芬的软磨硬泡，硬着头皮主动去找苏敬钢。"录音机啊——"苏敬钢一拍脑门儿，"忘跟你说了，录音机啊——坏了！"左勇差点儿哭出来："你咋整的？一到你手里就坏！"苏敬钢一脸无辜地说："鼓捣两下就不出声儿了，我寻思照着说明书自己修，全他妈是日本字儿！不过我送去南市场的修理铺了，你别急，修好了给你。"左勇又气又怒，唧唧歪歪地走了。没过两天，又来找苏敬钢。"哪家修理铺？我自己去拿！"左勇强硬道。"哎呀——"苏敬钢一脸遗憾，"这么高级的进口货他们也没修过，不会，我把机器给了一个跑车的朋友，让他带去北京修，估计咋也得等半年吧！"

每晚，左娜要等到全世界都睡熟了，才从炕上爬起，取出藏在炕底下的录音机，大被蒙头，做贼似的听。被窝儿里的左娜苦不堪言，一路听还要一路抄歌词。磁带里没有歌词本，磁带本身也有毛病，总是搅带，左娜得用铅笔插进磁带孔，把磁条一圈圈卷回去，才能接着听。可左娜仍开心得要死，邓丽君唱，她跟着学，一字一句地模仿。她被自己的歌声感动了，从不知道自己竟有如此天赋。有了邓丽君的陪伴，半夜里，左娜再不觉得这房子空荡可怕了。一九七九年的某个夏夜，远在海峡对岸的歌星邓丽君，成了这个生长在大西菜行的女孩生命中的救世主。

六月下旬，这座城下起自建国以来最大的一场雨，浑河一夜之间满溢。

苏敬钢望着窗外，家门口的小路被鸡蛋一样大小、冲锋枪一样密集的雨点儿打得泥雾蒸腾，严重阻碍自己遥望左娜的视线。雨点儿激起碗大的泡儿，这是连雨天的征兆，人人都晓得。至于连雨天放晴后的第一天有什么稀罕，就苏敬钢最清楚。放晴那天的一大清早，苏敬钢驮上冯劲，奋力蹬着大二八往北陵公园去了。清昭陵，坐落于城北，故称北陵，清太宗皇太极葬在里面。陵墓阴面的山脚下，有一片草树茂盛的野地，平日人迹罕至，偶有贼影现身。至于人们来这荒郊野岭都干什么，入口处的告示牌上已经详述：

一、禁止打鸟

二、禁止采摘

三、禁止钓鱼或打猎

四、禁止砍伐

五、禁止聚众斗殴

六、禁止点火

七、禁止从高处掷物

八、禁止随地大小便

但凡是"禁止"的，都是人们来这里要干的。苏敬钢带冯劲是为"三、禁止钓鱼或打猎"而来：连雨天过后，野物也都饿了几天，纷纷要出洞觅食，常见狐狸和黄鼠狼，运气好还有兔子，正是"打猎"的好时机。苏敬钢带了一根竹竿儿、一圈铁丝、几个网兜儿和塑料袋子，跟冯劲在后山逛了大半天，偏偏一个活物都没撞着。苏敬钢暗骂，莫不是这帮小畜生久居皇陵沾染了灵气？一个个像知道老子要来吃它们似的，躲着不出来。眼看就快中午，等潮气一散，更是连根毛儿都逮不着了。两人只好放弃捕猎大家伙，转战一个水塘边。苏敬钢捉了一只小青蛙，用细绳儿拴在竹竿儿上，伸进水里，没多会儿就钓上一只大青蛙。不到半个钟头，七八只大青蛙纷纷中招儿，被苏敬钢捆进网兜儿，拴在树上。冯劲建议，再逮点儿蚂蚱，于是俯身蹲地，一个扫堂腿下去，只见以腿为半径划出的圆圈内，百翅齐飞，苏敬钢撑开塑料袋子在半空中奋力一捞，大大小小的蚂蚱撑满袋子。

苏敬钢和冯劲回到大昆家，大昆正怀捧戏匣子，陶醉地听着京剧，扯起嗓子跟着唱："铁牛俺跟宋大哥立过那军令状，怎奈下山那一阵热酒香！酒香惹得俺喉咙痒……"冯劲打趣说："太阳打西边儿出来了？文盲都会唱戏文儿了！""嘘——"大昆拍了拍戏匣子，"正唱黑旋风李逵呢！"冯劲跟苏敬钢"扑哧"笑了，敢情儿是文盲唱文盲呢。"铁牛——我那乖儿子唉！"冯劲也嬉笑着起一声长调儿。"滚犊子！"大昆骂道，抻长身子要揍冯劲，怎奈伤腿不允，忽然眼睛一亮——"手里拎的啥？"冯劲仍用京剧腔儿唱着："好酒好菜啊，我的儿！"大昆笨拙地挪到炕沿儿，逐个扒开来瞧，惊呼："哎呀我操——"脏兮兮的塑料袋子里：油炸蚂蚱、哈尔滨红肠、皮蛋豆腐、盐爆花生米，个个是下酒的硬菜，最后一袋子里是某种嫩红的肉类，像鸡块儿，可块儿又太小。大昆正看得两眼发直，只见苏敬钢又从背后变出两瓶老龙口白酒。大昆如狼见到羊，抓过一瓶，又捅出句文词儿："何以解忧？唯老龙口！"猛嘬一口，捏了一块儿红肉进嘴，辣得直龇牙："过瘾啊！这是啥肉？"冯劲好不得意地说："此菜名曰川椒田鸡。""唬傻子呢？鸡崽子也挑不出这么瘦的！""真他妈土包子，不是鸡，田鸡！""啥是田鸡？"冯劲和苏敬钢异口同声："青蛙！""青蛙就说青蛙呗，操。"大昆美得忘我，却不忘谴责二人，"你们这俩败家子儿，整这几个菜糟践了几个月的油啊？"苏敬钢骄傲地说："我找红星饭店的大师傅炒的，给了他两块钱猪油钱呢。"——"到底是大油好啊，"大昆满嘴油光，"青蛙过大油，都能变成鸡。"

苏敬钢搬了矮脚桌上炕，三人盘起腿来喝。父亲老苏曾骂苏敬钢：这三驴子肚里的酒虫子比鸡巴都长！苏敬钢的地主母亲一听这话，当即回骂一句歧义颇深的话：那也没你的长！——苏敬钢第一次喝酒时才十三岁，偷喝了老苏的二两散白酒，挨了一顿暴揍，屁股一个礼拜不敢沾炕，嘴里还是喊值。这一喝，就喝了大半辈子。苏敬钢有时自己都觉得，自己身体里流淌的不是血，是酒精。

酒过八圈，花生皮搓了一炕。苏敬钢瘫靠在墙上，含糊说道："是酒鬼老王头儿能喝，还是我能喝？"大昆严谨地皱了皱眉，若有所思。冯劲笑着说："你和老王头儿啊——都没左娜他爹能喝！左娜他爹连花生米都不用嚼，空嘴儿喝，谁比得了？""左娜他爹那是穷的，花生米都买不起。"大昆打了个饱嗝儿，"三儿，你要是真跟左娜成了，将来非得被她家拖累死。"

苏敬钢冲冯劲使了个眼色，问大昆："杨丹这几天来看过你吗？"大昆甩甩一颗圆脑袋："她忙。"冯劲又问："那你知道她忙啥不？""还能忙啥？考大学呗。"酒壮尿人胆，冯劲大骂："你是真傻，杨丹跟南市场的二白跑了。"冯劲本想朝大昆太阳穴戳一指头，可手抬起又放下："杨丹想趁你腿瘸甩了你，等你能下炕了，人家早考完大学一走了之了。"苏敬钢在一旁劝："为那么个货色，不值。"大昆喝了一大口酒，说："我不砍女人。""欸，这就对了，总算你开窍儿一回！"冯劲举起酒碗，助兴道，"人生得意须尽欢，少往娘们儿裤裆钻。喝酒！"——"我他妈砍死二白！"大昆一声闷吼，惊得冯劲跟苏敬钢酒都喷出来，呛得直咳嗽。冯劲又劝："二白如今嘚瑟得欢，成了南市场的棍儿了，你连炕都下不了，咋砍人家？就算砍了，你往哪儿跑？你跑不了！跑不了的结果就两种，要么被二白砍，要么被抓进去劳教。不管是哪一种，你都废了。人家杨丹照样儿在外面吃香喝辣，还得骂你大傻逼！"大昆只字未听，也不反驳，只管低声问："你俩到底帮还是不帮？"冯劲不接茬儿，苏敬钢缓缓说："这是两码事儿。"大昆猛一拍桌子："啥叫两码事儿！我帮你捅小尾巴没？"苏敬钢嘴硬："掺和进女人，就是两码事儿。"大昆反问："不是因为左娜，会跟小尾巴结仇？"苏敬钢沉默了片刻。

苏敬钢低头："左娜跟杨丹不一样。"

大昆掀了桌子："都鸡巴滚蛋！"

冯劲郁闷地回了家，苏敬钢酒劲儿上头，站在胡同儿中央，举目仰望：放晴后的太阳果然雄壮、刺眼。他将眼睛眯成缝儿，太阳就成了扁长的；他瞪大眼睛，太阳就回归一个圆球；闭上眼，世界一片乌黑。苏敬钢笑了。雄壮的太阳，乃至大千世界，此刻都属于他，任由他戏耍。苏敬钢走到左家门口，推门便进。左娜正使着短扫帚清扫炕面。午后的阳光斜照进来，层次分明，每一粒精细的尘埃都难以遁形，在左娜哼唱的歌声里婆娑起舞：

　　　　不知道为了什么

　　　　忧愁它围绕着我

　　　　我每天都在祈祷

　　　　快赶走爱的寂寞

　　　　那天起你对我说

　　　　永远地爱着我

　　　　千言和万语

　　　　随浮云掠过

　　　左娜的嗓音比蜜甜，苏敬钢醉得更厉害，头朝后一仰，"咚"地撞在门框上——"妈呀！你吓死我了！"左娜一屁股瘫坐在炕上，轻拍着胸口，"咋跟个魂儿似的，走路都没声的啊！"左娜埋怨着。苏敬钢嘴角上扬，仍沉浸在刚刚美妙的歌声里。此刻，苏敬钢无比快乐。这种快乐，澄净了阳光，涤荡了尘埃，淹没了整间老房子。"愣什么神儿呢？"左娜望着痴笑的苏敬钢。"好听，"苏敬钢如同搅带的三洋录音机，反复说，"好听。"左娜自我陶醉起来："这首歌叫《千言万语》，就是你送我的邓丽君。"墙上的影子比地上的人更亲密。苏敬钢抬起了手，触向左娜的腰肢，突然在半空中缩回，只抓住左娜的手。左娜的指尖从苏敬钢掌心的三道疤上撩过："还疼吗？"

"不疼。"

突然，左勇摔了门进屋，惊得苏敬钢酒劲儿退去大半，尴尬地冲左勇点头，愣愣地退出门。剩兄妹两人，左娜站也不对，坐也不是，只好佯装出门。"给我站住！"左勇吼得底气十足，"亲爹都快死了，你还有心思搞对象？！""你说什么？"左娜转回身，惊恐地问，"爸怎么了？！"左勇故意不吭声，给自己倒了一碗白水，贪婪地喝。左娜急得泪水在眼眶里打转儿，喊着："痛快儿说！"

"一口气儿没捯上来，差点儿过去！"左勇抹了一下嘴说，"这会儿知道急了？护理爸的时候逮不着你人影儿，妈说让你一心一意念书，你好好念了吗？今天你班主任张老师都找到我厂子来了！""张老师找你干啥？""找我干啥？我是你哥！爸妈不在家，我不管你谁还能管你？"左勇头一次对妹妹说话如此理直气壮，"张老师前两天就要来家访，赶上下大雨，今天一大早就跑到咱厂子收发室打听咱家住址。刚好我今天去厂子取东西，看门大爷就跟我说，你妹妹的班主任老师找你！我这张脸臊得啊！"左勇在自己脸颊上拍了两巴掌。"臊也轮不到你！"左娜想起这阵子独自熬过的阴森的夜，就对自己形同虚设的哥哥咬牙切齿。左勇气得粗气直喘："不用你跟我这儿嘴犟，等张老师来，我看你还狡辩！"

苏敬钢出门后一直未走，趴在外面偷听到一半，急忙跑到胡同儿口，岔开脚往土路中央一杵，活像个险道神。不多久，一个戴方框眼镜的中年男人远远走来，被苏敬钢张开双臂截下："是张老师吗？"张老师吓得一惊："你是？"苏敬钢没头没脑地说："左娜搬家了。"张老师纳闷儿："不可能，这儿不是大西菜行吗？""是大西菜行，可左娜不住这儿了。"苏敬钢补充，"我是她二哥。"张老师狐疑地问："左家不就两个孩子吗？没听说她还有个二哥，再说左娜都不住这儿了，你怎么还在？"苏敬钢酒精上头，反应迟钝。"我不管你是谁，我是去家访，又不是杀人放火，起开。"张老师企图从苏敬钢手臂底下钻过去，却被一把钳住腰，张老师急了，拼命挣脱，眼镜被晃飞出去，身子却纹丝未动。

"你要干啥？"

"你不能去！"

张老师一个老老实实的知识分子，从没跟无赖打过交道，只得认输："你先松开我，咱俩好好说话。"苏敬钢犹豫片刻才松开，捡起眼镜，用衣角擦干镜片上的泥水，交给张老师。"为啥拦我家访？""你为啥要去家访？"苏敬钢反问。"左娜成绩掉得厉害，上课老打瞌睡，眼看要高考了，我不想她白瞎。"张老师扶正眼镜腿，说，"她是棵好苗子，应该上好大学，不能一辈子窝在这儿。""张老师，你信得过我，你的话我会跟左娜转达。"张老师虚着眼睛看他："你不是她二哥吧？你是哪个学校的？""反正不是二中的。""也住大西菜行？""左娜对门。"张老师说："年轻人，管好自己就得了，我听说左娜父亲病重，她压力挺大，你要真为她好，这段日子就别去打扰她，懂我意思吗？"一个酒嗝儿不合时宜地涌上来，苏敬钢忙闭紧双唇压下去。"把这个交给左娜，"张老师从包里抽出一个厚本，"这是我往年的备考笔记，让她好好看。"

一九七九年七月七日。高考第一天。

全城的高三学生正赶往考场。左娜斜背着崭新的单肩书包，背带上用红线绣着两个字：左娜。新书包是苏敬钢送的，名字是左娜自己绣上去的。苏敬钢自己千疮百孔的旧军挎绑在车把上，被枪刺扎出的无数个窟窿里，罕见白纸和钢笔。

忽闻一声长唤，冯劲从老远处追上来。"左娜，你爸快不行了！"冯劲累得上气不接下气，"你哥刚从医院捎信儿，你出门了……"左娜愣在原地。"真的假的？"苏敬钢揪直了冯劲的身子。"操，这种事儿有编瞎话儿的吗？"苏敬钢扭过头看左娜，问："要……过去吗？""废话！"左娜吼着。"我陪你去！"苏敬钢跨上他的二八车，命令道，"上车！""我用不着你陪！"左娜红着眼对苏敬钢大吼，气得苏敬钢一把拽过她甩到车后座上："再废话就来不及了！"左娜大哭："你不考了？！"

"我他妈考不考有区别吗？！"

"好赖也得进去考！"

苏敬钢瞪着左娜，右手冷不防塞进车闸，左手狠劲儿一扣，右手的指甲缝里鲜血四溢。

"你干啥啊！"左娜连惊带怕地尖叫起来。

"这几根手指头早就没知觉了，动不了！"苏敬钢举起右手说，"笔都握不住，还考个鸡巴！"左娜再也说不出一个字，瘫软在苏敬钢的背上，双臂绕过苏敬钢的腰，紧紧抱住。苏敬钢猛蹬起二八车，朝着第七医院飞奔。晨风从他们耳畔呼啸而过，一瞬间，苏敬钢觉得，自己就是一城之王。

# 第六章

二〇〇六年，入冬前，苏敬钢终于肯接受进一步的治疗，苏凉算松下一口气，父子俩的话却越来越少。有段日子，苏凉起床总有种分不清梦境与现实的虚幻感。周一到周五住在学校，猫在被窝里跟方夏打电话，偶尔甜蜜，能暂时逃离困境。可周末回到家，一看到苏敬钢的那双眼睛，苏凉就不忍心。苏敬钢去医院，从来不让苏凉陪，来来回回嘱咐苏凉专心念书。体校念什么书？苏凉担心治疗费用，家里没钱了，父子俩都清楚。苏凉连每个月的长途电话都快负担不起，每次附和方夏在电话里说笑时，他都反复盯着手机上的通话时间。苏敬钢更是连公交月票都舍不得办了，骑回他那辆二手的电动自行车上下班。几个月前，苏凉转达冯劲要聚一聚的意思，被苏敬钢断然拒绝。"以后有啥事儿都不许求他。"苏敬钢只撂下这么一句，没解释，苏凉也懒得问——你当我愿意聚啊？人家开悍马，你骑一电动小屁驴儿，好意思往酒店门口停车吗？苏凉好面子，说到底随苏敬钢。可再好面子的男人，被钱逼到死胡同儿，还是一样要低头。苏凉拿定主意，背着苏敬钢去找冯劲。

"冯叔，我想在你公司做兼职，挣点儿钱。"

"啥事儿需要钱？冯叔给你拿。"

"我自己挣。"苏凉的执拗令冯劲感到熟悉。

"子肖要是有你这么懂事该多好。等我安排，到时你俩一起来，那小子除了败坏钱，四六不懂，该学点儿本事了。"


入冬后，苏凉跟冯子肖一起进了公司。冯劲的公司做对外贸易，位于某写字楼的二十层，视野足以俯瞰这座城的全景。公司规模没有苏凉想象中大，算上老板冯劲才八个人，员工里地位最高的是会计小刘和库房老张。办公间是开放式的，冯劲的办公室在最里屋，用防盗门独立隔开。写字楼的地下室里有四间屋子被冯劲买下来，砸通几面墙做连体库房，两米多高的货架上堆满各式奢侈品牌：LV、Gucci、Chanel、Hermès，各种大牌，还有单反相机和笔记本电脑，简直一座小型西武商场。冯子肖惊呼："早知道咱家有这么大个名牌仓库，我还去商场花那冤枉钱！"冯劲指着他鼻子说："想都别想！叫你小子来是让你学本事的。"

苏凉和冯子肖每周只去一趟，没任何实际工作，年长的员工们还对二人客客气气，俨然是养了两位少爷。一个月当二十多天闲人，冯劲还每月给苏凉开四千块钱，比苏敬钢的工资还多五百，苏凉心满意足。不上班的日子，两人也不上学。苏凉被冯子肖拉着一起逃训练，冯子肖塞给教员五百块钱，永不记二人的出勤，从此，学校对于他们等同于旅店。苏凉有时会想：往后的日子就这么过了？除了不玩网游，他跟宿舍那些白天在 CS、魔兽世界里斗狠，晚上跟女朋友在电话里玩亲亲、摸摸的人还有什么分别？一样是混吃等死。苏凉买了台二手笔记本电脑，跟方夏联系也不用再往网吧跑了。他经常去看方夏在网上更新的动态：新发型、新裙子、新照片，还有新朋友在照片下面的溢美之词。苏凉对方夏新生活的立体感知也仅限于此，可方夏在电话里跟他聊的东西，他却越来越难懂，什么留学生学会竞选、社团活动、什么 Cosplay 大赛、什么学祭义卖，苏凉一概嗯嗯啊啊，起初还算好奇，慢慢实在懒得再装，对方夏的话题提不起兴致时就故意大声地在电话里打哈欠。方夏不爽："烦我了对不对？咱俩没共同语言了是吗？"语气里的危机感仿佛世界末日要来了。苏凉就说："你想多了，你忙你的。"方夏就果真又忙起来了。方夏没空理苏凉时，苏凉真的是太闲了。他在网上报名了一个本地的摄影俱乐部，每周末跟一帮上岁数的老大哥跑去近郊拍照，用方夏送的小卡片机，怕被笑话，不承想老大哥们大多为人豪爽，名贵相机愿意借给苏凉玩。苏凉白天跟人学照相，晚上自学 PS，打发时间很有效。冯劲给的"工资"少半自给自足，多半攒下给苏敬钢买进口药。每个月去医院拿药都是苏凉自己，苏敬钢每次给他的钱，苏凉都说够了，背后再添上自己攒的钱。

冯子肖每天睡到中午才睁眼，梳洗打扮后，开着冯劲淘汰的宝马出门泡妞，载上音乐学院或模特中专的女孩子去商场扔钱；晚上，还是泡妞，不同的是战地转至酒吧、夜店、KTV，每周通宵三四晚。冯子肖去泡吧，每次都想拉上苏凉，可半年来苏凉只跟他去过一次。当晚的局是冯子肖组的，为招待三个广东男孩，都是他当年在深圳念小学时的玩伴。冯子肖最常去的夜店，无论他几时去都有超大卡位预留，因为跟经理熟。经理们也不过是二十出头的女孩子，可冯子肖偏一口一个"姐姐"地叫，还会给小费。经理们被哄得开心了，都主动给他介绍女孩子。苏凉第一次来，算是开了眼：美女经理从舞池里兜一圈儿，身后就跟回来四个比她更漂亮的女孩，一个牵一个地坐进冯子肖开的台。三个广东仔也看得出家境殷实，叫了四五瓶插着烟花的香槟。对比之下，苏凉不太自在。他不懂这种玩法的规矩，自己该不该掏点儿钱出来？就算把身上的钱一分不少地都搜刮出来，可能连一瓶酒都买不起。"你鸡母鸡？冯子肖读小学时就很淫，饿年纪就追求我们的英语老丝！"名叫光仔的广东男孩操一口粤普跟苏凉讲笑，苏凉费劲地听完，摇头说："我根本就母鸡他小时候在深圳长大！"另一个男孩给身边高束马尾的女孩满上一杯，马尾十分给面儿，喝了个交杯，整桌叫好。

唯独一个女孩默不作声，穿花裙子，拘谨地夹着双臂，坐在苏凉旁边。

"你怎么不喝？"冯子肖替苏凉搭讪，花裙子的屁股朝苏凉这边挪了挪，说："我不会喝酒。""那你俩下去跳舞！"花裙子怯生生地说："也不会。"冯子肖瞪大眼睛："你不是舞蹈学院的吗？不会是跟我一样走后门儿吧？"花裙子认真解释："我学舞台设计的，不会跳。"冯子肖努起嘴，拍着苏凉肩膀说："靠你自己了！"苏凉和花裙子都听见了那句"嘱托"，局促起来。苏凉硬着头皮，指着裙子上的一朵朵小白花，尴尬地问："这是什么花？"花裙子像受了电击，肩膀一哆嗦，说："雏菊。"苏凉苦于没预备第二手，点头说："挺好看。"花裙子也点点头。苏凉自己抿了一口酒，暗自在心里给女孩起外号叫"雏菊"。随后，他裤兜儿里的手机狂震——"喂？"苏凉捂着另一只耳朵艰难接听，"是你吗？"

"我怎么知道是不是'我'！"方夏醋意十足，"我名字是叫'你'吗？！"

"你念绕口令呢？"苏凉跟身旁的雏菊示意"借过"，躲去稍静的洗手间，才好意思开口，"亲爱的！行了吗？"

"刚才怎么不敢叫？左一口'你'，右一口'你'的！"方夏质问，"你在哪儿呢？这么吵！"

"夜店，"这一点苏凉确没撒谎，"刚才旁边有人。"

"是不是女的？！"方夏声音高出八度。苏凉耳膜刺痛，到底撒了谎："男的！我跟你说过。"

"暴发户儿子？"方夏不客气地说，"你怎么成天跟这种人混在一起？再说，这都几点了？！"

"东京还快一小时呢，都凌晨三点了，你怎么不睡觉？"

"我……"方夏低下声来，"想你睡不着呗！"

"这么大了睡觉还要人哄？用不用拍拍啊？"

"你拍得着吗？手够长吗？"

电话两端同时沉默。许久，苏凉才又开口："放假什么时候回来？"

"元旦吧，春节能不能在家过，我也说不准。爸妈加班回不去，姥姥和姥爷被小舅接去北京了，这年也不知道该在哪儿过，我都不知道哪儿才算是我家……"

"老家也算家啊，我不是还在呢。"苏凉有气无力。

"但愿你有工夫理我！"方夏酸溜溜地说，"就不耽误你花天酒地了！"

方夏气哼哼挂了电话，苏凉心中不快，小腹跟着肿胀，站到小便池前撒尿，冷不防被冯子肖从背后拍一掌，尿断了流。"大哥，存心报复社会是不？"冯子肖嘲笑苏凉，边尿边抖着身子说："没见过你这么跟女孩聊天的。""我俩说话一直这样儿，你不认识方夏。"苏凉拉上裤链。冯子肖提好裤子，醉醺醺地洗手，对镜子里的苏凉说："我没说你跟方夏，说你旁边那小雏菊。她对你有意思，看不出来啊？挺可爱。"

凌晨三点半，八九个年轻男女站在夜风中，三个广东仔浑身打战，拉着两个女孩缩成一团。领头的光仔要去通宵唱K，叫冯子肖跟苏凉一起。冯子肖帮他们打了两辆车，摆手说，不去了，吃个宵夜就回家。"食嘢？食女系真！"——"屌你啦！"冯子肖转头去开宝马，整晚都在跟他"结对子"的马尾女孩坐进副驾驶。冯子肖问苏凉："上不上车？""又酒驾？活腻了？"苏凉陪着雏菊站在原地不动。"我送送人家。"苏凉看一眼雏菊，自己还晕得站不稳，"那你回宿舍吗？"冯子肖斜着眼反问："回去跟你彻夜谈心啊？"说罢，一脚油门儿开上大街。只剩苏凉跟雏菊两个在寒风中瑟瑟发抖。"送你回学校？""宿舍宵禁，进不去宿舍。""你家住哪儿？""我家大连的。"雏菊冻得两个膝盖撞出响儿，苏凉只好打车带她去了一家连锁酒店。付过钱，苏凉送雏菊上到房间，正打算走，被雏菊拉住，雏菊问，你要走吗？苏凉头疼欲裂，摇着脑袋说，我们宿舍没宵禁。雏菊点点头，跟苏凉客套了两句，互留了电话，才不舍作别。

走出酒店，天刚放光。苏凉在空无一人的商业街上游荡，陆续有几辆点着鬼火绿的"空车"招牌的黑车在他面前停下又被他摆手而去。苏凉被冷风吹得清醒，掏出手机，翻出方夏的号码，发出一条信息：

"回家吧，我想你。"


第二天，苏凉起床，早饭已在餐桌上。苏敬钢一如既往地站在阳台上抽烟。

冯劲来了。苏敬钢跟冯劲对视的刹那，苏凉看到的是天南地北，甘苦自知。

"你咋来了？"苏敬钢捻灭烟，坐回沙发。

"自打老房子拆迁，还真是第一次回来。"冯劲巧妙地闪避开话锋，"这些年过得咋样儿？"

"都这个岁数了，还能咋样儿？不像你，越活越滋润。"

"别取笑我了。说来也真是巧啊，俩孩子又成同学了。"

"没啥巧不巧，命里安排好的，谁也躲不过。"

"前两个月我让大侄儿叫你吃饭，你也不回话儿。"

"饭就不吃了，"苏敬钢回绝，"你来看我，已经够有面子了。"

"三儿，你再这么说话，我可生气了。这些年确实是我不对，光顾着瞎忙，忘了发小儿，我不是物儿！所以你得给我机会赔罪啊。"冯劲装傻。

　　"照顾好你老婆孩子就行了。"苏敬钢的眼神游离在客厅之外。

　　"从小到大，只要一到你跟前，肯定就是埋汰我。我也是贱。"

　　冯劲将无处安放的尴尬投向一旁的苏凉："想当年，你爸领着我们打遍菜行无敌手，谁敢跟我们叫嚣？一律摆平！你爸那身手，再加上大昆个不要命的——那个成语怎么说来着？——所向披靡。你冯叔小时候虽然瘦，可打起架来，那也是挤着往前冲的……"苏凉问："大昆是谁？"苏敬钢打断："小时候不分好赖，跟孩子讲这有光？"冯劲再无兴致圆场，男人们沉默地喝光各自手里的茶。

　　苏凉送冯劲下楼时，冯劲对苏凉说："你爸精神状态不太好，你得劝他好好养病，等有空我再来看他。钱上要是有困难，就跟冯叔开口，冯叔当你是亲侄子。"苏凉望着黑色的悍马开走，锃亮的车门倒映出老旧的楼栋和院门。他实在想不通，苏敬钢为什么对一切都那么不屑？尤其是金钱。钱还咬手吗？冯劲送来两盒名贵的鲍鱼、海参，大商场里至少卖上万。苏凉不信苏敬钢能一直摆到臭了然后扔掉。有种现在就顺窗户撇出去。至于苏敬钢跟冯劲之间到底发生过什么，苏凉没心思深究。他只是突然闪过一个念头，这个念头也曾在过往十年的岁月里屡次出现——母亲离开这个家是对的，她那样的一个女人，不该跟着这样一个男人，白白在大西菜行委屈一辈子。

除夕前日，方夏从东京回来了。苏凉望着方夏走过来时，打了一个哆嗦——她穿得太单薄，身上的外套顶多能算一块剪裁精致的布，下身更令人发指：短裙、短靴、黑丝袜，像是从日本漫画里跑出来的，然而，在这座城的寒冬里穿成这副德行，冻死是分分钟的事。苏凉刚要拥抱方夏，才发现她身后还跟着别人。

"哎哟哟——这就是传说中的苏大驸马吧？"方夏身后的女孩眼珠在苏凉身上滴溜转，"真帅。""喜欢送你？"连苏凉都能识破的玩笑，方夏却中计。女孩揽过苏凉的胳膊，说："说话算话，你初一、我十五？"方夏又急又气，苏凉只顾笑，忘了应该先抽胳膊，及时摆明立场。"还装呢！在日本整天想啊念啊的，见面了反倒装矜持，当我面不好意思啊？你们亲你们的，我保证不吐。"女孩坏笑着，转身去洗手间。

"林伊敏就爱闹。"方夏双手缠紧苏凉的胳膊，生怕他真被抢走，"伊敏是我在日本最好的朋友，语言学校认识的，我俩初中还是一个学校的，你说巧不巧？"方夏坦白，她只能待一天，姥姥和姥爷被小舅接去北京，方母让她去北京过年。"能不能花钱改机票？""估计没戏，我妈已经通知小舅明天去机场接我了，还让我到北京给她回电话，贼着呢！再说明天就除夕了……""明天几点飞机？""上午十点。""今晚在哪儿过？""无家可归。"苏凉说："去我家。"

"能带我一起去不？"林伊敏从厕所回来，拍着苏凉肩膀说，"管吃管喝就行，绝不往你俩炕上挤。""流氓！"方夏臊红了脸，连苏凉也支吾不语。林伊敏说："逗你们玩儿呢，一顿饭舍不得？""那就一起去我家吃。"苏凉反悔，反而没了面子。"这就想让我放她回家？美得你！"林伊敏搂紧方夏，"晚上还有安排呢，是吧亲爱的？"苏凉的情绪一落千丈："什么安排？""约了几个初中同学唱K，"方夏也觉着对不住苏凉，"你跟我一起去吧？"苏凉顿时不悦："那你刚才为什么不说？"林伊敏见状打起圆场："必须一起去！不去——小心方夏被人拐跑！"

KTV包房里，方夏正在唱歌，壁灯昏黄色的光倾泻在她身上，令苏凉感到陌生。方夏唱了一首《流年》，婉转动听。苏凉吃惊，回想起两人高三时短暂的初恋时光，从未有机会听方夏唱歌。房间内的其他人手拉着手随节拍摇晃，大半都是留学生，女生议论着包包和鞋，男生比评着手中最新的电子产品功能优劣。苏凉僵坐其间,好像失去行为能力。林伊敏眼尖,起身提议:"苏凉,你给大家唱首歌吧?要是大家满意,就放你和方夏走。""我唱歌跑调儿,"苏凉苦笑一句,"怕吓着你们。"林伊敏不依不饶:"开什么玩笑?我可听说你妈妈当年是歌手欸!不唱就不放你们走!"苏凉的笑容被磨平,脸色一变说:"我不会唱歌。""不然你把这瓶啤酒一口气干了,"林伊敏自搭了台阶下,"你总不会滴酒不沾吧?"众人鼓掌起哄,苏凉接过酒瓶,一饮而尽。"行了,放你们俩去缠缠绵绵到天涯!"

走出 KTV,竟已是白茫茫的大地。一场迟到的雪,才让这座城活过来。

"真美!"方夏兴奋得像个南方孩子,往手心儿里哈着气说,"冬天还是该回家看雪,东京倒是也下雪,可就是比不上咱们的好看。"话音未落,方夏一只脚已经踏进雪里,轻飘飘的雪花顺势灌满两只短靴。"好凉!"方夏惊叫。苏凉弓起腰:"上来!"方夏瞥了一眼街上旁人,做贼般"噌"地一下蹿到苏凉背上,在一片羡慕的目光中挥舞手臂指挥道:"苏凉同志,前进、前进、前进进——"苏凉迈开双腿在雪地中飞奔,方夏在他背后感受着他颠簸的心跳:"慢点儿,别摔了!"苏凉反而加快脚步,要挟说:"以后还敢不敢穿这么少？啊？"“不……不敢了——"方夏闭眼尖叫，当她睁开眼时，两人已置身天桥——半年前苏凉纵身跃下，如今已经竣工使用的过街天桥。曾经漫不经心的誓言，被淹没在来往行人脚下。

"我有多想你，你知道吗？"

"那你知道我多担心你吗？"

苏凉将方夏拥在怀里："每天醒来，第一件事就是担心，担心你今天吃饱了没，穿暖了没，睡好了没，越想就越不安，恨不得马上接到你电话，没有电话就查邮箱，要是邮箱也空着，整个人就开始慌，这里抽筋。"苏凉指着自己心口窝，"你懂吗？"方夏将头整个塞进苏凉怀里，低声细语着："我不想你总是担心，我有爸妈照顾，新生活也很好。"“你过得好，我更担心。"苏凉清楚，自己是借着酒劲儿才倒出心里憋了大半年的话，"我担心你太享受新生活，就把我忘了……"苏凉感到方夏的肩膀在微微地颤抖："苏凉，原来，我还就是喜欢你的小心眼儿——我可真是没救了。"

"我才没救了吧。"

方夏不会明白，苏凉说这句话，与她并无瓜葛。


苏凉喜欢推开家门时，有一桌晚餐在等自己的感觉，如果刚好只有饭菜而没有苏敬钢在，那就更完美了。他知道，这挺没良心的。方夏还没进门，就开始嚷："叔叔！我又来蹭饭了！"苏敬钢站在客厅里愣了一秒，笑着说："稀客啊！"苏凉听着两人寒暄，总觉着哪里不对，鸡皮疙瘩起了满身，发现厨房还有周晓燕在忙活。方夏丝毫不见外，直奔餐桌，拈起一只红烧大虾往嘴里送，边嚼边夸："叔叔的手艺还是棒啊。"苏凉满意，顺便也接受了周晓燕作为一个家庭成员出现在除夕前夜的餐桌上。苏敬钢措辞道："明天三十，又我们爷俩儿自己过，刚好今晚人多热闹，就当提前过年。"苏敬钢抿一口酒，立刻咳嗽起来。"你就别喝了。"苏凉不耐烦地说。"难得今晚高兴。"——"就这一杯。"周晓燕以命令的口吻说着，将苏敬钢杯里的一大半酒折进自己的杯子。"这明明是一口。"苏敬钢无奈地笑，"活到这个岁数，长短也没啥区别了。"苏凉冷冷地说："好死不如赖活着，别人操心也没用，谁也不能跟你换命。"——"咋跟你爸说话呢！"周晓燕斥责苏凉，语气掌控得很知趣，"打小儿就数你爸最壮实，谁扛不住了，你爸也能扛得住，这点儿小病咋可能把他折腾垮？"苏敬钢不耐烦："大过年的，唠别的不行吗？"方夏此时很小心地叫了一声："嘿，我不吃芹菜。""真矫情，还挑食。"苏凉嘲讽一句，夹回来自己吃了——"人家爱吃啥还归你管？男孩子，一点儿风度没有。"周晓燕调侃着苏凉，又给方夏夹了一只虾。"人家最有风度，要风度不要温度，大冬天连裤子都不穿。""怎么就非得酸我呢？"方夏揪住苏凉手臂，狠掐了一把，疼得苏凉直叫唤。方夏解气地说："大男人一个，心眼儿比针鼻儿还小。"周晓燕借机戏弄起苏敬钢："随他爹。"两个女人得意地笑作一团。

窗外大雪纷飞。周晓燕执意要离开，苏敬钢劝周晓燕留下过夜，她偏不肯。苏敬钢送她下楼，各自气急败坏的脚步声响亮地在楼道里博弈。方夏也要走，说去林伊敏家睡一晚，要不就去睡酒店。苏凉说："这么大雪，你去哪儿？留下吧，明天一早送你去机场。"

凌晨，苏凉蜷缩在客厅的沙发上。大雪彻夜未停，夜空中映出透亮的橘红。也不晓得周晓燕那辆破桑塔纳有没有陷在大雪地里。苏凉辗转反侧，见方夏的门没关严：弓身蜷作一团，像只小猫。苏凉悄悄走进去，小心给她掖好被角，方夏突然回身："你想坏事儿呢！"苏凉不否认，沉默地继续盯着。方夏坐直了，收起两条腿，抱在胸前，一对膝盖罩进宽松 T 恤里，苏凉试探着将方夏搂进怀中，两个人呼吸加剧—— 一连串的咳嗽声，将两人定格在纠缠未遂的姿态中。苏凉也拿不准，苏敬钢的咳嗽是不是故意的。他跟方夏幽怨地对望了一眼，挣扎了几个来回，才拔着河分开。

天空大晴，云被扯得很长。

苏凉奔跑在埋过脚脖子的处女雪上，一步步扎进去又拔出来。他不确定前夜是否春梦一场。当他一头热气地回到家，早餐已在桌上。"再不回来，粥都凉了。"方夏替苏凉抹额头的汗，见他胸前挂着自己送的红色相机，讶异地问："跑步怎么还带着相机？"苏凉说："跑闷了可以拍拍街景。"方夏用手戳苏凉的胸口，说："要是被我发现你敢拍美女……当然了，也不会有你女朋友美！"——方夏嘴里说"女朋友"这个字眼，令苏凉顿感陌生——要不是一句提醒，他早快忘了他面前的这个女孩已经跟自己谈了快一年的恋爱——为什么会如此陌生？苏凉心里有个小算盘，他早算过，这半年多跟自己相见最频繁的女人，是学校宿舍的清洁大婶，每天早晚各见两次。可他跟"女朋友"相见的天数，掐指就能数过来。苏凉的情绪忽然低落，说："送你去机场吧。""这天气应该打不到车，"方夏声音有些怯地说，"有个初中同学开车来接，那男生昨天唱 K 的时候你见过，他听说我今早飞机，非要送我，就答应了。"苏凉的脸色更阴沉："他知道你在这儿？""短信说的。"苏凉冷冷地说："快吃饭吧。"说完抓起一个包子，回了自己房间。八点钟整，楼下响起一串车喇叭声，苏凉从阳台朝楼下望，一辆银色奔驰不偏不倚地堵在楼道口前。"下楼吧。"苏凉不理方夏，提起她的拉杆箱就开门下楼。

方夏匆匆穿上外套，追到楼下，苏凉正把箱子塞进后备厢。苏凉一声不吭，男同学只好给方夏开车门——开的是副驾驶门，方夏没多想就坐了进去。苏凉"砰"一声扣上后备厢，车被震得一抖。"不送送你女朋友啊？"男同学没太看懂，冲车座后排努嘴，"上车吧。"方夏无辜地望着苏凉，正打算换到后排去坐，车门刚开一道缝儿，被苏凉一把摁了回去，险些夹伤方夏推门的手。

春节很快过去，大年初八，方夏就从北京飞回了东京。

对于苏凉而言，方夏在北京或在东京，并没有本质上的区别，只要不在身边，自己的日子就会回归到每天手机短信，隔三差五讲电话、收发电子邮件的轨迹上。生活像在跟他玩捉迷藏，也不知道谁躲谁。

出了正月十五，全城都不准再放鞭炮，年也就算过完了。某天中午，冯劲在公司跟苏凉和冯子肖交代过一些生意上的事后，开车载着他们到大西菜行的一个小饭馆吃饭，是一家回民馆子，就在当年的大西农贸市场旁一条狭窄的胡同儿里，冯劲不得不将他的悍马停在胡同儿口外老远。

冯劲点了几道小炒，三人苦于没有话题，沉闷地喝着羊汤。冯劲喝着一小瓶白酒，点了饭馆招牌的回头跟羊汤，回头一口咬下去鲜香四溢。冯子肖才嚼一半，便喜出望外："真香啊！"

"你爸当年最爱吃这家回头。"冯劲眼里根本没有冯子肖，定睛对苏凉说话，"我清楚，现在就算拿八抬大轿子去请，他也不肯来。"苏凉只听着，不知说什么。"你爸真不该一辈子窝在机床厂，"冯劲从小饭馆破旧的窗框里望出去，"白瞎了一身本事，还连累你妈跟你也一起吃苦。""冯叔，讲讲我妈吧。"苏凉还是问了。"左娜啊——"冯劲挠了一下额头，"当年那可是大西菜行一枝花，光是大西菜行那几个院的浑小子们，就没有一个不惦记你妈的，可就是没人敢追，连多看一眼都不敢。""为啥？"苏凉不解。"因为你爸！"冯劲居然笑破了音，"哪个小子要是敢多看一眼——就一眼！你爸上去就是一顿削啊！"苏凉不敢相信自己的耳朵，他实在想象不出，冯劲口中的苏敬钢就是那个每天系着围裙嘬着烟，围着灶台转，倦了就蜷在沙发里打瞌睡的男人。冯劲意犹未尽似的说："你爸从小人高马大，还偷学过摔跤、擒拿术，出去跟人单掐从来就没折过，大西菜行里哪个敢不怕他？更不用说我们哥儿几个一块儿出门，在街上那都是横着走的！"冯劲端起酒盅，一饮而尽。

　　"就你还打架？"冯子肖来了兴致，"看不出来还是古惑仔。"冯劲并不生气，反让服务员又上了两个酒盅，说："难得咱爷仨儿喝顿酒。"冯子肖不客气，直接对着酒瓶吹，抹一把嘴，塞给苏凉，苏凉也吹了一口，辣冲心门。冯劲笑着对苏凉说："孩子，别寻思是你冯叔抠门儿，就算喝茅台，冯叔也请得起你。"冯子肖讽刺他吹牛逼，冯劲解释："今天主要是怀旧，当年我们三个只喝这种白酒——没钱啊。可现在就算喝茅台，喝五粮液，也喝不出这个味儿。"苏凉补充："忆苦思甜。"冯子肖说："可拉倒吧，他这叫得便宜卖乖。"冯劲指着冯子肖鼻子说："我这辈子最大的败笔，就是没教育好你！"——苏凉这才看到，冯劲左手的食指跟中指各少了半截儿。苏凉顾不及诧异，插话问："三个人？你、我爸，还有那个叫大昆的？"冯劲眼神迷醉，表情也生动起来："十七八岁那时候，我和你大昆叔两个，跟着你爸在大西菜行混，嚣张着呢！"冯子肖"啧啧"地说："够霸道的啊。"冯劲摇着头说："不能说我们霸道，只能说世道不好，当年，大西菜行乱得很，住这里的全是穷人家孩子，一横二愣三不要命，动起手就亮刀子，不见血都不叫打架。你爸——拼命三郎，出来混的没谁不知道，我们闲着就爱跑去别人地盘上撅棍儿。"——"啥是棍儿？"冯子肖面红耳赤。"就是扛把子，大哥。"冯劲咬字的口气，跟平日里的"冯总"相去甚远，"你爸是老儿子，在家被你爷惯着，出门哪可能受外人的屈？打了人，你爷还得替他给人家赔钱。"苏凉的眼中将信将疑，冯劲不罢休，指着饭馆的斜对面："那家音像店，瞧见了吗？"苏凉跟冯子肖一起点头。"坐里边那老爷们儿，瞧见了吗？"——真是一张骇人的脸。"你爸的杰作，"冯劲语气中竟显露出得意，"当年因为一场误会，带了十几个人截住你爸，本来打算废了你爸，结果自个儿被毁容了，窝在这破地方过了大半辈子，可笑不？"冯子肖猛一拍桌子，高喊："牛逼啊！你爸就是我偶像！"

苏凉迷糊着想：男人的一生，究竟要遭遇怎样的事，才会活生生将他从原有的自己，逼成截然相反的另一个人？——假如烂脸男人是惨败者，苏敬钢又何尝不是呢？两人当年曾靠拳头分出胜负，如今还不是一样败在生活的铁拳下？殊途同归。冯劲喝得有些多，拍着苏凉肩膀说："你爸有时候也真让人哭笑不得。你不到三岁那年，你爸停薪留职，从厂子里出来自己做买卖，在南市场开了一家抻面馆，干了半年多，生意特别火，除了隔三差五老跟吃白食的流氓地痞打架，动不动就惹来派出所，人家警察来平事儿，要好处费，你爸说不是自己的错，一分钱面子也不给；后来税务局的来收税，也是暗地里要回扣，你爸还是不给——他就这么把人得罪个遍，还怎么干下去？"苏凉听了，终于觉得冯劲口中的人开始像自己认识的父亲了，浅浅地点头。冯劲接着说："面馆赔了钱，你爸不甘心就这么回厂子，那时我跟几个朋友开了一家出租公司，规模小，天天被敲诈，不光要保护费，还不许我们到市中心跟他们的车抢活儿，逼得我没招儿，找你爸出面，本来只想借他过去的面子跟人家谈谈，结果他跟人家死磕，玩儿命，最后居然真给那帮人吓怕了，再没找我们麻烦。当时公司一共就七个司机，我跟你爸也一起上，昼夜轮班儿倒，累是累，可一直赚钱。直到有天晚上你爸夜班，上来俩男的，一个日本人，一个本地翻译，都喝多了，那翻译上车就嚷嚷，外企接待日本老板，大半夜的非让你爸给他们找个有节目的场子，那日本人还坏笑着说，要花姑娘。你爸二话不说，一路往北，猜给那俩逼拉哪儿去了？"苏凉跟冯子肖瞪大了眼睛，异口同声："哪儿？"——"九一八抗日纪念馆。"冯劲笑得异常骄傲，"到了九一八门口，你爸一脚一个把那俩逼踢下车，说，今晚就在这玩儿吧！玩儿个够！当时是腊月，给那俩逼冻得啊，差点儿死大马路上。"三人都笑得前仰后合，引得周围食客侧目。苏凉追问："后来呢？"冯劲继续："俩逼从郊区一直走到市中心才打到车，直奔交警大队去告状，扣了我的营业执照，你爸觉着对不住公司，就不干了。"冯劲打开层层的话匣子，一发不可收拾，仿佛往事深不见底："没过半年，你爸又在小商品市场租了两个床子做服装，跟几个南方人谈好一单生意，一年就能稳赚二十万，结果人家过来签合同时，你爸妈俩人一起去的，其中一个广东老板非说在广州的夜总会里见过你妈，还说跟你妈喝过酒——你猜咋地？那广东仔被你爸当场打断两根锁骨，直接送医院了。"冯劲讲得笑中带泪，"你说——就你爸那脾气，啥生意他能做成？"

苏凉心底暗涌如潮，慨叹："他自己不是说过，都是命，他信命。"

冯劲又拍打起苏凉的后背，舌头僵硬地说："你要是我儿子多好。"苏凉被冯劲拍得坐不稳，喘着粗气，望着天花板发呆。冯劲也揽过冯子肖，自己对自己说："都是我的儿子。"

暑假快结束时，徐大疆才从北京回来，只匆匆停留几天，便忙着打包行李，因为他即将交换到东京的医学院去读书了。徐大疆的大学一年级，念得比高三时还勤奋，寒假和过年都没有回过家，白天留在实验室里帮教授做实验，晚上一个人在寝室埋头苦学，竟不小心在人才济济的医学院里拿到一等奖学金，同时获得去日本交换的机会。

时隔一年，当徐大疆站在苏凉面前时，苏凉几乎认不出来他——徐大疆瘦了。苏凉很好奇他那几十斤肥肉去了哪里，没了它们，徐大疆的脸竟显得陌生，他的个子也比中学时高出半个头，紧追苏凉，总之，分别一年后的徐大疆已是个精神抖擞的帅哥。徐大疆坚称，自己瘦得那么快，全因为每天在中医部吸入多种对内分泌系统有益的中草药，闻着闻着就瘦下来了，甚至吃得比中学那时还多。"中药调理脾胃，脾胃合，消化系统就强健，吃多少都能消化掉，肯定是会瘦，估计还刺激了脑垂体分泌，顺便长高了几公分。"徐大疆执意如此解释着，语速欢快，洋洋得意。苏凉一边看着徐大疆收拾行李，一边说：

"到了东京，有什么需要帮忙的，可以找方夏，毕竟她都在那儿生活一年多了。"徐大疆说："知道你担心方夏，怎么说我也是个男的，说不定有天她还得要我帮忙，到时肯定尽力，你放心吧。"苏凉点了点头，欲言又止。"有什么要给方夏带过去的吗？"苏凉绞尽脑汁地想，确实没什么，最后说："你见到她，帮我嘱咐她天冷多穿衣服，别学日本女生穿那么少，还有，口袋里多装些巧克力，秋冬季更容易低血糖……"苏凉绞尽脑汁地想，好像自己也只能装成一个很关心对方的异地恋男友，最多也就到这个程度，于是对徐大疆说："你照顾好自己吧。"

徐大疆到了东京，像个无头苍蝇，人生地不熟，日语又不会，苦恼过好一阵，终于顶不住压力，休学一学期专攻日语。起初找不到合适的语言学校，不得不求方夏帮忙。方夏介绍了自己以前的学校，徐大疆为答谢，约了方夏要请她吃饭。

赴约当晚，徐大疆才弄懂一个事实：虽然同在一个城市，但东京实在太大，他居然搭了两个小时的地铁才到达约定地点，整整让方夏等了一个多小时。

"真不好意思啊。"徐大疆到日本不到两个月就学会了鞠躬道歉，"本来只迟到半小时，想不到中间转车坐错了线，差点儿奔着反方向又回去。"方夏连连说没事，她惊异于徐大疆的样子变得快认不出来，说："东京的地铁本来就跟麻花打结儿似的，全世界最乱套。"

　　午饭吃了一顿日本烧肉，喝了不少清酒。聊起的所谓往事并不久远，却不约而同地感叹时间过得飞快。饭是方夏抢着结的账，花费不少，折合人民币一千块。"这怎么好意思。"徐大疆喝得面色微红。方夏说："我才不好意思，让你跑这么远来我这边，再说我也得替苏凉尽地主之谊嘛。"徐大疆醉着说："我以为你是替自己尽呢。"方夏羞涩说："呵呵，也是了。"徐大疆仍觉着不妥，坚持要请方夏喝咖啡。两人就近找了一家咖啡厅坐下，当是醒酒。徐大疆要了两杯冰咖啡，端回来时，方夏说："不好意思忘了说，我要不加糖的。"徐大疆说："这杯就是不加糖的。"方夏调侃："看不出来你还蛮细心。"徐大疆若无其事地说："苏凉还让我嘱咐你多吃甜的，他要是知道你为了减肥连糖都不敢吃，肯定生气。""他啊——"方夏语气中是无奈，"也管不着这么宽。"

　　话题渐渐聊空了。两人捧着咖啡，沉寂一阵，徐大疆突然问："你跟苏凉怎么样了？"方夏想了想说："一言难尽。老这么见不到面，终究不好。"徐大疆说："可以让苏凉过来看你啊。"方夏叹气说："人家忙啊，也不知道天天忙啥，他也不怎么上学，又不用上班赚钱，倒有工夫跟富二代瞎混，偏偏我请人家来旅游就没空儿。"徐大疆越听越不对劲，嘴里咖啡的味道也跟着酸了，劝方夏说："苏凉是放心不下他爸爸。"方夏表情委屈，说："我当然理解，所以我才不敢给他任何压力。来日本办签证确实费劲一些，我才想要不然一起去其他地方旅游，本打算等四月份天气再暖一些，他过生日之前一起去泰国玩儿，可人家连想都没想就说不行，我还有什么好说的？"方夏酒意尚在，忍不住掉了两滴眼泪，徐大疆不知所措，递上一张纸巾，安慰说："总会有办法的。"

临别时，徐大疆坚持送方夏回家，方夏说不用，自从上学越来越忙，这学期开始住宿舍了，反正离得也不远，自己坐地铁回去。分手前，方夏还取笑徐大疆："你可千万别送我，别再把自己给送丢了，回去坐车又迷路。"

# 第七章


盛夏酷暑。左娜整日都热得晕头转向，记不清放榜具体是几号。她只记得，放榜当天，班主任张老师第一次也是最后一次来自己家家访。

"左娜啊，你……"张老师环视过家徒四壁的房子，长叹一口气，"你要是早点儿跟我说明家里的情况，我可以让学校给你安排单独的晚自习室，放学也可以帮你补习，你这么个好苗子——白瞎了。"左娜双目无神，低下头说："张老师，我不怨任何人，这都是命。""语文是你的强项，你上午那两科要是去考了，还是会有学校接收的，"张老师一句三叹着说，"左娜，你父亲的事是一时，千万不能让它影响你一世啊。你还是复读重考吧，以正常发挥，进京没问题。"左娜眼圈微微泛红，低头不语。"实在不行，去读个电大也行，我帮你报名。""张老师，我真不考了，"左娜含泪说，"我哥上个月刚结婚，当了倒插门儿女婿，我爸出殡以后，我妈也累病倒了，我要是再不去上班，就没人养这个家了。"

张老师摘下眼镜，抹了两下眼角又戴上，从口袋里掏出一块格子手帕，摊开，递给左娜几张折得工整的人民币："这些钱你拿着，我希望你能再考虑一下，啥时候决定复读了，随时来学校找我。"左娜双手推回张老师的一沓钱："这钱我不能要。""拿着！"师生二人正推让着，家门开了，苏敬钢走进来。自从家里只剩左娜一人，苏敬钢每天都来看她。"张老师来了。"苏敬钢恭敬。"你来了。"两个男人像在对暗号，张老师趁机把钱塞进左娜手里："我回去了，你照看好左娜。"苏敬钢若有所思地说："是个好人。""你们俩认识？"左娜瞪大眼睛问。"也不算认识，打过交道。"苏敬钢忙将手中的保温桶递给左娜，"这个拿给张婶儿喝。""这是啥？""羊汤，喝了大补。""你煮的？""大昆他娘煮的，这碗是加料的，大半个羊肝儿在里面。"苏敬钢从饭桌上拿过一个碗，拧开保温桶的盖子，说："你先喝一碗。""我不喝。""这一锅特别嘱咐大昆他娘别放葱花儿，知道你毛病。"左娜面无表情地喝了一口热气腾腾的羊汤。"真不打算复读？"苏敬钢问。"嗯。"左娜鼻子里出声，一口羊肝儿还在嘴里细嚼着。"复读吧，下个月我就上班了，工资足够供你，家里事儿你不用管，张婶儿有我和冯劲帮着照顾，你就安心回去念书。"苏敬钢把保温桶盖子重新拧紧，舔了一口沾到手指上的油星。"咋能用你的钱。"左娜放下碗说，"我谁也不靠，我自己能行。"苏敬钢嗔怒起来："你咋这么犟呢。我爸妈谁也用不着我养，我自己又没地方花钱，留着干啥？"左娜固执地反驳道："我凭啥要用你的钱？"苏敬钢一时语塞，知道嘴上争不过左娜，愤愤地出了门，狠劲儿踢一脚二八车的车镫子，冲屋里喊着："快上车！一会儿汤都凉了！"左娜也拿苏敬钢这头犟驴没辙，乖乖拎上保温桶出门，熟练地坐上二八车后座。

"哟！这是要去哪儿啊？"

周晓燕神采奕奕地站在苏敬钢家门口，一身墨蓝色带肩章的制服。"你这是——"苏敬钢不禁眼前一亮。"我去南站上班了，以后跑车去上海。"周晓燕骄傲地拍着肩章说，"乘务员，神气吧？""比你哥还神气。"苏敬钢打趣，突然"啊——"地大叫一声，后腰被左娜结结实实地拧了一把。周晓燕探头跟左娜搭起话儿："左大美人，啥时候去北京念大学啊？到时买火车票跟我打声招呼，不用你站排。"周晓燕对左娜调侃过后，随之而来的是苏敬钢后腰的又一次剧痛。"想从上海带什么东西，记得跟我说。"周晓燕得意地甩了甩齐刷刷的刘海儿，离开时的脚步霸气十足，似要将整片大西菜行都踩扁。

左娜盯着周晓燕的背影，两眼气得直鼓，猛地从苏敬钢车后座上蹿下来，拧开保温桶的盖子就往墙角里倒——"你干啥啊！"——苏敬钢上前用右手堵住保温桶的碗口，伤手被滚热的羊汤浇过竟觉不出烫："你又抽哪门子风！""你们就都笑话我吧！"左娜带着哭腔喊，蹲在地上抹眼泪。"我啥时候笑话你了？"苏敬钢蹲下，安慰说，"大学有啥了不起？北京有啥了不起？咱就不念了！关别人鸡毛事儿！"左娜从两臂交错的缝隙里乜着苏敬钢："你嘴能不能干净点儿？"——"不能！"苏敬钢激动得真假难辨，"我他妈的就没文化了谁管得着？我就嘴埋汰了！上大学是能念出金钟罩铁布衫咋地？捅一刀还不都得嗝屁？还不一样去周国大家买花圈？狗屁书！咱就不念！不念！"左娜破涕为笑，蹭了眼泪鼻涕在苏敬钢衣袖子上，又狠狠捶了一拳，骂道："你不要脸！你还敢提她！"苏敬钢一时反应迟钝，纳闷儿地问："我提谁了？"——"姓周的！"左娜蹲在地上狠跺两脚，一时重心不稳，竟一屁股坐倒在地，情绪更加失控，哇哇大哭。苏敬钢猛拍脑门儿，自责说："哎呀！我错了！"说着就要把手插进保温桶。"烫死我！"——"你干啥！"左娜伸手拦下苏敬钢，唧唧歪歪说，"你脑子有毛病啊？"苏敬钢反倒来劲："你又不喝。"左娜急了："那是给我妈的！"苏敬钢得逞："哪有你这么糟蹋东西的。"苏敬钢起身，抻了个懒腰，说："别跟这儿瞎折腾了，擦擦鼻涕上车吧。"

一九七九年入秋以后，苏敬钢接父亲老苏的班儿，进入市第一机床厂；左娜则接了母亲张婶儿的班儿，去市第一阀门厂做了一名油漆工。当初张婶儿病倒入院，除了因为没日没夜地照顾左娜父亲拖垮了身子，另一个更主要的病因，是张婶儿的工作性质：她当了半辈子油漆工，常年吸入有毒气体，积少成多，患了肺病。左娜进厂第一天，苏敬钢就开始担心：就她这副小身板儿，还不及出身泰山脚下的农妇张婶儿一半结实，哪熬得住这苦差事？可自己又能帮上什么忙？苏敬钢人生中头一次羡慕起大院儿的孩子：假如自己也有个穿军装、扛肩章的爹，或者有个在市委当官的爹，哪怕是个区委领导、办公室主任，也够了，要帮左娜调换一个既安逸又体面的工作简直易如反掌。可惜苏敬钢没有这样一个爹。苏敬钢的爹，除了为这座城的重工业建设贡献了大半辈子劳力，一生只会一件事：喝酒；比起自己的爹，除了喝酒，苏敬钢只多长了一项本事：打架。

天气渐凉了。苏敬钢在百货商场给左娜买了一条纯羊毛围巾，蹲在第一阀门厂的大门口抽烟，等着接左娜下班。五点钟，厂里响起下班的长铃，高耸入云的大喇叭里，一个口齿模糊的女广播员开始宣讲厂里最新的人事变动，背景音乐是《红星照我去战斗》。下班大军一股脑儿从大门里涌出，清一色的藏蓝工作服，中年男人们点上烟，蹬上自行车，匆忙赶回家做饭；年轻女同事三三两两地挽着胳膊，有说有笑地往外出。穿插在一群各自成景的男女中，左娜犹如一朵素净的雪莲，孤芳自赏，藏蓝色工作服内独一无二的白衬衫领子宛如白花瓣，在沉闷的背景中跳脱而出——左娜走过来时，苏敬钢一眼便啄到那一圈白色领子上新添的五彩油漆斑。苏敬钢拍干净屁股，递上围巾还没开口说话，就被左娜一把夺过去，绕在脖子上一圈儿。

"这围巾，你系着好看。"苏敬钢注视着左娜雪白细长的脖子。左娜只顾低头疾走，眼睛痴痴地盯着自己的两只脚尖儿彼此较劲。"咋不高兴呢？"苏敬钢急了，"是不是厂子里有谁欺负你？"左娜嘀咕一句："没有。""肯定有。你跟我说，我保证不犯浑。""都说了没有，"左娜欲说还休，"就是选拔技术员的事儿……""你跟我说，我帮你想想。""你能想出啥办法？跟你说了也没用……""你先说！"左娜犹疑地看着苏敬钢，泄气地说："厂里要培养一个画图纸的女技术员，选上了先送夜大学习，上学也领工资，毕业后就能从车间调进办公室。"苏敬钢松了口气，说："你是二中毕业的，不选你选谁？"左娜说："已经定了，二车间刘传芳。"苏敬钢觉得难以置信："这刘传芳有多大本事啊？"左娜说："她就是个初中文凭，可她爸刘决胜……是我们厂长。""这不是以权谋私吗？"苏敬钢捏得车闸吱嘎作响，"找他说理！""找能有啥用？"左娜一脸沮丧。"我找！"苏敬钢咬着牙说。"你别给我添乱了！""这就用不着你管了。"

第二天上午，苏敬钢走进第一阀门厂的厂长办公室。

"请问你是刘厂长吗？"

一个书呆子模样的男人，领口系得一丝不苟，抽烟时粗大的喉结突兀地上下蠕动——苏敬钢心想，那鸡嗉子似的喉结一定是常年废话不断所致，难怪长一副光说不练的身板儿。刘决胜像懒得张嘴，吐着烟问："你谁啊？"

苏敬钢将军挎往办公桌上沉甸甸地一撂："我是左娜的表哥，找你唠两句。"

刘决胜脸上尽是不耐烦："啥事儿？"苏敬钢只是笑，不紧不慢地从军挎里往外掏：两瓶老龙口、两条红梅烟，还有一张泛黄报纸。"你啥意思？"刘决胜嘬了一口烟，"我不吃这一套，拿回去。"刘决胜当厂长的七八年间一向"来者不拒"，苏敬钢早听左娜说过——心中暗骂，你跟我搁这儿装他娘的包青天？"刘厂长，既然你明白，咱俩慢慢唠，但东西你必须收着。"苏敬钢说着拉开刘决胜的抽屉，硬把两条烟往里塞。"干啥啊！"刘决胜一脸铁面无私，"你当我什么人？别跟我扯哩咯儿咙——"刘决胜的手劲儿哪敌得过苏敬钢,越反抗越无力,烟盒在推让中被二人捏扁,苏敬钢趁机往抽屉里一扔,用力一关,刘决胜抽手不及,手背被抽屉夹了个结实——"不好意思刘厂长。"苏敬钢连忙道歉。刘决胜疼恼了火,伸手往桌上一划拉,一瓶酒应声碎地。此时,办公室门被推开,探进来一张中年女同事的脸,诧异地望着地上狼藉,说:"我待会儿再过来。"——"大姐你进来吧,我跟刘厂长闲唠嗑儿呢。"苏敬钢笑眯眯地回头说。女同事半信半疑,推门进来,对面办公室的门正大敞着,一桌子伏案工作的同事都抻着脖子往厂长屋里眺望。刘决胜看不懂苏敬钢要唱哪一出戏,捻灭烟头,说:"你知道自己在干啥不?""当然知道,"苏敬钢口气不屑,侧过头对女同事说,"大姐,你就坐这儿听着。"他摊开那张旧报纸在桌上,说:"这是七八年的二中校报。"苏敬钢手指从一行字上划过:"这是期末考试的大红榜——左娜,全年级第三。"

"你到底想说啥?"

"选送夜大的人里,有大学生吗?"

"废话!大学生还念哪门子夜大?"

"除了大学生,厂里还有哪个女同事比左娜学历更高、成绩更好的吗?"

"左娜聪明,脑子活,这些厂里都知道。"

刘决胜重新点上一根烟,明明是心虚,却佯装惋惜地说:

122

"确实是个不错的小同志，将来一准成为厂里的骨干……"

"啥叫将来？这次为啥不选她？"

"左娜工龄不够，等明年吧，明年还能有名额……"

"等你妈了个逼！"

苏敬钢的大掌拍在校报上，震得油墨欲飞。"你……咋说话呢？"刘决胜吓得烟头掉了地，又战战兢兢地伸手去摸烟盒，只听自己一声惊叫，连手带人缩回了椅子背上——烟盒被苏敬钢手中紧抓的军挎斩成两截儿！刘决胜目瞪口呆，当是苏敬钢天生神力，哪知苏敬钢从军挎中抽出一把乌亮的菜刀——又是一声尖叫，女同事拔腿要往屋外跑，被苏敬钢厉声喝住："谁都不许走！"

厂长办公室门口聚来看热闹的观众。

菜刀直指刘决胜的鼻尖："刘厂长，我今天只求你给左娜一个公平竞争的机会，全厂投票，不管左娜选上选不上，完了事儿我都跟你去派出所，现在我就问你一句话——这机会，你给还是不给？"刘决胜强压着粗气："小伙子，你……先冷静，不是我不给左娜机会，厂里有硬性规定，工龄不够……"苏敬钢打断："那就是不给呗？"——刀尖扎穿木桌面，直挺挺地戳在刘决胜面前，苏敬钢大声说："大家都给做个见证，刘厂长是不是公平人，你们心里比我清楚！既然他今天不能给断个公平案，我帮他断！"刘决胜的脖子被苏敬钢拽着拖到刀刃前只差半寸，突然两眼一闭："我给！"

"给啥？"

"给左娜机会！"

"啥机会？"

"送左娜念夜大！"

苏敬钢拔起刀冲门口众人喊："都听见厂长的话没？"众人如一窝受惊小兽，紧靠彼此，连个点头的都没有。苏敬钢转头问女同事："广播室在哪儿？""隔……隔壁……"女同事本欲向身后指，手却抖得抬不起来。"大姐，求你帮个忙，现在去广播室公布一条通知。""我……不会说，我给你找广播员去……""不用麻烦了，你去开广播，就一句。""啥？""厂里领导决定，选送左娜去夜大进修，即日生效，不再更变。"

刘决胜拼命松着脖子，惊魂未定："你太愚蠢！"苏敬钢抓起剩下那瓶酒，用刀刃划开盖子，"咕咚咚"灌下小半瓶儿，随即往刘决胜的茶缸里倒，推到他面前："喝。"刘决胜手抖着端起来。"第一机床，苏敬钢。"苏敬钢抹一把嘴角，"今天对不住了。你随时可以叫派出所来抓我，我就在厂里一动不动等着你。"苏敬钢笑了，笑容淡得若有若无，从容地穿过被同事们让开路的走廊，尊贵得犹如一个凯旋的将军。

秋风扫落叶，快如眨眼一瞬；白雪压枝头，重似千年一叹。这座城每逢秋冬联手之际，成百上千根烟囱里冒出的黑烟也由浓转淡。几百万人口的城池从黑灰蜕变为灰白，最终在初冬的第一场雪后变身为彻彻底底的白。只可惜，这种白只可暂存半日。半日后，皑皑白雪被脏兮兮的鞋底与自行车轮重新轧回灰白，整日过后，重归于彻彻底底的黑。

　　初雪过后，苏敬钢隔着厚厚的棉手套拉紧左娜的手，漫步在城北古刹八王寺。他抽出两瓶在棉衣袖子里暖过半个钟头的"八王寺"汽水，递给左娜一瓶，紧挨在寺门前的石阶上，与饱经百余年战火洗礼的哼哈二将并立。"这些石阶有三百多年历史了。"左娜双脚踩在被雪埋住的石阶上。苏敬钢一脸不可思议："是吗？""那你知道八王寺是为谁而建吗？"左娜突然起了戏弄苏敬钢的兴致。"傻子都知道，八王寺八王寺，当然是为八王建的。"苏敬钢信心满满地打出一个嗝儿。"错了！傻子！"左娜"咯咯"地笑，比踩雪声还清脆。苏敬钢疑惑："那还能是为王八建的？""没正形儿！"左娜捶了苏敬钢一拳，"是为英王阿济格而建。""阿济格是谁？""努尔哈赤的第十二子。""嗯，努尔哈赤我知道。"苏敬钢认真地说。"阿济格跟十四子多尔衮、十五子多铎是同一个娘生的。""多尔衮我也知道。"苏敬钢听得入神，不忘卖弄，"评书里说，多尔衮最能打。""其实在历史上，阿济格比多尔衮还能打。""真假？"一提到打打杀杀，苏敬钢就来了劲。"当年清军入关，阿济格身为前锋，大破李自成，后来多次平定叛乱，战功赫赫，据史书记载，阿济格是努尔哈赤十六个儿子中最骁勇善战的一个。"苏敬钢还是第一次被"知识"吸引得如此之深："那后来呢？""兵变失败，被顺治赐了自尽。"

"唉——"苏敬钢一阵悲凉深入骨髓，文绉绉地感叹，"英雄气短。"左娜第一次见苏敬钢深沉的样子，觉着好笑，继续说："阿济格在亲王里排行第八，俗称八王，又跟著名的八大铁帽子王同住这座城内，所以后来许多人都误以为阿济格是八王之一，混淆了'八亲王'和'八王'，其实阿济格的权威远在八王之上。八王死后停灵于此，故名八王寺，后面那一座就是他的家庙。"左娜指着紧闭的寺门深处。苏敬钢杵在一旁，凝望着左娜，觉得她近在咫尺又远在天边，佩服地说："你懂的可真多。""都是书上写的，赖你自己不好好念书。"左娜眼中流露出亲切的鄙夷。"我听你讲不就成了？"苏敬钢满不在乎，将手中汽水匀进了左娜的瓶里。"八王寺汽水，传说就是这里的一口清泉井酿的，当年康熙回这座城祭祖，喝了这口井里的泉水，这井水就被奉为御用之水，号称关东第一泉。"

左娜讲得眉飞色舞，苏敬钢无比钦佩，说："大学生都不如你。"苏敬钢赞得真心，然而在左娜听来却刺耳。左娜摆弄着手中的汽水，指甲抠得玻璃瓶吱吱作响——但凡心有不快或紧张不安，左娜都会下意识地用指甲抠触手可及的一切东西。

"说说你厂子的事儿吧，没跟人打架吧？"左娜岔开话题。"你听谁说的？"苏敬钢一惊，以为有人打小报告。"没谁，我就问问。""绝对没有！都上班了，还能跟谁打架？"苏敬钢回味一番，得意地对左娜说："不光没打架，还当了技术标兵呢。过完年一开春，我就代表咱们厂去参加技工比赛。"左娜斜着眼问："没撒谎？"苏敬钢信誓旦旦："改邪归正了。不好好上班，咋挣钱给你花？""谁稀罕花你钱？"左娜在雪中跺脚以示坚决。"天冷别拔坏了，你穿这个。"苏敬钢从军挎里取出一个鞋盒，让左娜打开，是一双白色方口棉鞋，里子是毛的——"真漂亮。""托人从上海带的，你上班穿。"苏敬钢美滋滋地欣赏左娜满脸的欢喜，哪知左娜突然扣上盒子，质问："是不是托周晓燕买的？你说实话！""当然不是！"苏敬钢扯谎的草稿已在腹中演练千遍，脸不红不白地说，"托一个别的朋友，他爹是乘警，买啥都不用亲自跑腿儿……"——"真不是周晓燕？"左娜盯着苏敬钢的眼睛看，见他面无惧色，方才笑着说，"谢谢。"

　　苏敬钢撒了谎，除了这双鞋，之前送左娜的喇叭裤、雪花膏、大白兔奶糖，没有一样不是托周晓燕买的。周晓燕心知肚明，可为了讨好苏敬钢还是照带不误，至少借此能跟苏敬钢每周都见上一面——此前某个周日，苏敬钢跟周晓燕一手交钱一手交货时，从一个额外的包袱中展开一件黑风衣："拿错了吧，这不是我的。""没错，我给你买的。"周晓燕摘掉乘务员的帽子，调皮得像十五六的少女。"给我？给我买东西干啥？"苏敬钢把风衣胡乱折起来，递回给周晓燕，"下次别白瞎钱了，拿回家给你哥穿吧。"周晓燕爆脾气蹿上来，狠狠打苏敬钢的手："凭啥你能给左娜买东西，我就不能给你买？"周晓燕不由分说地将风衣披在苏敬钢肩上，踮起脚，帮他将颈后的大衣领子竖起来，端详了半分钟，好不得意地说："比杜丘还潇洒！"苏敬钢呆呆地问："杜丘是谁？""高仓健啊！日本明星，就是演……"周晓燕提起此事就牢骚满腹，埋怨说，"谁让你不跟我去看《追捕》的？你说赖谁！"苏敬钢又被一拳打得浑身直颤，抓上东西，风衣也来不及脱就落荒而逃。周晓燕气得跳脚，眼睛却离不开苏敬钢的背影——苏敬钢像一根长在自己手心里的倒刺，握得越紧，疼得越深。黑风衣被苏敬钢的宽肩撑起，兜进簌簌的风声——此后没几年，当电视上第一次出现周润发披风衣、叼烟卷儿、顶风立于上海滩的潇洒背影时，周晓燕暗叹：我见过。

# 第八章

　　方夏跟苏凉在电话里连吵过几场大架，谁也不主动联系对方。冷战几个来回，二〇〇七年的夏天就在两个人的情感寒潮中悄无声息地过去了。

　　方夏也想不通为什么，自己会把一切焦躁和不安的情绪都带进和苏凉两个人的爱情中去。整个人变得叽叽歪歪，牢骚满腹，蛮不讲理，连自己也觉得过分。有一次，方夏嘱咐苏凉打电话叫她起床，结果因为苏凉忘记了一个小时的时差，误了方夏一件重要事，方夏因此跟苏凉大吵大闹，挂掉电话后一连三天不理苏凉。等到自己反省后打给苏凉，又怪苏凉不主动找她。"你倒是说话啊！"这是方夏每次跟苏凉生气时最常说的一句话，最令方夏忍无可忍的就是每次自己发泄过连篇累牍的愤慨后，电话那头的苏凉只会回应"嗯""啊"，甚至干脆默不作声。方夏最怕的就是苏凉对她无话可说。"苏凉，关于你的生活，我知道得越来越少，"方夏在一次"有去无回"的电话吵架中说，"我觉得你离我越来越远，我好害怕。"

　　暑假过去一个月，方夏仍不回国，先是跟林伊敏去了北海道看薰衣草，后又留在东京打工，就在她和徐大疆去过的那家咖啡店。方夏隔天出现在吧台，收账、煮咖啡。徐大疆每周都会坐一个半小时的地铁来看方夏两次，有时会带老家寄来的零食给她，有时只是背着电脑和书，坐在咖啡店里学习。方夏过意不去，放工后常请徐大疆吃饭，却总是被徐大疆抢单。徐大疆早学会比方夏出手更快，惯用手段是借中途上厕所直接到前台把单买了。

　　"你总这样，以后就不跟你吃饭了。"方夏威胁徐大疆。徐大疆笑得挺憨厚："你的零花钱都是辛苦打工赚的，当然不能让你请客。"方夏不满："怎样？瞧不起辛苦钱吗？你爸妈的钱也不是大风刮来的。"徐大疆看着方夏较真的模样，觉得可爱，辩解说："我花的是我的奖学金，是日本人民的钱，想当年日本从中国抢走那么多钱，现在我有机会报复，不花他们的花谁的！"方夏被逗笑了，白了徐大疆一眼："歪理！学习好了不起啊？到手还是自己的钱，能省就该省一点儿。"徐大疆还是笑，转开话题："暑假真不回家了？"方夏觉得徐大疆是故意哪壶不开提哪壶，撇过脸说："又没人想我回去。"徐大疆竟还追问："苏凉也早放假了，没打算一起去旅行吗？"方夏鼓起眼睛说："故意气我是不是！"话音未落，只见徐大疆从书包里掏出一个信封，摆在咖啡台上，颔首说："我刚好有两张去泰国的套票，包住宿，这个月底，但我找不到人一起去，不知道你……愿不愿意？"方夏瞪大了眼睛，如梦初醒，说不出话来。徐大疆赶紧解释："这可不是我自己花钱买的，上个月我代表研究室参加一个医科竞赛，得了奖，教授用研究室经费奖励我的，记得春天时你说过想去泰国，才想着问问你。"徐大疆顿了顿，喝了一口咖啡说："反正你暑假也不回家，我也不回去。"

　　方夏脑子有些蒙，她从没想过这种事也会发生在自己身上，避开徐大疆想要对望的目光，朝窗外胡乱看了一阵，再回过头时，眼神里有些东西变了。"跟你一起去不安全，我怕你在路上把我解剖咯！"方夏的口气像是刚刚的对话从未发生过，笑嘻嘻地问，"大酱，你怎么还不找女朋友？"——"大酱"是徐大疆的外号，高中时苏凉起的，以前别人并不敢叫，因为徐大疆听到真的会恼火，还是胖子时的徐大疆自卑得很。这也是方夏第一次如此戏谑地叫他"大酱"。徐大疆尴尬地"嗯"了一声。方夏自顾自地说："我给你介绍吧？你喜欢什么类型的？小清新、卡哇伊的？还是成熟、御姐范儿的？天啊，你不会喜欢男人吧？"方夏捂着嘴，乐得生硬："要不然怎么到现在还没女朋友。"徐大疆烦躁，匆匆把信封揣进口袋，小声说："这种事不是强求的，我相信感觉。"方夏继续插科打诨："面包会有的，感觉也会有的，以前我爸就常说，谁跟谁在一起相处时间久了都会有感觉，一见钟情本来就不靠谱。"徐大疆下意识接了一句："你跟苏凉不就是一见钟情吗？"方夏不笑了，缓缓地说："怎么开始的不重要，重要的是怎么结束。"徐大疆再不说话。方夏心里别扭，又主动挑起话头："你觉得林伊敏怎么样？可爱，又聪明，家庭背景也好，父母都在省委工作——哎哟，越想越觉得你俩般配呢。"徐大疆一盆冷水泼过来："哪个林伊敏？"方夏"啧啧"地咂着嘴说："过分了，两个月前我们还一起吃饭来着。"徐大疆使劲儿想了想，瞪目说："上次喝多那个？那也能叫一起吃过饭？一大帮人在，我到的时候，她已经不省人事了。"方夏强买强卖："别岔开话题，你就说，觉得她怎么样？"徐大疆拼命摇头。"喊！"方夏翻着嘴说，"人家看不看得上你还不一定呢！"

　　方夏苦心化解一场难堪，终于两人都扮得累了，安静地喝光了咖啡。临别时，徐大疆出其不意地跟方夏握了握手。之后半个月里，徐大疆一直没再来咖啡店坐，只给方夏发过几条不咸不淡的短信。方夏以为，彼此都当那天下午并不存在。

林伊敏从北海道回来后，等不及跟方夏一起，自己买机票回了家。爱热闹的她，自从上大学后，一回到老家，以前的朋友天南海北、四散各地，找不到玩伴，只好把留守在老家的三五个小学同学翻出来，跟少数在日本留学认识的老乡凑在一起，隔三差五攒饭局、酒局、K局、麻将局。但林伊敏两次主动叫苏凉吃饭，都被苏凉找借口给推了。林伊敏为此耿耿于怀，最后一次被驳回面子时在电话里嘲讽道："小夏说得不假，你还真是大忙人！也是哦，连自己女朋友都没时间陪，哪有工夫理女朋友的朋友？"

　　苏凉撂下电话，冯子肖在一旁问："又哪个妞儿？"冯子肖载着苏凉从公司出来，刚把车停在一家露天啤酒坊门前，就听到林伊敏在电话里唧唧喳喳的声音。苏凉懒得理他。"谁啊？好看吗？"冯子肖不罢休。"方夏在日本的同学。"苏凉答。

　　午后刚过，冯子肖正愁怎么打发今天剩下的时间呢，这下来了兴致，咧开嘴笑说："你不回答，那就是好看，够意思，给人家打回去。""我都拒绝好几回了，哪好意思打回去？"冯子肖坐不住了，催说："你就跟她说今天好哥们儿过生日，刚巧也要攒个局，不如就一起？""你今天又过生日？""妈的，只要有妞儿在，哥天天过生日都行。"

　　苏凉打给林伊敏，被酸几句后，问她人在哪里，林伊敏说跟几个朋友在辽中泡温泉呢，晚上吃烧烤，就在温泉宾馆过夜。冯子肖直接冲着手机嚷着："我们一会儿就到！"苏凉赶紧把电话挂了，骂道："你有病？"冯子肖已经起身去开车，掏出钥匙，盘算着："开高速得俩小时，赶紧走。"苏凉只好跟他走。路过加油站，冯子肖把车加满油，进便利店买了两瓶矿泉水，手里居然多了盒安全套。

辽中知名的温泉度假村很多，夏天也是避暑胜地，喝啤酒，吃烧烤。这一带度假村太多，客流分散，有时每家每天只能盼到一两拨儿客人。冯子肖按电话中的指示，把车停在一家度假村门口，见门前一共停了三台车，估摸里面不超过十个人。其中一辆是奔驰S级，冯子肖围着转了一圈儿，撇嘴说："我该换车了。"苏凉看那辆奔驰眼熟，突然意识到了有谁在，顿时不悦。

二人进到度假村，见大大小小十几个池子，都空着没人。走到庭院最深处，林伊敏和八个男女全部挤在中间最大的浴池里，正招呼他们过来。苏凉和冯子肖当场现买泳裤，匆匆换了下水，跟谁都不认识，就分坐在林伊敏身边。苏凉暗暗慨叹：林伊敏不再是那个穿着卡通图案外套的少女，而是一身比基尼，曲线傲人。苏凉看得有些发愣，林伊敏在心里偷笑，赶忙向旁人介绍："两位帅哥可是特意赶过来的，都是我的好朋友，大家认识一下，今天是我朋友……"——"冯子肖！"冯子肖赶忙自我介绍——"……的生日！"林伊敏说，"晚上可得灌他多喝几杯！"林伊敏热情地介绍完，冯子肖就扒在苏凉耳边说："这妞儿有点儿意思。"苏凉一把推开他。林伊敏听到了，忙帮冯子肖跟一个女同学搭上话，借机支开了他。林伊敏递给苏凉一杯冷饮，指着苏凉的腹肌，对另几个男孩说："你们看看人家体育生的腹肌，再看看你们。"苏凉竟脸红起来。林伊敏反倒笑得更放肆，盯着苏凉说："我能摸摸吗？"冯子肖抢先插话："摸呗，使劲儿摸，又不掉肉。"苏凉虽然不再训练，但仍坚持每天跑步，不像冯子肖，夜夜笙歌，原先的六块腹肌早长成一坨。林伊敏不顾苏凉害臊，直接上手。"真的很硬呢。"又像触电般缩回手——"谁硬了？"冯子肖盯着苏凉，"你硬了？"林伊敏抽着冯子肖肩膀说："瞅瞅你自己，都是软的！"林伊敏指着冯子肖微凸的肚子，冯子肖不服，从池子里站起身："你不要血口喷人啊！谁是软的？影响了我的声誉跟你没完！"说完佯装要脱泳裤："自己瞅瞅！"林伊敏捂起眼睛尖叫，一池子人看两人耍宝。

晚上，十一个人围坐一圈自助烧烤，林伊敏勤快地为众人忙活，烤熟的肉都是先夹给别人，当然第一个是苏凉。有女同学说："你这是赤裸裸的偏向啊！怎么给苏凉烤的都是嫩的，轮到我们这儿不是没熟就是煳的？"众人起哄："林伊敏你脸怎么红了？"林伊敏说："炭烤的了！"众人不依不饶："不行！罚你一杯！"林伊敏为难说："我今天不方便，饶了我吧。"带头女孩说："偷奸耍滑！"——"我替她喝。"苏凉起身，干下一大杯啤酒。林伊敏颇为得意，来了硬气，对起哄的女孩挑衅："我喝完了，敢拼一杯吗？"女孩底气不足了，这时坐在她旁边的奔驰男突然起身："我替她喝。"咕咚咚也干了杯中酒。——"哟呵——较起劲来了。"冯子肖热闹看得高兴。女孩见也有人替自己撑腰，底气又硬起来："公平起见，咱们两两结对子拼酒，敢不敢？"苏凉眼见对方是半年前促成方夏跟自己临别前不欢而散的罪魁祸首，当然不能示弱："谁怕谁？"奔驰男确是胸无城府的人，豪爽地说："今晚不管喝多少，都我请客！"此话一出，冯子肖倒不乐意了："谁同意你请客了？"他心里潜台词是：车输给你了，面子不能再让你赢走。冯子肖说："今晚这桌我全包了！"

苏凉断了片儿，根本不记得自己是从哪一杯起醉倒在地的，明明前一秒还清醒着，更不记得自己是怎样被冯子肖和林伊敏一起架着扛进了房间。冯子肖尚存理智，趴在醉死的苏凉耳边说："别掉链子啊！"说完正要出门，发现林伊敏跟在身后，诧异地问："你出来干啥？"林伊敏说："我也不能睡这儿啊，就一张床。""那不是一张'大'床嘛！"冯子肖挑着眉毛，"再说也不能没人照顾他，待会儿还得吐，别呛死。"冯子肖不容分说带上门出去。林伊敏望着瘫在床上的苏凉，去洗手间拿了条毛巾，蘸湿了给苏凉擦抹脸和脖子，苏凉突然抓住她的手，舌头僵硬地问："赢了吗？"林伊敏先是一愣，顿时明白过来，哄着说："赢了，赢了，你把别人都喝趴下了！"苏凉闭着眼"嘿嘿"地笑："牛逼！"林伊敏哭笑不得，手背轻轻掸着苏凉额头，自言自语："你到底有什么本事呢，怎么人人都巴不得对你好？"苏凉胡乱嘀咕了一连串，林伊敏一个字也听不懂，任由他去，进浴室洗过澡，自己的醉意也散了不少，裹着浴巾刚走出来，见苏凉"腾"地从床上坐直身子，吓了一跳。苏凉眼神迷离地盯着林伊敏的胸，林伊敏心里发毛，苏凉却恍惚地说："我到底做错什么了——"话没说完又倒回床上。林伊敏坐在床边，拨开苏凉被汗水打湿的刘海儿，用手帮他扇着风，心里不是滋味地说："乖——苏凉什么都没做错，明天一觉睡醒，就让所有烦心事都走吧，今晚我陪着你。"

第二天早上，苏凉被女人吵架的声音惊醒，刚要起身，发现自己只穿着内裤。林伊敏穿戴整齐地站在床尾，湿漉漉的头发还没吹干，素颜的她面色很白。

"我真的只是照顾他而已！你怎么就不相信呢？"

林伊敏在电话这头努力解释着什么。

"我来大姨妈！能跟他做什么！"

苏凉听懂了，电话那头是方夏，连忙抓过自己手机：七个未接来电。

林伊敏被挂线，见苏凉醒了，一脸沮丧，却又不像真的在意的样子。

苏凉无话可说，晕乎乎地从床上爬起来，头重脚轻，口干舌燥，嘴里一股难闻的胃酸味儿。苏凉在沙发上翻了半天没找到衣服，才问："我衣服呢？"林伊敏用风筒吹着头发说："昨晚你都吐身上了，衣服我洗了，还没干。"苏凉又问："你是跟方夏打电话吗？"林伊敏对着梳妆台的镜子点头。"你都跟她说什么了？""我没说什么，是她打过来的，她怀疑我们做了什么不干净的事。"——"就算做了，这种事怎么就不干净了呢？"林伊敏自问自答，"没做就是没做，凭什么被冤枉？"苏凉冷冷地问："你是不是故意的？"林伊敏猛地转过身，瞪着苏凉，半长的头发散开了遮住眼睛："苏凉，真没想到你也是这么无趣的人。"

这时苏凉的手机响了，方夏发来短信：

分手，混蛋。去死吧。

苏凉脑子里一团乱麻，抢来林伊敏日本的手机打过去，方夏关机了。

林伊敏看着苏凉有气撒不出的憋屈样子，开口说："苏凉，你要埋怨我可以，但我没做错任何事，我心疼你才愿意照顾你。方夏呢？这种时候是她在身边吗？我都替她做了，还要挨骂，我凭什么啊——"林伊敏眼圈儿泛红，哼唧说："我就是看不惯她冠冕堂皇的样子。那你知道她在日本是什么样子吗？你又怎么确定她有没有对不起你？"苏凉听得胸口一紧，哑口无言，眼神里却对林伊敏传递出了"你如实说"的讯号。

林伊敏一本正经地说："这个学期她跟徐大疆走得特别近，两人每个礼拜见好几次面，一起吃饭，一起喝酒，有一次我们喝多了，方夏还打电话叫徐大疆从大老远跑来送我们。我就是见不得她这种人，跟你没关系。"苏凉故作镇定地说："那也不能说明什么，是我让方夏帮的，徐大疆刚去日本什么都不懂……"——"你这叫死要面子。别傻了。"林伊敏心有不甘，"我可以比方夏做得好。"

苏凉一动不动地说："你也喝多了。"


方夏像是死过了一次。打工也不去，父母家也不回，每天仰面躺在床上对着天花板愣神。同屋的日本室友每天在对面跟男朋友唧唧喳喳地讲电话，没过几天直接把男友带回宿舍过夜。方夏终于忍无可忍，跟室友大吵过一架，再也待不下，走到街上吹风。她漫无目的，又不敢回家，更不知道该去哪儿，一直走到天黑，走到两脚酸痛，到了著名的新宿闹市街口时，已是深夜。一群守在路边专搭讪女孩的日本小流氓对方夏围追堵截，方夏被吓得四处躲闪，终于在一个阴暗的拐角里哭了出来。以往不开心时，方夏都会打给林伊敏倾诉，如今她不知道该找谁说，也不知道要说什么，只觉得胸中越憋越闷，快要被自己逼疯。就在这时，徐大疆的电话进来了，他的名字在方夏的通讯录里已被改为"大酱"。

"你在外面呢？"

徐大疆有很长一段时间没给方夏打过电话，更没见过面。方夏抬头望着夜空，毫无防备地卸下了伪装，抽泣着说："大酱，你能来陪我吗？"

电话那头安静了两秒，方夏连忙抱歉地说："对不起，你不会生气吧？"

"当然不会，你信任我，我很开心。"

"我是说我叫你'大酱'，你不会不高兴吧？以前就听苏凉说，你不喜欢别人叫你外号。"

"你不是别人，只要你喜欢叫，我就愿意听，就算让我变成番茄酱、豆瓣酱、老干妈辣酱，拌饭吃了我也愿意。"

方夏在电话这端破涕为笑，两人约了在之前的咖啡馆见面。

徐大疆赶过来时，已经是凌晨一点了。

方夏见到他时，绽放了一个令人宽慰的笑容，徐大疆掏出一袋薯片递给她："不开心的时候就吃，吃着吃着就开心了，相信我。"方夏取笑他说："你以前是有多不开心啊？吃那么胖。"徐大疆神情认真地说："如果以后经常能见到你，就足够开心了，再也不用担心吃胖回去了。"方夏羞涩地闷头吃，薯片在嘴里嚼出脆响，两边腮帮子忙活得像只小豚鼠。两人谁也没有刻意去聊什么，方夏一边吃一边望着窗外发呆。周末午夜，东京最繁华的商业区依然人流不息。徐大疆随手拿过一本杂志，硬生生看了半个小时，才突然问："想过以后回国吗？""这不是我能决定的，要看我爸妈，"方夏随口问，"你呢？"徐大疆眼睛没离开过杂志，故作轻松地说："你不走我就不走。你走，我也走。"

凌晨两点钟，终于坐到咖啡店打烊。

方夏恍然大悟："你回家没有地铁了吧？""无所谓。"徐大疆说。方夏又问："那怎么办？""大不了去风俗店里过一夜。"徐大疆笑着。方夏摇头："连你也学坏了。"徐大疆说："你就不用管我了，怎么说我也得先把你送回宿舍。"

先坐午夜大巴，下车后又打车，回到方夏宿舍时已凌晨四点。日本室友不在，大概也是因为吵了架尴尬，回家去住了。进了屋，两人又聊了几句，徐大疆并没赶着要走，方夏帮他泡了杯茶，再聊过几句，自己先困了，疲惫地对徐大疆说："你要是不介意，就在我的床上躺会儿吧，反正也要天亮了，我睡我室友的床。"方夏扑到床上抻了个大大的懒腰，懒懒地说："真想不洗澡就睡啊——"徐大疆附和："那就别洗了，反正我也不洗了。""真好意思，我都没嫌你脏。"方夏说后又反观起自己身下的床单，"我室友平时就在这张床上跟她男友折腾，估计也干净不到哪儿去，咦——"徐大疆听了这话，心慌气躁，翻来覆去到天亮也没合过眼，就静静地望着对床的方夏沉沉睡去，收听她细弱的鼾声。

# 第九章

　　大西菜行最老牌的红星饭店，在一九八六年实现了私有化，更名红星大酒楼，着实气派不少。同年春天，苏敬钢和左娜结婚，婚礼就在红星大酒楼里办了一桌，说是"一桌"，其实连"一桌"都凑不出。双方父母无人出席——苏敬钢的父亲老苏在三年前因肝癌去世，苏母因与苏敬钢常年赌气不肯赏脸。至于左娜的母亲张婶儿，从左娜一门心思要嫁给苏敬钢那天起便对女儿横拦竖挡，自认无力回天后断绝关系，搬去左勇家里带孙女。苏敬钢跟左娜结了个没爹没妈的婚，一咬牙，干脆也别请什么同学同事了，交杯酒两个人喝就够，可转念一想，毕竟是喜事，也别对自己太绝，最终还是硬凑出来一桌：冯劲和周晓燕两个年轻人，周国大和小厉害两名兄长，张老师一位长辈。苏敬钢身穿当年那身中山装，左娜身着一条大红色布拉吉，二人神情严肃地坐在圆桌上位，逐一敬酒：同辈一杯，兄长两杯，长辈三杯。一轮下来，左娜已摇摇欲坠，苏敬钢也是双颊泛红，嘴角始终带着醉意蒙眬的笑，他的目光环视一周，唯独避开周晓燕一人，不敢对视。周晓燕根本不等敬酒就已将自己灌醉，喝进喉咙的酒直接从眼角溢出，化作两行浓烈的眼泪又淌回杯子里。"有点儿出息行不行？"周国大喝得正美，捋一把妹妹的马尾辫，"欸？怎么没见那个白李逵？""周大哥说大昆啊？"冯劲接过话头儿，"六年前砍了人，判个重伤害，还在号儿里呢，算算，冬天该出来了。这事儿，周大哥没听说？"周国大摇头："他砍谁了？""南市场的二白。"冯劲说起此事，嘴角仍会一抽。周国大说："有印象，听说二白伤得不轻，后来都不在南市场混了。""还不是为了个破对象，六年，真他妈不值。"冯劲慨叹。"六年？太重了吧。""本来判三年，赶上严打，翻番儿。"冯劲话音未落，桌上三个男人同时低头：小厉害跟周国大，两个早年扬名的老社会一提起严打仍会后脊梁冒汗。

当年的全国严打就是在这座城打响的第一枪：全城上下的大小混混枪毙了几十，抓进去上百，劳改了上千；一个平日见血就晕的孬种因为跟女孩子在舞厅里跳贴面舞判了流氓罪，也一枪崩了；更冤的也有，一个酒鬼因为酒醉后在市政府墙角撒了一泡尿被毙了，罪名是"反革命"。那几年间，小厉害跟周国大的阵势越闹越大，每年光聚众械斗就不下十几起。一九八三年至一九八五年间，二人自己都数不清被请进过局子多少回，每回都是一身虚汗地出来，直至严打彻底结束，两条硬命居然尚在，也算奇迹。周国大自我总结，言简意赅两个字：命大。日后每每提及，他更不忘感慨一番：亏我那花圈立得好，自己不要命的，阎王爷都不爱收。

"'二王'那才叫牛逼，全国人民都知道了，咱这儿的老爷们儿不光会炼钢和造飞机，还敢杀警察，'扬名立万'了！"小厉害竟莫名地自豪——"出的都是恶名！"张老师正气凛然地反驳，大家这才醒悟桌上还坐着一位人民教师，通通收敛。"张老师，咱们都是粗人，让你见笑了。"周国大冲张老师恭敬地举杯，干了半杯白酒。苏敬钢和左娜跟着也敬了一杯，张老师起身，双手托杯，抑扬顿挫地说："我祝你们一对新人婚姻幸福，百年好合，早生贵子！"张老师痛快地干了杯中酒，左娜一听到"早生贵子"，不觉面红。张老师语重心长地说："千万记住，等你们有了孩子，不管男孩还是女孩，一定要让他们多多念书，懂吗？"此话一出，另几个男人个个面红耳赤，手足难安，唯独苏敬钢严肃地回敬道："张老师，今天你能来证这个婚，我跟小娜感激你一辈子！"


婚后，小两口儿住进一套从苏敬钢单位借来的单间，房子虽小，却是楼房，苏敬钢用稀少的礼金买了最便宜的纯实木板，自己动手打了一套家具，只为尺寸精巧得够塞进小房。

本是新婚燕尔，小两口儿却并不太欢喜，反而因为双方家庭多年的极力阻挠感到心力交瘁。左娜清晰记得，自己跟苏敬钢去领结婚证当天，母亲张婶儿对自己说过的话："你忘了你爸死的时候手指着苏敬钢吗？你爸要是知道你嫁给他，死了都闭不上眼！"

"我爸指着苏敬钢又没说过一个字。"

"他那是说不出来话！不甘心看你嫁给那浑小子！"

"浑怎么了？只有他真心对我好。"

"我也没盼你跟着谁过富贵日子，就求你能过个安生日子。老三那孩子我比谁都清楚，从小到大有过一天不惹祸吗？惹过的祸有哪个小？将来说不定哪天就死在大马路上了，到时候你咋办？！"

"你骂我可以，别咒他行吗？"

"我咒我自己行了吧？上辈子造的啥孽啊，让我到老不得安生！"

左娜当了二十多年的乖女儿，却能一次就将母亲的心伤透。每当左娜回想起母亲那一双哭干的眼，心口就一跳一跳地疼。苏敬钢每次见左娜捂着胸口痴坐在床边，都会探问，左娜只说胸闷。某夜，左娜辗转难眠，苏敬钢坐起来陪着她，左娜的头靠在苏敬钢胸口，说："我们立个约法三章好不好？"苏敬钢摸不着头脑："啥约法三章？"左娜自言自语般说："让你发誓，好保证你、我，还有咱肚里的孩子，都平平安安，保证咱们全家都平平安安。"苏敬钢胸口起伏着，笑："你说啥呢！我能出啥事儿？"左娜扭过头，盯着苏敬钢的眼睛问："立还是不立？"苏敬钢乖乖妥协："我立。别折腾了，快睡吧。"

六年前的全省技工比赛，苏敬钢因为右手的拖累，只得了第三名。前两名被选派去北京进修了半年，回来直接调入省委技术科，从此土鸡变凤凰。苏敬钢只拿着两百八十块钱奖金回到第一机床厂，自觉无颜面对厂长，用奖金给厂里置了四台电风扇。四年后，厂长提拔苏敬钢做销售科副科长，推心置腹地说："明年我就退休了，如今是市场经济，想不饿死，都得靠自己。退休前，我必须替厂子找一个信得过又有本事的年轻人负责销售这摊儿，苏敬钢，我知道你还有能耐没使出来，好好干，一定能成大器，但我就嘱咐你一件事，把你那驴脾气改改，就你这性子放到社会上将来要吃大亏，记住一句话，狗摇尾巴狗吃肉，驴尥蹶子驴挨抽。别学驴，要学狗，夹着尾巴做人。"

苏敬钢第一次出差，去的杭州，只待了三天，每天工作内容就是请客户方的采购员喝酒，从中午喝到晚上，顿顿一两斤白酒。苏敬钢的第一张销售合同就在第三晚的酒桌上签成，一口气卖出了五台大型机床。苏敬钢心情大好，酒后没回招待所，而是醉醺醺地溜达到西湖，白堤、苏堤上兜一圈儿。

夏风拂面，皓月当空，苏敬钢驻足在断桥残雪下立着的一块牌子前，吃力地读着白娘子和许仙的爱情故事，恰逢一个老大爷遛弯儿经过，非要帮苏敬钢讲解，口若悬河地把白娘子和许仙的传说从头到尾复述一遍：从西湖初遇讲到驱瘟救民，从法海降妖讲到水漫金山，最后讲到白娘子被压雷峰塔时，老大爷对苏敬钢说，明早去雷峰塔转转吧。苏敬钢心想，明天一早的火车回家，哪有工夫？何况自己压根儿没觉着白娘子和许仙的故事有多好听，听完只窝了一肚子火——许仙堂堂七尺男儿，媳妇被一个和尚欺负成那样儿居然只会跪地求饶，依自己，早跟法海拼命了！——"传说都是假的，假的不如真的好听。"苏敬钢像只醉猫，迎面冲老大爷打了一个酒嗝儿，老大爷欲哭无泪，摇头背手走了。苏敬钢望着老大爷的驼背，心想：谁讲故事都不如左娜好听，还是阿济格好听，还是多尔衮好听，他们都是铁打的汉子，铁汉柔情才最好听。

苏敬钢给左娜买了十来件衣服和两大包化妆品，都是在杭州最高级的百货商场里买的，花的是客户返的回扣，还在夜市地摊儿上买了两盘邓丽君磁带：一盘《漫步人生路》，一盘《往事如昨》。苏敬钢也给厂里同事带了特产，同事收到时个个笑脸相迎，苏敬钢一连多日踏进办公室都有种皇帝上早朝的错觉。

那一年，二十五岁的苏敬钢春风得意。

同年的腊月初八，大昆出狱。


当大昆拖着一只跛脚、胡子拉碴地从那道铁门中走出来时，见苏敬钢和冯劲正站在门外抽烟，靠在一辆挎斗子摩托上等着他。大昆走上前，抢走冯劲嘴里的烟头猛嘬两口，向天抻了一个长长的懒腰，只说了四个字：我要吃肉。

鹿鸣春，这座城中最高档的饭店，营业时间仍不会过晚十点。

当晚十一点，饭店大堂里只剩这一桌三个醉鬼，年轻的女服务员实在陪不起，撵又撵不走，趴在吧台上打起轻鼾。

"小姐！"冯劲大唤两声，"小姐！"女服务员惊醒，"腾"地起身，怒冲冲道："管谁叫'小姐'呢？！""再来一盘锅包肉！""厨师下班回家了！""那就盛三碗腊八粥！""菜单上没粥！""今天腊八，不吃腊八粥咋行？煮一锅去！""有病！"冯劲没皮没脸地笑，苏敬钢抿着嘴乐，唯独大昆闷着头吃肉，趁下咽的工夫骂了冯劲一句："真他妈流氓。"冯劲不服："我咋了？""我管你妈叫小姐，你乐意啊？"大昆较真儿的神情逗得苏敬钢呛了一口酒。"土鳖，蹲了六年，早跟社会脱节了。"冯劲扭头对住苏敬钢说，"上个月我出差去广州，人家那里管女孩子都叫小姐，时髦。"大昆不依不饶："你妈去广州也成小姐了？""放你妈屁！我说的是女孩子！"冯劲气得干脆转过身子对住苏敬钢说，"男的出去吃饭、洗桑拿，服务员不管你有钱没钱，张口闭口地叫老板，叫得你不给小费都没脸出门儿。"

"那你到底去找小姐没？"

大昆乐此不疲。

"跟领导一块儿去的！找你娘啊！"

"我娘死了。"

冯劲闭上嘴，抽了自己一个嘴巴。

苏敬钢举起口杯，将半杯酒洒到地上："敬咱娘！"大昆不应，仰脖望着棚顶说："我娘是被我气死的，我不孝。"大昆说着眼圈儿湿润："你俩替我给老人家送终，该我敬你们！"大昆抓起半瓶白酒直接对瓶吹，苏敬钢和冯劲拦也拦不住，只好陪着。"咋打算的？"苏敬钢问了一句，见大昆不语，又慢慢渗透，"你娘没的第二年，你姐夫调到了大连工作，带着你姐跟孩子一起搬过去了，你知道吧？"大昆点头，说："如今我举目无亲了。"顿了一下又说："但是我姐不知道，我娘死前偷偷给我留了张存折，我打算在大棚里盘个床子，卖水产。"——"大棚"是大西菜行继圈儿楼后建起的第二栋农贸大厅，因造型是一条拱棚长廊，状似农家冬天种菜扣的菜棚，故得此名。大棚正门上悬挂着本市书法大家沈延毅亲笔题写的六个大金字：大西农贸市场。

"大棚里卖一辈子菜还是穷人，要想赚大钱，咱们得下海。"冯劲的高谈阔论一旦开始，表明酒已喝至八分醉。"我家卖鱼的，还用下海？"冯劲在大昆眼中，已经被他自己口中的"社会"给整魔怔了。冯劲重申："我说的是下海经商！做买卖！"大昆不解："卖鱼不就是做买卖嘛！""我说的是做大买卖，赚大钱！"冯劲有些激动地说，"小尾巴如今在南站做啥知道么？长途客运。不知道从哪儿搞了七八台二手拉达，专揽私活儿往盘锦、鞍山、抚顺、铁岭，到处跑，拼车按人头算比火车和大客便宜，一个月赚上万不成问题。""黑车，"苏敬钢的口气远不及冯劲预期的兴奋，"不合法。"冯劲一脸不可思议："我的亲娘啊！三儿！现在啥年代？做买卖哪还讲合不合法啊！如今厂子都自负盈亏，没本事就下岗，谁能把钱赚到手叫能耐，你是没去广州和深圳看过，人家那里搞活经济都多少年了，就算你捡破烂儿捡成百万富翁，一样瞧得起你。咱山东不是有句老话吗？有钱的王八坐上席，没钱的君子把头低。世道变了！"苏敬钢问："你啥意思？""咱哥儿仨合伙干事业，一起赚大钱。"大昆问："你有啥想法？""咱合钱把大棚里的水产摊儿都盘下来，从南站包车跑大连和丹东上货，我还有个亲戚在营口承包了片海，供销一条龙，不赚二道贩子的辛苦钱了。"苏敬钢反问："人家凭啥把整排床子都盘给你？"冯劲满脸费解："你可真是死心眼儿，大西菜行是谁的地盘儿啊？文抢武抢咋地不行？钱凑不够，咱就转租出去，连上货钱都有了，做大买卖哪个不是从空手套白狼开始？"大昆轻蔑地说："就凭你？你敢抢谁啊？""废话！我要是一个人能干成，还跟你俩唠个啥意思？"冯劲被直戳软肋，自己打圆场说，"要是咱仨还不够面子，就把小厉害也叫上，实在不行就请周大哥出马，总没人敢不给他面子吧？到时给他俩分成就得了呗。"

苏敬钢点燃一根烟，摇着头。

冯劲不快："咋了？你觉着不成？""我不干，"苏敬钢慢悠悠地说，"现在这日子我知足。""捡钱你都懒？不像你啊！"冯劲死不罢休，激将说，"三儿，是不结了婚被左娜给降住了？钱归她管？"苏敬钢浅笑着说："左娜开春就要生了，稳稳当当地过，挺好。""有了孩子更需要钱啊，按我说的干，等到明年……"——"不提我他妈都忘了！你俩咋没等我出来就结婚？嫌我寒碜，还是怕我给不起红包？"大昆硬生生将冯劲的兴头儿掐灭。苏敬钢憨笑："等孩子生了，满月酒给你补上。"冯劲被晾在一旁，忍无可忍，撒气叫道："服务员！""又干啥！都说了没粥！""我他妈要盘儿花生米！"服务员恨不得拿眼神剁了冯劲，杀气腾腾地冲进厨房。"再给我切盘儿皮蛋！"服务员从厨房出来，花生米跟皮蛋拼了一盘儿，往桌上狠狠一躓——盘中皮蛋碎得不像刀切出来的，像用脚踩出来的。

三人一直喝到凌晨一点钟，谁也记不得最后是怎么被服务员推搡着出了门。空荡的大街被厚厚的积雪覆盖，三人竟在鹿鸣春门前的台阶上醉卧了一晚。

第二早醒来，冯劲慌张地摇晃着苏敬钢："三儿，我左手不会动了。"

冯劲的左手插在雪堆里睡了半宿，食指跟中指被冻成两条黑紫虫子，送到医院，大夫说治不了，只能切。冯劲不甘心，一九八七年初多次奔赴北京跟上海的各大医院，诊断结果都是一样，只能切。冯劲不忍，继续死扛，直到儿子冯子肖办满月酒。当晚，他散金大摆筵席，醉到不省人事前一刻，古怪兮兮地对苏敬钢和大昆说："信不信我敢把自己手指头掰断？"——"吹牛逼！"大昆哈哈大笑，"你要是敢掰，我管你叫爹！"冯劲嘴角露出一丝诡笑，右手攥紧左手两根僵死的指头，使寸劲儿一撅——"你疯了？"苏敬钢阻拦不及，一股鲜血从冯劲虎口中喷涌而出，直蹿上棚顶，三人抬头仰望，扎眼如雪地中盛开出一朵红梅花——"叫爹！"冯劲狂笑不止，大昆愿赌服输，应声跪地，磕头叫道："爹！"冯劲满足地答应着，用滴血的右手逗弄起摇篮中小冯子肖肉肉的脸蛋儿，得意地说："儿子，这是你大昆兄弟！你抬头往上看，那是爸爸给你放的礼花，庆祝你满月！"襁褓中的冯子肖"咿咿呀呀"地叫着，一对儿澄净的眼睛紧盯着头顶那朵红梅花，咧嘴笑了。

三年夜大毕业，左娜如愿进了办公室做工程师。干了不满一年，左娜便明白工程师的身份已再不值得骄傲。一年中，办公室里几名同事纷纷停薪留职，下海做买卖：有人去批发市场卖服装，有人开了小饭馆，还有人干起私营五金店，从原来的同事摇身一变成了客户。其中不时有人回来请老同事吃饭，他们大多衣着光鲜，出手阔绰。厂长刘决胜在饭桌上醉得反过来拍马屁："有良心、重情义、不忘本。"——可他自己却早把良心给丢了，在国企改制的过程中，侵吞他赶走的下岗工人的抚恤金，几年后带着一家老小跑美国去了。

左娜向来对人情世故迟钝，却也终于觉出，世道真的变了，自己俯首贴案画大半年图纸赚的工资还不够付人家一桌饭钱。虽说保住了工作，不比下岗的惨，但日子也是越来越不好过了。

一九八六年的夏天，左娜怀孕了。在此两年前，这座城扩修主干道，大西菜行作为青年大街沿途最煞风景的老、破、旧，拆迁首当其冲。两年后，第一批回迁的居民中，苏母分到一栋七十多平方米的两室一厅，赶上苏敬钢跟单位借的小单间到期归还，他便带着左娜搬回大西菜行和母亲住到一起。苏敬钢本想借此缓和婆媳关系，毕竟自己时常出差，有个人在家照顾左娜也好。

　　大西菜行历经岁月摧残的老平房，就在挖土机铁爪的一抓一放间烟消云散。一排排拔地而起的灰土色楼房如整齐划一的火柴盒，将半个世纪的人情冷暖分割得恰如其分。一些彼此做了半辈子邻居的老人们开始彻夜难眠，睡前听惯了隔壁夫妻十几年的对骂，吃饭前闻惯了对门蒸的苞米面饽饽香，现在听不到也闻不到了，睡觉吃饭都不香了。他们成了岁月的遗腹子，也永远不会懂，岁月为什么从不顾任何人死活。

　　苏敬钢拉着左娜出门买菜，穿梭在千篇一律的楼宇间，一瞬间觉得这片生养自己的地方竟陌生得可怕，几次走乱了方向。小夫妻走到大棚正门，驻足猜测，脚下大概就是二人以及冯劲、大昆共同长大的那条胡同儿口吧？但都不敢肯定。幸好，尚有一个熟悉的身影，如磐石一尊，静立在街角——那是老王道士、酒鬼老王头儿、王大爷——大西菜行的活坐标，岁月的守陵人。

"王大爷！"苏敬钢激动之情如见亲爹，"还在这儿呢！"

"三驴子？"王大爷老眼昏花，认了足足半分钟的亲，才笑开一口镶牙说，"就算他们把路牌全拆光，我也不带挪一下屁股的！"王大爷支开一张小叉凳，苏敬钢让给左娜坐，自己立在一旁，四下环视过说："这就是咱那条胡同儿口吧？"王大爷点点头，颇有些得意地说："前年拆迁，我在屁股底下埋了俩铜钱儿，回迁第一天，我掐指一算，就搁这位置上一坐，往地底下挖了两尺，你猜咋地？俩铜钱儿连铜锈都没来得及生呢！"王大爷玄乎的口吻如往日一般传神，苏敬钢听得一脸惬意，时光仿佛在眼前倒退回了十八岁。他轻抚着左娜的背，对王大爷说："我和小娜结婚了。""喜事儿啊！我得给你俩瞅瞅！"王大爷一双老掌握住左娜两只嫩手，嘴里不停重复道，"大喜事儿……"苏敬钢心喜，说："结婚时正赶拆迁，老邻居一个都找不着，我欠王大爷一顿喜酒，赶明儿单独请爷们儿去鹿鸣春喝。"王大爷摇着头说："爷们儿戒酒都八年了，忘了？——我说的喜事儿不是指结婚，是小娜有喜。"苏敬钢大惊，忙蹲下身说："你真神了！王大爷，你快帮咱俩好好瞅瞅，这回能保住吗？"王大爷不慌不忙地说："把你手也给我。"苏敬钢两掌朝上伸出来，王大爷托在双膝上，瞬间瞪大的一双老眼扯平了刀刻似的鱼尾纹，摸着苏敬钢右掌心里那骇人的"人"字疤，慨叹道："你这命啊……被你自己给破了。"苏敬钢大惑不解："啥意思？"王大爷望着苏敬钢，故弄玄虚："孙猴子改生死簿，阎王爷也罩不住。这辈子的路咋往下走，全仗你自己了。"苏敬钢显然不太在意，却焦急追问："孩子呢？手相能瞧出来吗？"王大爷淡然地说："不用瞧，这个小老三啊，跟你这个老三前世有缘，命中注定是要做爷儿俩的。"

此刻，左娜呆坐在一旁，哑然。

她心中慨叹：莫非王大爷当真神人？大半年里，左娜先后两次意外流产，对她打击极大。左娜激动得两手颤抖，目光晶莹地问："这孩子真能保住？"王大爷松开夫妻俩的手，神情泰然地说："或讨债或还债，无债不来；或孽缘或善缘，无缘不聚。这孩子前世跟你们夫妻结的是善缘，不过人家是来讨债的债主，你们想撵还撵不走哩！""是儿子？"苏敬钢两眼放光。"嗯，是儿子。"老大爷眯着眼点头。苏敬钢起身，掏出一百块钱往王大爷手里塞，王大爷死命推辞："你俩的爹走的时候哪个我也没凑上份子，你们孩子就别跟我提钱了。再说，我跟这孩子也算有缘。"王大爷笑得悠长，"你们要是乐意，我给这孩子起个名？"

"好！好！"苏敬钢满口答应，"反正我也没文化，你就给起了吧！"

左娜见这爷儿俩完全忽视自己的存在，心中不快，可王大爷先前句句命中，不好直白回绝，便摇着苏敬钢的胳膊，委婉地说："都还没长成人形儿呢，这么早起名字干啥？""起了好，起了不就能天天叫？"苏敬钢丝毫不理会左娜，催促王大爷说，"快给起个好名字！"王大爷闭目掐指，念叨一阵，幽幽地说："就取个'凉'字吧。""善良的'良'？"左娜再也忍不住，回绝说，"不好。"王大爷笑了笑，不吱声。苏敬钢捏了一下左娜的手说："别打岔，听王大爷说！"——"是'却道天凉好个秋'的'凉'！"王大爷解释道，"我算过，这孩子来年春天出生，命属炉中火，时节主发，有土、木常伴，熊熊不灭，唯欠节制，忌嗔怒。三儿啊——我只怕这孩子秉性随你，故取一个性寒之字相调相较，助他能自行自制、多虑少怒，这孩子五行又缺水，名字里带上两点水，可以逢凶化吉。"左娜听了，撇撇嘴说："还是不怎么好听。"苏敬钢目不转睛地聆听完，狠狠点头，嘱咐左娜等他，自己跑进大棚，一会儿工夫，提着一只鸡跟一条鱼出来，撂在王大爷脚边，便急忙拉起左娜奔家去了。

苏敬钢进家门时，见母亲正坐在南屋的床上抽旱烟，他也竟不再恼怒，走进屋说："别抽了，收拾一下出去吃。"苏母望了一眼左娜，不冷不热地说："路边儿捡钱了？结婚以前没见你这么败家啊。"苏敬钢被一盆冷水浇头，不耐烦地说："你孙子有名字了，去庆祝一顿。"苏母把烟枪移开嘴："好家伙，也不问一句我当奶奶的就敢瞎起名，你可真能耐。"苏敬钢说："不是我起的，是老王道士起的，算过，有讲究。"苏母"吮吮"地敲着烟枪，骂道："你妈念了十几年私塾，还不如一个臭算命的？行！你们爱叫啥就叫啥，叫了就不是我孙子，别指望我给你俩带这孩子！"苏敬钢捶了一拳门框："到底吃不吃？！""吃你姥姥吃！你爸死了你就敢欺负我了是不是？三瘪犊子你瞧着吧，谁不孝谁不得好报！""爱他妈吃不吃！"苏敬钢猛地摔上门，拉起傻站在门口的左娜下楼。

周国大的花圈店到了八十年代末已经分文不入，撑不下去，后被周国大改成一家饭馆，取名四季香，卖抻面、鸡架和简单的炒菜。妹妹周晓燕曾极力劝阻，嫌周国大对开饭馆一窍不通，别连家底也赔了进去。周国大不听劝，第二天直奔劳动市场，雇了抻面师傅、水案、服务员回来，再把门脸儿房粗简地改装一番，砌两个灶台，置办些二手桌椅，一个月不到便开张营业，刚好赶上盛夏，夜里酷热难当，屋里电扇不够用，周国大干脆命服务员把十张折叠桌支到了门口马路边上，几十箱啤酒垒成了一堵墙，明目张胆地占道揽客，派出所跟居委会也不敢管。不少人听说周国大开了饭店，纷纷前来捧场，多半是社会上的朋友。

一到晚上七八点钟，四季香门口声势震天，四五十人分扎几堆儿，嗑着花生，喝着啤酒，划拳叫嚷。周国大则穿梭其中，这桌干两杯，那桌划两拳，不管来人熟络与否，只要叫他一声"周大哥"就算朋友，动辄就给人家免单。一个月下来，饭店虽不至亏本，却也没赚着几个钱。周晓燕终于看不过眼，只要不跑车的晚上就亲自过来收账，硬拉下脸子才多收回几个钱。

苏敬钢从不去讨扰，他清楚周国大定不会收自己钱，为占人便宜的场，不捧也罢。可苏敬钢今晚实在高兴，莫大的喜悦难以独自消受，迫切想抓个人同享，只能拉左娜来到四季香，找了一张靠马路的小桌坐下，远远望见饭店里空荡一片，唯独那"周国大大人纳"的白花圈孤零零立在墙角。

"早不来给你大哥捧场，真他娘的艮。"周国大舌头喝硬了，醉眼蒙眬地端详一对小夫妻，问左娜说，"弟妹想吃啥？大哥让后厨给你单炒。""随便啥都行，"左娜抠弄着方便筷子，"没给你添乱就好。""这叫啥话，你俩来了咋能随便？"周国大朝里屋一招手，嗓音洪亮地喊，"燕子！给我那瓶五粮液拿来！"不一会儿，只见周晓燕手中握酒，扭着胯骨从台阶上走下来，抬头见到苏敬钢和左娜，神情立刻不自然，连忙解下腰间围裙。"去大棚买只烧鸡，两包芙蓉王。"周国大掏出一把钱塞进周晓燕手里，吩咐说，"待会儿你也别忙了，坐下一起喝两口。""喝！一天到晚就喝！看你哪天不喝死！"周晓燕的暗火一点就着，指着周国大鼻子骂，转身又回了屋。苏敬钢忙劝周国大说："别忙叨了。""脾气越来越他娘的古怪，活该找不着对象！"周国大一边骂着妹妹，一边给苏敬钢和左娜倒酒，笑眯眯地说，"咱先喝着。""小娜喝不了酒，"苏敬钢把左娜的酒折进自己杯里，脸上难掩兴奋，"小娜怀上了。""这可是大喜事儿！那咱哥儿俩喝，我必须沾沾喜气儿！"周国大哈腰凑过脸说，"我这辈子就喜欢孩子，可如今老大不小了，连个媳妇还没有，等你们给我生个大侄儿出来，借我稀罕稀罕。"苏敬钢笑说："现在找媳妇也赶趟儿啊。""要找早找了，"周国大抿了一口酒，"我这种人过了今天没明天，哪个女的要是跟了我，那就等于往火坑里跳，一个人利索，这么多年都习惯了，我就是怕哪天俩眼嘎嘣儿一闭，没个人照看燕子。"苏敬钢点头，碰了一杯，说："周大哥是好人，老天爷要是让好人早死，那不是瞎了眼？四季香生意这么红火，你们兄妹俩肯定越过越好，我敬你一杯！"周国大一饮而尽："陪哥划两拳！"

夜渐渐深了，人一桌桌地散去，二人喝到酩酊大醉，喊到喉咙沙哑。左娜早在一旁哈欠连连，倦烦难耐。不知何时，周晓燕走到周国大背后一把揪住他的衣领子，谴责说："你不睡人家两口子还睡呢，自己进屋喝去。"周晓燕顺手丢了一张信封在桌子上，对苏敬钢和左娜说："这是给孩子的，拿着。"苏敬钢勃然大怒，猛敲着桌子说："扯淡！拿回去！"周晓燕声色俱厉道："都说了给孩子的，又没给你！"左娜也不好意思，扭捏说："离生还早着呢，等生了再给。"周晓燕眼睛一立睖，吓得左娜缩回手去："生了再给生了的，到时奶粉尿布啥的就不用你俩操心了，我给孩子从上海带。"左娜腼腆地笑着说："那怎么好意思。"周晓燕扛起周国大一只胳膊，绕在脖子上，冲左娜摆摆手说："别磨叽了，赶紧给老三拖回家吧，喝成啥熊样儿了都！"

"回家吧……"左娜轻声唤着苏敬钢，一只手在他脑门儿上摩挲。"再划两拳，哥儿俩好啊……"苏敬钢的下巴撑在桌面上，眼睛几闭几合。"哪还有人啊，谁跟你划？快回家。"左娜试图挽起苏敬钢的肘，被苏敬钢溜开，他赖兮兮地说："我跟我儿子划，把苏凉叫来，咱爷儿俩划……"左娜哭笑不得，心中五味杂陈——苏敬钢对这个孩子盼得究竟有多苦，左娜最清楚，她揉搓着苏敬钢的两只大手，细声说："知道你心里美，那咱也别搁这儿丢人，回家让你接着喝，走……"

突然一声急刹车，连苏敬钢也支起脑袋回望：黑色丰田车停靠在路边，一颗光头被路灯反得黄亮，大摇大摆地走过来。"三哥？"光头哈下腰，盯着面红的苏敬钢惊呼，"你也在呢！"左娜认出这光头正是当年在二中暴打宋春鸣的人，扭过头不理，没好气地拍着苏敬钢肩膀头说："你再不走，我自己走了！"

"哟，三嫂也在呢！"八幺子毫不见外，拉过凳子坐下，"我陪三哥喝两杯？"苏敬钢这辈子只两件事不能输：一是打架；二是喝酒。"喝！给周大哥捧场的。"苏敬钢杯子还没举起，左娜已愤然起身，踢开塑料凳子走了。"三嫂！"八幺子挽留着唤一声，被苏敬钢要面子拦道："不用管她！"八幺子嬉笑说："三哥，结婚咋也不叫弟弟一声？不够意思啊！"苏敬钢不领情，讥讽道："早听说你小子赚了大钱，牛逼上天，哪敢请你？"八幺子抓了一把光头，笑说："三哥这是啥话，我那是在外人面前装，当你面儿哪敢啊。再说这不是赚了钱来给周大哥捧场嘛！"苏敬钢醉着一双丹凤眼打量八幺子，蹾杯子道："有话就说。"八幺子四下瞄过一圈儿，凑近头说："三哥，想赚大钱不？"苏敬钢不屑说："你发钱啊？"八幺子表情严肃说："没开玩笑，咱哥们儿合伙赚大钱。"苏敬钢问："多大的钱？"八幺子用蚊子声说："从云南倒腾点儿货。"苏敬钢问："啥货？"八幺子扒着苏敬钢耳朵说："粉儿。"苏敬钢惊得酒醒了一半，反问："白粉儿？""嘘——"八幺子龇牙说，"小点儿声唉三哥！"苏敬钢定了定神，也悄声说："那你还他妈敢干！你那些钱都靠这个赚的？""还没开干呢，"八幺子吐了口气才说："先倒腾点儿别的，都是幌子，障眼法。倒腾啥能比这玩意儿来钱更快？"苏敬钢喝了一口压惊酒："你这真是活腻歪了，犯法也分个轻重啊，你一颗脑袋够枪毙几回？"八幺子拨浪鼓似的摇着头说："我能不怕死吗？可现在干啥不叫犯法？投机倒把？走私偷渡？哪个不犯法？你瞅瞅去深圳捞钱那些，开个公司成集装箱走私外国货，哪个不犯法？可海关睁一只眼闭一只眼，为啥？多赚钱多交税啊！老百姓腰包鼓了，政府腰包也鼓了，大家都乐呵，谁还管犯不犯法？深圳人把老邓当财神爷拜，早没人信老毛那一套了。"苏敬钢听得不耐烦："到底想说啥？有屁快放。"八幺子舔舔舌头说："有需求就有市场，有市场就有人供货，这就叫市场经济。我傻吗？长几个脑袋敢一个人倒腾这玩意儿？他妈的市场太大啊，三哥，咱这城里现在有多少家夜场你知道吗？"苏敬钢摇了摇头。"北市场、大东门、西塔、中街，凡是最热闹的几片地儿，都是大舞厅不缺、小歌厅不断，你以为那帮人进去就摸扎儿，操屄啊？有钱的都吸粉儿，没钱的也鼓捣俩摇头丸嗑，世界早变了三哥，你就是在大西菜行这土鳖地方窝的年头儿太久——就你这身本事，白瞎了。"八幺子说得天花乱坠，苏敬钢自嘲："用不着你捧臭脚，我有啥本事？"八幺子给苏敬钢的口杯满上酒，谄笑说："啥本事？三哥，咱不提小时候，咱就算今天，大西菜行混的，哪个不怵你？你再瞅瞅人家小厉害，光是霸了条夜市收保护费就吃香喝辣，那还是小打小闹，没劲！三哥，你三天两头出差跑外地，这两年赚着大钱了吗？"苏敬钢无言以对，闷头喝酒。八幺子趁热打铁："结了婚花钱地方更多吧？三哥，只要你跟我跑一趟云南，就一趟。"八幺子竖起一根指头，信誓旦旦地说，"保证比你这辈子工资加起来还多！"

八幺子掏出一包三五烟，敬给苏敬钢，苏敬钢抽不惯，吐着说："你来找周大哥，不光为捧场吧？"八幺子笑说："啥都瞒不过三哥。"苏敬钢说："周大哥是实在人，别拖他下水。"八幺子答应："行，听三哥的，反正这事儿有你俩一个就能成，该着还是咱俩有缘。"苏敬钢说："让我替你卖命？你当我傻？"八幺子嘴里"啧啧"地说："我哪敢！是这样，云南那边儿有俩朋友能出货，可收货这边儿就我一个人，怕被他们兄弟黑吃黑，要是有三哥给我壮胆儿，还怕个啥？咱稳当地押两趟货回来，钱就跟雪花似的往兜里飞。"苏敬钢打断说："两趟？只跟你走一趟。这里面要敢藏啥猫腻儿，我要你命信不信？"八幺子一哆嗦，笑开了说："信！弟弟我不怵谁也怵你啊！"

天已放光，苏敬钢才摇摇晃晃回到家，北屋的老电扇"嗡嗡"地响，左娜蜷缩的背影安静起伏着。苏敬钢脱了汗衫，背对着躺下，躺得猛了，恶心劲儿冲上头，憋出一口浊气。

　　"还知道回来啊？"左娜转过身，仍闭着眼。苏敬钢吓一跳，支吾着："瞎唠。"左娜缓缓睁开眼，长长的睫毛会说话："没唠好事儿吧？不是答应过我，再不跟那帮流氓接触吗？"苏敬钢心虚说："聊点儿正事儿。"左娜说："咱俩好好把孩子养大，就是正事儿。""我这不是想多赚几个钱，好供你们母子过好日子嘛，也是想让你妈瞅瞅，你跟我能过得好。"左娜手拄着头，直视苏敬钢眼睛："日子不是过给别人看的，再说咱俩又没穷到揭不开锅。"苏敬钢说："等苏凉长大了，总不能还住在这小破房子里吧？我就是想让你们娘儿俩吃好的，穿好的，用好的，我一个人吃粥可以，但绝不能让你娘儿俩看人家吃肉。"左娜摇着头说："苏敬钢，我自打嫁给你那天起就没奢望别的，你吃粥我就跟你吃粥，你吃肉我就跟你吃肉，但是你记住，偷来抢来的肉我左娜不吃，我儿子也不能吃，你要是再敢干出什么浑事儿，"左娜提上一口气，"还记得那约法三章吗？我就跟你离婚，自己把孩子带大。"——"胡说啥呢！我要是出了啥事儿，你们娘儿俩谁管？"苏敬钢轻拍着左娜肩头，酒气浓重地说，"我儿子苏凉将来是要当大官儿的，他爹咋能给儿子抹黑呢？"

老电扇吹出的羸弱的风轻拂过左娜的发梢，她又沉沉地睡去。晨光从窗帘缝隙中射进来，映在左娜细长浓密的睫毛尖上，点点晶莹。苏敬钢望着，也睡去了。

# 第十章

大二开学不久，苏凉几乎就没有在大学教室里现过身，而是跑去驾校，赶集似的考了一张驾照。学车和考驾照的钱是冯劲出的。冯劲说："你学会开车我就敢让你自己去大连接货了，也省得我每次都对手底下的人不放心，个个都有私心，等你跟子肖熟了这一摊子，早晚我让那几个兔崽子滚蛋。"

苏凉得到冯劲指示，从公司出来时已是夜里十二点。这是批急货，多在港口停放一天就多赔好几万，只得在第一时间去大连港口接货。这两年，冯劲将积累了多年的流动资金投进了房地产，进出口的业务就转交给苏凉和冯子肖。交易和谈判都不用他们管，他们只负责去大连海关收发货物。用冯子肖的话说，咱就是他妈跑腿儿的。

苏凉用冯劲给的钥匙去车库开公司的本田车，突然被人在背后拍了一巴掌，惊得一身冷汗："你有病啊！"冯子肖得意洋洋："我爸是不是给你发私活儿了？还背着我，真不够朋友！"苏凉惊魂未定："你爸不让我告诉你。"冯子肖咬着牙骂："操，我就知道他信不过我。"苏凉说："你一个公子哥，不是最烦跑腿儿的活儿？"冯子肖说："我是怕你一个人寂寞，再说你一个新手跑高速，谁他妈能放心？"冯子肖说完，固执地去开自己的宝马，苏凉阻挠说："你爸说了，必须开本田去，牌照不对接不了货。"——"从来没听说过！"冯子肖催促苏凉，"上来！开那破车明晚也到不了大连。"

漆黑无尽的高速路上，唯有前后大货车的车头灯可以为前路指明方向。

冯子肖骂了一句："路灯都是摆设，一点儿亮都照不到，听说立这些路灯时报价每根灯柱子成本四万，全他妈是纳税人的钱啊，这社会完蛋操了！"他一根接一根地抽烟提神，狠狠将烟圈儿吐进黑夜里，飘散得不见踪影。车窗开了一道窄缝儿，冷风就嗖嗖地灌进来，冯子肖冻得打了一个激灵，连忙关上窗，烟灰在车里散落得到处都是。

苏凉坐在副驾驶位上出神——这段时间，苏凉不断地给方夏发短信、写邮件、打电话，方夏不回、不看、不接。方夏只在电话里给苏凉留过一条语音：苏凉你这个大骗子，你去死吧。苏凉也有心结：方夏跟徐大疆的关系究竟是不是真像林伊敏说的那样？苏凉相信如果他当面问方夏，方夏应该不会撒谎，那他自己呢？——某晚，冯劲在大酒店的包间里接待了一个新客户，是位姓吕的女老板，四十出头，带着两个年轻女职员从大连过来谈生意，她们的公司主要负责冯劲货运的物流。冯劲是通过别人介绍认识的吕总，由于之前合作了近十年的物流公司老总吃了官司被抓，他不得不寻觅新的、稳妥的合作伙伴。饭局前半小时，冯劲才给苏凉和冯子肖打电话，让他们过来救场，说之前没想到对清一色来的全是女人，公司里那两个女孩子这回派不上用场了。冯子肖琢磨了两秒说："敢情拿我俩当鸭子使。"那时的苏凉已经多少明白了些生意场的道理：人际交往中的大多时候，并没有看到的那么单纯，也没有想象中的那么肮脏，有的不过都是周旋与利用，公平交易罢了。苏凉在那段时间一心想要多赚钱，冯劲一早就曾应承他，等以后他自己能跑大连接货了，每单生意给他单独提成。

当他们赶到酒店包间时，转盘桌子上已经铺满了大碟的菜，冯劲正拉着吕总的手说话："冯哥叫你一声妹子！妹子，你说像咱们这种做贸易的，外面人听着好听，实际天天提心吊胆睡不好觉不说，货一天不靠港，这心就一天都落不下地，靠了港呢？这个拔你两根儿毛，那个揩你几滴油，不把所有大鬼小妖的都喂饱，货你就根本别想提走！"吕总连连点头，感慨遇到知音："冯哥净说大实话！物流更跟三孙子没啥区别，货安然无恙，我们就赚个辛苦钱，可货要是有什么闪失，那就得赔个倾家荡产。"冯劲顺势说下去："没错，说到底还是货的安全最重要，所以说你是我的衣食父母啊，你就是我的关二爷，就算我千里走单骑，那也得你保驾护航啊！"冯劲放低了声音，"咱们这合作里边有些具体事儿，哥哥还得跟你单独细唠。"

冯劲把吕总拉远，说话声越来越小，忽然想起什么，对苏凉和冯子肖说："你们年轻人一起有话聊，慢慢吃着唠。"苏凉跟冯子肖给两个女孩子敬酒，对方也不客气，干了酒又继续吃菜，虽然年纪轻，可一看就是在酒桌上摸爬滚打过来的。冯子肖见其中一个女孩面容姣好，便忙活着给人家变魔术，女孩被骗得惊叫连连，桌上的气氛顿时活跃。角落里，吕总的声音越来越激动："冯哥，你说我容易吗？离婚，下岗，带个儿子，我从十六平方米的海鲜饭馆儿一路干到今天这样子，用了十二年，你说我容易嘛！"冯劲红着脸，伸出大拇指说："妹子是铁打的女人，我这个老爷们儿自愧不如！"

从酒店大堂出来，冯劲送吕总回去。两个女孩意犹未尽，非要苏凉和冯子肖带她们转场去唱K。苏凉真的累了，见冯子肖跟其中一个女孩腻歪，冲自己使了个眼色，领会了他的意思，推辞说不去，就此散了吧。冯子肖跟女孩一听此话，马上拦下一辆出租车消失。剩下的女孩问苏凉，我们怎么办？苏凉说，各回各家，各找各妈。女孩语气温和地说，反正你也没事做，带我随便逛逛也行。苏凉说，谁说我没事做？女朋友等我呢。女孩拆穿，你哥们儿在桌上都说了，你刚分手，我没别的意思，只是觉得你这样撒谎不好，很伤人自尊。苏凉好面子的劲儿上来，嘴硬说，真的没骗你，我这就把她叫出来。女孩较劲说，好啊，我陪你等。

林伊敏从路灯下走来时，两条腿的影子被拉得细长。苏凉对女孩介绍说，这就是我女朋友。女孩在酒店门口吹过风，酒也醒了大半，跟林伊敏匆匆打过招呼，打了一辆车自己回了宾馆。苏凉忍不住感慨："也是个挺有趣的人。"

苏凉跟林伊敏已有近两个月没见，彼此拘谨。苏凉说："真不好意思，实在想不到第二个人帮我解围了。""那你一开始为什么要撒谎呢？"林伊敏瘦了，看苏凉时的眼神也淡然了。苏凉认真回答："不知道。撒谎成性了，狠起来连自己都骗。"林伊敏边笑边打哈欠，仍是刚睡醒的状态，轻声说："反正你都是在这种时候想起我。你还真会挑时间啊，我明天就回日本了，正在家里收拾行李呢。"苏凉愧疚地说："那赶快送你回家吧，我欠你个人情。"林伊敏嘴角歪歪的笑容里藏着刺穿苏凉伪善的利刃，说："可我现在不想回去。""那你想去哪儿？""这得要问你啊。走吧，我就是想见识下你平时泡妞儿都带她们去什么地方。"

"我在你眼里就是这么个人？"苏凉也打了个哈欠，又抻了个懒腰。

"那今晚给我个机会，"林伊敏裹紧脖围巾，"看看你到底是什么人。"

苏凉带林伊敏去看了午夜场电影，凌晨一点钟，影院里除了他们俩还有一个女人独自坐在前排。林伊敏要求跟苏凉坐在最后排的情侣座。情侣座两边有隔挡，放映机的一束光就从他们头顶正上方射出来。荧幕上放的是部老片子，苏凉看了不到十分钟就昏昏欲睡，林伊敏两脚蹬掉平底鞋，收起腿，整个人缩进沙发座，头枕在苏凉的肩上，仍觉不够舒适，又仰面枕着苏凉的大腿，苏凉低头望她，林伊敏笑眯眯地说，这样得劲儿多了。苏凉的两只手无处安放，只好僵直地摊开，林伊敏沉默着揽过一只胳膊缠绕过自己的脖子，裹得比围巾还紧，突然在苏凉小臂内侧轻轻咬了一口，苏凉身子微微颤抖，林伊敏小声说："硌。""什么？""硌。"林伊敏用后脑勺儿蹭着苏凉大腿根儿，坏笑说："这里硌。"苏凉的身体一瞬间僵硬，偏偏下面不由他控制。林伊敏冷不防挺起腰，抬头亲吻苏凉的嘴，苏凉稍微躲了一下，又被林伊敏搂过脖子，不再抗拒，吻在一起，林伊敏两手背过去脱掉大衣，坐直身子跟苏凉拥吻，边吻边问："苏凉，你想要我吗？"——此时，远处前排的女人咳嗽了一声，两人同时探头去望。林伊敏又扳过苏凉的头继续拿舌尖去找，苏凉的双手从林伊敏的腰间伸进内衣，林伊敏在苏凉耳根吐着气说："脱掉。"苏凉尝试向下拽林伊敏的丝袜，可彼此窝在沙发里的身姿太别扭，拽了几次反而越勒越紧，林伊敏笑说："撕开。"苏凉照做，林伊敏捧起他的脸问："你不会也是第一次吧？"苏凉全程都不好意思说一个字，林伊敏引导他进入自己的身体时，两人抱得很紧很紧。

事后，两人起身，坐在前排的女人不知何时已经走了，彼此惶恐地对视一眼，笑了。林伊敏整理好裙子说："一会儿灯就开了，走吧。"她看出苏凉有话憋着，先发制人："你不用担心，我回去后自己吃药，你放心，我绝不是那种无聊的人。"苏凉吞吞吐吐说："我没这个意思。"影院里的散场灯亮起，苏凉感到自己的怯意被赤裸地在林伊敏面前放大。"你现在哪句话是真，哪句话是假，我听语气都能猜中。你说我是不是比方夏厉害？"林伊敏转而调皮地说，"咱俩星座不合呢，你金牛我双子，克星！"


"此妞儿神人也！"冯子肖听后不禁赞叹。若不是旅途太过枯燥所致，苏凉从没想过要跟冯子肖讲这些。苏凉走这一趟，心里一直在"咚咚"地打鼓，踏实不下来。他拿起手机给方夏发了一条短信：知道你此时还在睡梦里，不该打扰你，我只想跟你说一声对不起，无论你是否原谅我。

短信发出去，苏凉退却了一份虚伪的自责。"对不起"三个字是笼统的、含糊其辞的，在方夏跟自己的心里定义完全不同，苏凉觉得自己确实没救了，或者说，他才刚刚开始认识真正的自己——一个自私、虚伪、怯懦、冷漠，又敢于承认这一切的人。好像只要承认了，他就不是他了。他的错也不是错了。


凌晨五点，天边已经放光。

冯子肖把车转进一条直通港口的公路，双向四车道，左右是连绵低矮的山丘。冯子肖打了个哈欠说："一想到待会儿还得原路开回去就头大，要不咱今晚留在大连过一夜吧，吃吃海鲜，喝喝啤酒，踏实地睡一觉，明天再出发，咋样儿？"苏凉果断拒绝："货不能等，咱为啥大半夜的赶过来忘了？"冯子肖失望地说："我真后悔跟你来。"他点上一根烟，车速也放慢下来。

突然，前方一束刺眼的探照光射过来，晃得冯子肖紧闭上眼骂："什么毛病！"苏凉用手遮住光向前看，路口被三辆警车封锁住，一名警察站在车外正握着喇叭喊话。苏凉惊慌地推着冯子肖："咋回事儿啊?！"——"快跑！"冯子肖冷静地说。

"跑啥啊?!"苏凉大惑。冯子肖怒喝:"让你跑就跑!我他妈就知道里边有问题!"苏凉没系安全带,被冯子肖一把推下车——"往山上跑!"冯子肖解着安全带,慢了一步,被两个冲上前的警察用脚绊倒,摁在地上擒住。苏凉顾不及多想,飞速跨过公路围栏,一路快跑冲上一座小山,山的背后,是整片枯树林,黑暗中隐约能看到树林背后的农田。苏凉听着背后追来的喊声,朝山的另一边狂奔不止。

电话就在这时响了。是方夏。

"往这边!"身后的警察听到了铃声,追得越来越近,逼得苏凉继续在树林中穿梭,好在警察并没有带狗,否则即便自己跑得再快也难逃。也幸好,身后不会有比苏凉跑得更快的人。他们追着追着,声音就渐渐小了。苏凉害怕再被发现,关了手机,一口气又穿越过一片田地,进到一个村子,又从村子的另一头穿出去,终于见到了一条公路。

# 第十一章


一九八七年春天，苏凉降生到这个世界。

左娜将瘦小的苏凉抱在怀里，轻轻悠着，感觉像怀抱一只小动物，毛茸茸的小脑袋软嫩又陌生。小苏凉下生时体重只有四斤七两，一张褶皱纠集的小脸瘦得被两只滴溜儿直转的大眼睛占去一半——苏敬钢用一双丹凤眼跟这对大圆眼睛对视了足足半个钟头，还是没觉出儿子究竟哪里长得像自己，哀叹连连——"像我不好啊？你有意见？"左娜得意地气苏敬钢。"好，全像你最好，长得好，念书好，嗓子好，啥都好！"苏敬钢越说越委屈，语调越提越酸，"最好一丁点儿也别像我，干脆跟你姓左算了……""我没意见。"左娜笑着夹了苏敬钢一眼，嘲讽道，"连儿子的醋你也吃，得有多没出息？"她额头一滴细汗跌落苏凉的脸颊上，小苏凉挤挤眼睛，左娜笑说：

"你最像妈妈了，对吧？"小苏凉面无表情，没有反应。"这孩子怎么不太爱笑呢？"左娜用手指头挠了挠儿子的胳肢窝，"凉凉，笑！"

左娜产后在医院住了三天，床头堆满周晓燕从上海捎回来的奶粉和尿布，还有一台国产小录音机。苏母果然没来探望，张婶儿却来了，带来自己缝制的红色小肚兜儿，亲手给外孙子套上，胸口处绣着一朵睡莲。

左娜把苏敬钢新买的邓丽君磁带插进录音机：

> 如果没有遇见你
> 我将会是在哪里
> 日子过得怎么样
> 人生是否要珍惜
>
> 也许认识某一人
> 过着平凡的日子
> 不知道会不会
> 也有爱情甜如蜜

苏敬钢提着保温桶走进来，随口问："这歌叫啥名？"

左娜闭目说着，《我只在乎你》，陶醉地跟着唱起来：

任时光匆匆流去

我只在乎你

心甘情愿感染你的气息

人生几何能够得到知己

失去生命的力量也不可惜

所以我求求你别让我离开你

除了你我不能感到一丝丝情意

"你学歌咋这么快？"苏敬钢诧异地问。左娜挑高眉眼：
"那你瞅瞅，只要是带调儿的，我听一遍就会。""我就爱听你
唱。"苏敬钢沾湿毛巾，抓过左娜两只手囫囵抹了一把，命令
说，"吃饭，给你买的酱猪蹄。"左娜迫不及待地打开饭盒，拈
出一只大猪蹄开啃，满嘴油花儿地问："那你先说，我跟邓丽
君谁唱得好听？"苏敬钢给左娜擦嘴，说："当然是你。"左娜
晃着手中的猪蹄："马屁拍蹄子上了！撒谎都不眨眼。"苏敬钢
大言不惭："以后就唱这首，这首名字好，你唱我录下来，省
得想听的时候还得求你！"左娜说："给谁唱也不给你唱！"
苏敬钢立起眼说："你还想'在乎'谁？这首歌只有我能听！"

"你家爷们儿可真好！在乎你！"隔壁床刚住进来的大姐

忍不住插嘴，"天底下难找啊！"——"你说他？"左娜不屑地瞟着苏敬钢，"就会在人前摆摆样子。"大姐酸味儿十足地说："你这小妮子不懂知足。我这眼瞅要生了，你看我爷们儿给我吃啥？天天萝卜白菜。生出来孩子不得是绿色的？"左娜哈哈大笑，下身侧切的刀口被带着疼；苏敬钢一听这话，赶紧起身拨了一只猪蹄到大姐床头的饭缸，打趣说："她这不是给我生了儿子嘛，要是生闺女，我连萝卜白菜都不供她。"大姐被逗得手捂着大肚子乐，另一只手抓起肘子贪婪地啃着。左娜极不满地说："臭封建。生儿子你妈高兴了？高兴了咋没见来看一眼呢？""生儿子你不高兴？"左娜转头望着熟睡中的小苏凉，神情陶醉地说，"我生的儿子我当然爱，我儿子也爱我……""吃你奶的时候爱你，等你儿子将来长大了就爱别人家闺女了，哪有工夫待见你？"苏敬钢总算拾到机会反击。"呸！"左娜夸张地咧开两片唇，"谁敢跟我抢儿子，抓花她的脸！"苏敬钢乐了："你瞅瞅，还好意思说我妈，等你当了婆婆，没准儿比谁都恶呢。"

　　直到左娜出院，苏敬钢才把苏凉出世的消息告诉大昆和冯劲，怕他们去医院惊扰左娜。出院当天，苏敬钢到大棚里买菜，南门一进来第一张床子就是大昆的水产摊儿——苏敬钢惊呆，不是因为微凉的天儿里大昆只穿一件短袖褂子还敞胸露怀的屠夫相，而是他的身后站着一位白袍罩身的漂亮老板娘——苏敬钢险些认不出，这俊俏女人正是杨丹。时隔七年，杨丹也是一脸惊诧，更多是难堪，冲苏敬钢点了下头，低头翻整双臂上腥湿的黑胶套袖。唯有大昆喜上眉梢，"嘿嘿"地笑："今天咋有空过来？不用伺候媳妇儿？"苏敬钢也笑："小娜生了，儿子。"——"哐"一声，大昆将手中屠刀剁进案板，气鼓鼓地说："才告诉我？又怕我给不起红包？我他妈像抠的人？"苏敬钢回骂："谁也没说你抠，是怕你去了闹哄。"大昆嘴里骂着，伸手从水缸中捞出两只肥鳖，扣在案板上又是"哐、哐"两声，剁去鳖头，两股血蹿到肚皮上，侧刀平掀了两个鳖壳子，扯过黑塑料袋子一刀搂进去装了，丢进苏敬钢手中拎的竹筐："王八放葱姜跟枸杞熬汤喝，补血；王八壳子剁碎了加糖冻成膏吃，补钙。吃完再回来，我给小娜整两条鳗鱼——你娘的！敢嫌我抠！"苏敬钢目瞪口呆，木木地说："你赚这几个钱容不容易我还不清楚？别见人就装大瓣儿蒜。"大昆不服，杨丹顺势接过话头儿："我就说吧，他一见熟人不是送鳖就是送螃蟹，人家塞钱他还跟人急，非说熟人咋好意思要钱，那来大西菜行买菜的全是熟人，咱这摊儿还干不干了？"大昆抓起围裙抹了肚皮上的鳖血，不耐烦地骂："你老娘们儿懂个屁？头发长见识短！"

杨丹脸色瞬间沉下来，分明想扮出一副"何苦对牛弹琴"

的表情替自己解围，可惜演技不够精湛，反而隐隐露出一种深入骨髓的屈辱——那种表情，苏敬钢似曾相识，跟当年自己第一次踏进左娜家门的一刻，左娜脸上闪现的神情一模一样。当年，杨丹本是考上了大学的，学校在天津，可听说后来中途被退学，具体原因无人知晓，只知道她退学后去北京混了几年，混不下去了，重返这座城，回来后工作难以落实，父母又没本事，旧情人二白不知所踪，却被大昆撞个正着，杨丹终于服输认命，套上一袭白色长身围裙，当起了鱼摊儿的老板娘，却因为漂亮，没过多久就被大西菜行的人冠了个绰号：鱼西施。

苏敬钢提着两只王八跟一筐菜回到家，刚一进门就听到一声大骂："我可不伺候你！不乐意待就滚出去住！"紧接传来"呜呜"的哭声。苏敬钢忙跑进北屋，苏母正指着左娜鼻子骂。"你他妈闭嘴！"苏敬钢一声吼，吓坏恶婆婆。"你个三瘪犊子，有这么跟你妈说话的吗?！"苏母自觉威吓欠缺火候，也学着干号了几声。"咋地了？"苏敬钢转头问起左娜，左娜呜咽着说："我饿了，就想吃两个煮鸡蛋。"左娜双手轻抚着怀中儿子的头，苏凉正眼巴巴地吮着自己的大拇指。苏敬钢闻声回头，这才发现南屋里竟还挤着坐了三个邻居老太太，围坐在麻将桌边不敢作声。三老妪头顶浓烟缭绕，乍看一眼，苏敬钢还当是仨老妖精在洞中开会。"都他妈给我滚！滚蛋！"苏敬钢将手中竹筐一把砸进南屋，蹦出两只鳖头还动弹，绿豆眼滴溜儿直转，盯着三把老骨头仓皇逃窜，一老妪连鞋都没蹬就夺门而出，生怕慢一步挨苏老三的揍。

"三瘪犊子，你杀了你老娘吧！"——"用不着你跟我耍无赖！"

苏敬钢走进南屋，推倒立柜，掀翻五斗橱，摔了电视，怒吼道："自己媳妇不伺候，自己孙子也不管，你到底他妈想咋地！"苏母强忍颤抖，咬牙切齿地说："滚蛋！滚出去住！我不是你妈！没生过你这个瘪犊子！"

苏敬钢拉起左娜的手，怀抱起褟褓中的苏凉，干干净净出门，临走前给自己的母亲撂下一句：以后有事儿往我厂子里打电话。


一晃过去小半年。

左娜产假已到期，苏敬钢劝她再多休养一阵，反正厂里效益也不好，请假随便批。左娜于是又多申请了半年，整天耗在二人租住的小套间里不愿下楼。租的房子仍未搬离大西菜行，图的是二人上班近点儿。

左娜憋在小房间里百无聊赖，时常焦躁不安。儿子苏凉已经断奶，确切说是被逼断奶。自打跟婆婆撕破脸不出两日，左娜就生了一场大病，整烧了五天，病愈后奶水再不见半滴。没办法，只好用温水将奶粉冲了喂给苏凉喝，怎知属兔的苏凉嘴比小兔子还刁，只需用舌尖舔一下便能分辨出是奶粉而非母乳，吐出来，誓死不从。多日下来，孩子原本就瘦小的小身躯日趋缩水。苏敬钢也无能为力，急得火上房，直到某日冯劲从深圳出差归来上门探望，随口支一招儿说："实在不行喂点儿糖水吧，可别给饿死了。"苏敬钢大骂："会他妈说点儿吉利话不？"冯劲走后，他却试了冯劲的主意，将白糖兑在温开水里喂给苏凉，没想到小苏凉竟喝得津津有味，开心直笑，遂以此过活，直至生出第一批乳牙。一连喝了三个月的白糖水，小苏凉虽还是瘦，却无病无灾地挺到了能喝进去小米粥的胜利彼岸。

苏敬钢去长春出差四天，回家当天是个天色红透的黄昏。他一身酒气地爬上六层楼，插了几次钥匙都插错，于是暴躁地拍门，半天无人来应，他把耳朵趴在房门上，清楚地听见门里面震耳欲聋的音乐声，心脏都怦怦直跳。

"耳朵聋啊？！"苏敬钢终于打开门，怒不可遏，见左娜正跟另一个年轻女人有说有笑，窗台上那台老三洋录音机中"咣咣"唱着的居然还是洋文，两只年迈的大喇叭几欲震破。"哟，苏经理回来了！"年轻女人装作没听到苏敬钢那一声骂，扭动着一身时髦装扮，"装什么装，真认不出来了？"苏敬钢瞪大醉眼认了半天，只觉面熟。"眼睛小，眼神儿还不好使！"左娜笑中带气，翻着眼睛说，"姜兰！"姜兰是跟苏敬钢和左娜一条胡同儿长大的发小，自从高考前全家搬离大西菜行，从此断了联络，此次她跟左娜二人在逛街时偶遇，一晃已有七八年了。姜兰笑脸相迎，没想到苏敬钢只是点个头，不冷不热。姜兰有些尴尬地说："苏经理全国各地地跑，见多识广就不认人了？"苏敬钢不理，径直走到窗台，按停录音机，说着："放的啥破玩意儿，跟他妈杀猪似的。"姜兰脸色发绿，左娜见状忍不住怪苏敬钢说："不懂音乐就别瞎吱声儿，这是姜兰的歌舞团南下演出用的舞蹈伴奏，迈克尔·杰克逊。"姜兰补充道："现在南方就流行这个，你啊，就是太土老帽儿，该跟跟潮流了。""这他妈能叫唱歌吗？"苏敬钢一副醉态，痞气尽显，左娜忍无可忍："你懂啥叫唱歌吗？""不会唱还不会听？"苏敬钢不但不气，反而不屑地笑，"邓丽君那才叫唱歌。"左娜被噎得无语，声音高八度冲苏敬钢吼："喝吧你就！没听说谁家出差回来不进家门先去喝酒的！一天到晚能不能关心下我跟孩子？"一旁摇篮中的小苏凉仿佛听懂了自己的名字，吓得抽出口中含着的大拇指，哇哇大哭起来。"吵吵啥？吓着儿子了都！"苏敬钢抱起摇篮中的苏凉，贴在胸口轻摇着说，"儿子别怕，你妈又犯病了，咱不理她。"一边说，还一边看左娜，无赖似的笑。

小屋子里三大一小，谁也不出声了，沉寂两分钟后，姜兰强憋出几句客套话，悻悻离开。左娜面子过不去，执意相送，二人在楼道里嘀咕了几句后，左娜猛摔房门回到屋里，恶狠狠地盯着苏敬钢，气得说不出话。苏敬钢先开了口："我不乐意让生人进家门。""少强词夺理！我还不了解你那小心眼儿？"左娜眯起一对大眼睛，汇聚出狭长的光，似是一把能丈量人心胸的尺子，"姜兰也能算生人？你不就看人家穿好的用好的心理不平衡吗？人家歌舞团两个月跑一趟南方，天天晚上有演出，流水钱大把地赚，人家有钱穿好的用好的是自己乐意，我一个女的瞧见了都没眼红，你一老爷们儿眼红个什么劲儿啊？"——"放屁！"苏敬钢脸上嬉笑四散，小心翼翼地将苏凉重新放回摇篮里，板起脸说，"我眼红她啥？我咋没瞧出她哪儿穿得好了？跟他妈老鸨子似的，去几天南方不够嘚瑟的了！""人家那是国外兴过来的。你那么土，你懂啥！"左娜突然蹿高的声调不经意连自己也吓到，她心中怯怯地问自己——左娜啊左娜，你什么时候竟也成了个泼妇？"对！我土！我不懂！"苏敬钢像哄苍蝇一样朝半空中大手一甩，"狗长犄角，装他妈羊（洋）！我不懂她那破衣裳哪儿好看，不懂她那破歌哪儿好听，我啥都不懂咋了？我是怕你被她带坏！你没去过南方不知道，女人去了十个有八个学坏，俩人一起闯深圳的，不到半年全离婚，那是啥好地方吗？家都没了，要钱有他妈啥用！""对！我没去过深圳，没去过南方，你天南海北地都转个遍了！我呢？二十几年我出过这座城吗？我出过这大西菜行吗？"苏敬钢仰头"操——"了一声，像是怒骂悬在头顶偷看热闹的空气，他望着墙皮开花的泛黄棚顶，熄灭了怒火说："我出去跑不是为了赚钱养家吗？知道你一个人憋在家心里闷，那你倒是下楼逛去啊，玩儿去啊，没人拿脚镣铐着你。"——"玩儿啥？逛啥？我也拎个筐跟那帮老太太一样去大棚里跟小贩为了一毛两毛的吵架吗？还是跟楼下那帮大老娘们儿凑一堆儿择菜、搓麻、唠唠谁家老爷们儿一爬上炕就不行事儿啊？——啊？我问你呢！"左娜激动得带出哭腔，粗俗的言辞甚至刺伤了自己的耳膜。苏敬钢脑子一片空白，自言自语般说："真闹不懂你想要干啥，本来以为跟我妈一起住能替你解解闷儿——对！她是没个当妈的样子，我知道你受了委屈，也替你出了气，翻脸就翻脸，她压根儿打小就看不上我，只要你和儿子俩好就行，如今咱三口搬出来自己住了，你说你还想咋地？你对我到底还有啥不满意？"

左娜眼眶中突然涌出的泪水，沾湿了零乱下垂的鬓角。左娜哽咽着说："苏敬钢，你最不懂的，是我——是我！"苏敬钢的五脏六腑瞬间冰冷下来，他不敢直视左娜的眼睛，装出一副"左耳进右耳出"的满不在乎。"苏敬钢，我问你，我是那么看重钱的女人吗？我承认，我是眼红姜兰，可我眼红的不是她大把赚钱，我是眼红她每天都在做自己热爱的工作，每天都能站在舞台上！我本来以为，这世上只剩一个人懂我，也是你苏敬钢——我想唱歌！我也想站到舞台上唱歌……"左娜终于放声大哭，嫩滑的颈子上两条细长的脖筋突兀地抽搐着。

　　窗外的黄昏被旧式木窗分割为六个小方格，落日从窗户上一格一格饶有章法地落下，一颗火红的棋子转瞬被天边渐黑的棋盘吃掉。在那明暗一线的天边，一栋尖锥状建筑如定海神针高耸入云，直捅破天——那是三年前开始兴建的广播电视塔。三年前，市长在电视里说，彩电塔建成后将成为这座城首屈一指的地标建筑，站在未来全国第一高的电视塔上，可以鸟瞰整座城。那一年，北京电视塔尚未动工，上海还没有东方明珠，广州还没有小蛮腰。两年后，塔兴建至一半，苏敬钢远远望去，竟有种莫名担心——这座塔正对大西菜行的中心线，假如有天这根定海神针倒塌，岂不要将大西菜行砸得如东海龙宫般天翻地覆？苏敬钢当然又是白费脑子，塔建得又慢又稳，甚至被匆忙的时间遗忘。每逢晴天黄昏，半截巨塔斜射下的影子犹如一把黑长的尖刀，直插大西菜行的心脏，每一个赶去大棚买菜的细小人影全都游走在刀刃之上。某个黄昏，苏敬钢正站在了刀尖，眺望着矗立在马路尽头、孤零零的巨塔，一种从未有过的失落从心底骤然升起。

## 第十二章

冯子肖被捕的第二天，苏凉终于明白了，冯劲的"对外贸易"有一半是在走私。

当苏凉几经辗转从大连回到家已是清晨，晨光从百叶窗透进来，暖得苏凉好想倒在床上，睡到天昏地暗。苏敬钢的房门开了，走出来的人是周晓燕，她睡眼惺忪，身着宽松的睡衣，见到苏凉站在客厅中央，瞪大了眼睛。苏凉愣在原地，一动不动。如今，全世界已无一丝天地是属于自己的。苏敬钢跟着从房间里出来，光着膀子，竟有些低声下气地说："其实有件事早该跟你说，我跟你燕子姨打算以后一起过。"苏凉仍旧一言不发，绕开二人走到立柜前翻起抽屉，找到苏敬钢藏匿的烟，抽出一根叼在嘴里，四下摸索打火机却没有，于是走回厨房，拧开灶台上的炉子把烟点燃了。他深深吸进一口，分不清虚实。苏敬钢闻见烟味，继续咳嗽，却一言不发。周晓燕走到厨房门口，可怜兮兮地恳求："凉凉，你别这样，我跟你爸这些年是怎么过来的，你心里也清楚，走到今天这一步也是命运安排，你爸现在病了，我想以后一直照顾他，好让他身体尽快好起来。凉凉你放心，我不求你接受我，我也不会跟你爸登记，燕子姨还是燕子姨，这个家的钱和房子都跟我没有一点儿关系，只求你能让燕子姨留在这个家，照顾你爸，也照顾你。"苏凉不敢跟周晓燕对视，吸了一口烟，呛得自己睁不开眼，吐着雾说："燕子姨，我信你。再说，咱家也没什么可图的。"说完走回自己房间，潦草地收拾了几样东西：方夏送的小相机、冯子肖送的单反相机、冯劲给的工资卡、一本地图册，还有两件衣服。走出来时，他平静地对苏敬钢说："爸，你以前跟我说得没错，人活着不容易。"

　　苏凉出走后并没有即刻离开，而是在这座城南郊的敬老院附近租了一间月租两百块的陋室，每天白日里都去养老院里陪一个老太太。

　　那是苏凉的姥姥。

　　两年前，张婶儿被自己的儿子左勇赶出了同住的房子，那房子本是张婶儿在退休前从厂里分得的职工房，当年左勇一家三口没地方住，张婶儿就把两室一厅的一间房分给了儿子。十几年过去，孙女长大成人，需要自己独立的房间，左勇两口子便动了歪心，把张婶儿骗到房产局，仗着张婶儿不识字把房子转到了孙女名下。张婶儿并不知情，在她摁下红手印的一刻，自己从此成了无家可归的人。此后不久，张婶儿就被强行送进养老院，儿媳妇小芬逼走张婶儿的方法是把房子卖掉，拿到房款后直接付了城郊新开发楼盘一套三居室的首付，搬走后隐瞒新家地址，张婶儿连家都找不到，只能去养老院。

张婶儿进养老院后不到半年，患上老年痴呆，起初只是不记事，慢慢便开始不记得人。苏凉上一次去养老院探望张婶儿，还是一年以前，那时张婶儿还是同另外两个老太太同住一间房。这次苏凉再去，按照养老院论资排辈的待遇制度，张婶儿已经住上了狭小的单间。"孩子，你是谁啊？"张婶儿眼神诧异地望着苏凉，大声地问，"你找谁啊？"苏凉把眼泪憋在鼻腔，呜咽着说："姥姥，我来看你的。"张婶儿的表情中仍有错愕，转身走出房间，苏凉在身后跟着，只见她悄悄从墙角的暖气片后取出一个包裹了几层的棉布，神秘兮兮地说："这是我摊的煎饼，我有一个孙女和一个外孙，本来是留给他们来吃的，可是他们很久都没来看我了，再不吃就坏掉了，就给你吃吧孩子。"张婶儿说罢，从阳台上取过两根晒在窗外的章丘大葱，剥了皮，又从冰箱中取出一盒大酱，对苏凉说："这是山东人才吃的东西哩！"苏凉眼含泪光，撕开一张煎饼，挖了一勺大酱在煎饼上抹匀，把大葱裹在煎饼中，一口咬下，嚼着说："是这么吃吧？"张婶儿显得很兴奋，雀跃着说："你家里也是山东人？"苏凉点头，眼泪终于流下来，说："我姥姥也是山东人。"张婶儿极为吃惊地问："山东哪里人？我老家是新泰县。"苏凉目光坚定地说："我姥姥跟您是老乡，也是新泰县的，不过现在是新泰市了。"张婶儿目光游离地说："是吗？我都不知道。自从过来东北就再没回去过，当年我们村就在泰山脚下，可我二十来岁的时候天天忙农活儿，一次都没上去过。"

苏凉狼吞虎咽地吃光一张煎饼卷大葱，又仔细地卷了一张，递到张婶儿手里，说："我小的时候，是我姥姥一手带大，那时我跟她发誓，将来长大了要带她上泰山，她爬不动也没关系，等我有了钱，可以抬轿子，坐缆车，包直升机，一定要让她舒舒服服地上到泰山顶。"张婶儿听得入神，夸奖说："真是个孝顺孩子。"她握着手中的煎饼痴痴地说："牙都没了，啃不动了。"苏凉跪倒在地，紧紧拉住张婶儿布满老茧的一双手，埋头哭泣说："姥姥，我好想你……"

天上多云，午后的阳光没有那么晒。

苏凉搀着张婶儿在养老院的活动场里散步，老人已经八十多岁，至于具体是八十几岁，苏凉真的咬不定，老人自己也早不记得。苏凉觉得自己仿佛回到了小时候，每天午睡过后被姥姥唤醒，跟着一起去大西菜行买菜。姥姥平时会坐凉亭跟其他的老太太扯家常，苏凉就在一边跟其他的孙子和外孙们一起玩耍：打弹子，翻墙头儿，追逐嬉戏，不亦乐乎。童年的午后，阳光总是明媚。此刻，苏凉紧贴在张婶儿身边，老人的背驼得厉害，走得很慢。

"苏凉——"

阳光下，林伊敏抬手遮脸走向他，身后拖着一个小箱子。苏凉有些惊呆："你怎么来了？"——"不来我问你地址干吗？"林伊敏干脆利落地概述了自己是如何在三天之内开了假病历向学校请了一个月病假，又是如何以最快速度订了从东京回来的机票并且一出机场就跑到养老院找他的艰辛旅程后，才匆忙跟张婶儿问了一声"姥姥好"。张婶儿笑着点头："好，你们都好。"林伊敏给了苏凉一个拥抱，拍着他的背，细声说："放心，连我爸妈都不知道我跑回来，我陪你消失。"


那夜出事后，苏凉只跟林伊敏一个人联系过，确切地说，他们此前一直没断联络。苏凉用了两个月才终于确定，自己跟方夏早就分手了。其间反倒是林伊敏，隔三差五跟苏凉通短信，但都从来不提午夜场那晚的事。就在苏凉离家的早上，林伊敏如往常一样发来亲昵的早安问候："起床了吗大懒虫？有没有梦到我？"苏凉经历了从夜幕到清晨的一连串打击，收到林伊敏短信那一刻像是抓到了救命稻草，回道："噩梦一场。"林伊敏忙打电话来，苏凉一五一十地说了，他太需要有人来救了。林伊敏听过后，只说了一句："等着我。"

林伊敏陪苏凉在出租房里住了半个月。他们每天的生活就是买菜，煮饭，陪姥姥散步，在床上做爱，频繁地做爱。直到一个月后的某个深夜，苏凉撑起身子从床上起来，走到窗前，拉开窗帘，眼前是孤零零的几栋老楼，跟一棵奇形怪状的树，一只影子从树顶飞过，辨别不清究竟是麻雀还是蝙蝠，他赤裸的背影在阴沉沉的月光下，背对林伊敏，再次听到自己心底正在逃跑的脚步声。

苏凉得知冯劲已经逃到南方，冯氏亨顺贸易公司被查封，他的儿子冯子肖也将于不久后被定罪。苏凉很想去看守所看望冯子肖，可没办法，自己要东躲西藏。市郊的租房到期时，也是林伊敏要离开的日子。苏凉不舍地跟姥姥张婶儿告别后，便跟林伊敏一起登上去北京的飞机。林伊敏买的是东京往返北京的机票，她并没要求苏凉送她去北京，反而对苏凉说："你没有这个义务，跑回来陪你是我自愿的。"苏凉背着自己干瘪的旅行包，淡淡地说："反正去哪里都一样，顺路送你。我跟你之间就没有必要撒谎了，我们已经是一个天大的谎了。"苏凉在首都机场送别林伊敏时，彼此都没说话。林伊敏轻轻地拥抱了一下苏凉，头也不回地进了安检通道。苏凉并没有感伤，可他在一瞬间里茫然无比，孤立在人头攒动的候机大厅，不知该何去何从。偌大的北京，自己像只蚂蚁。他在机场用免费上网的电脑查到了五环外一个半地下室改装的房子，二十个平方，两间屋，跟人合租，每月三百，便动身前去。

与苏凉合租的男孩叫乔维，西安人，比苏凉大三岁，北漂了五年。

乔维每天睡到自然醒，下午去一家服装店打工，到了晚上十点钟，他会准时出现在三里屯的一家酒吧里，变身乐队主唱。驻唱快三年，一直没等来星探挖掘，跟乐队相处得也不愉快。那并不是属于他自己的乐队，乐队以前的主唱走了，才找来乔维顶位。老成员们一直排挤他，分钱时也少分他，但乔维还是忍下来了，因为他曾发誓，不成名绝不罢休，为此他什么委屈都能受。二〇〇九年初，乔维被乐队彻底赶了出来，连续几个月没有再上台唱歌，情绪一度崩溃，后来他在苏凉的提醒下报名参加了上海某电视台的选秀节目，一路以原创歌曲杀入决赛，最终成名，与唱片公司签约成为职业歌手。乔维成名后的日子多光彩，苏凉见证不到，因为乔维成名后去了上海发展；然而当他们还住在北京的地下室时，乔维顶多是隔三差五带不同的姑娘回来住，除此以外，他在生活中跟在北京求生的外地普通青年并无两样。苏凉刚住进去时，没朋友，也没收入，乔维便每晚带他去三里屯闲逛，请苏凉喝两瓶便宜的啤酒，给他唱自己写的歌。

某晚，两人边喝边聊，一直到酒吧打烊仍未尽兴，又去隔壁二十四小时便利店买了一打啤酒，坐在酒吧门口继续。苏凉比乔维醉得快，眯着眼，指着乔维脖子上挂的戒指吊坠问："有故事？"乔维不紧不慢地取下穿在项链上的戒指，苏凉才看到银色的戒指中央镶嵌着一颗细小的、不起眼的钻石，乔维说："前女友大我三岁，也是西安人，是我高中时的学姐，我高一，她高三，上学时就一直在一起。她瞒着她的父母，因为她家境富裕，我家穷，我爸在外面还有个私生女。我知道她不是嫌弃我，是怕她父母反对。后来，她高考时报了上海的大学，让我过两年也考去上海，这样离家远了，她父母就干涉不到。我高中就搞乐队，根本没好好念过书，高考时我报了上海分数最低的一所大学，还是落榜了，我爸逼我复读，我死都不愿意，离家出走。她让我去上海，她的钱足够两个人花——我也不知道那个时候的自己究竟犯什么病，我觉得她在侮辱我，我有自己的梦想，我要成名。当时所有人都说，要想成名一定要去北京，在北京漂上几年总能等到机会，我就一个人背着吉他，兜里揣着七百块钱来了北京。再后来我跟她吵了架，谁也不理谁，直到前年过年，我们都回了西安，见面之后一切又仿佛回到最初，像热恋时一样。那时她在上海已经读了一年多的研究生，就快回去前，她跟我说她怀孕了，想把孩子生下来，她想退学，来北京陪我打拼。"

乔维说到一半，开始哽咽，憋了一阵继续说："那是我在北京最惨的一年，我不想她看到我那个衰样子——操！我到现在还他妈撒谎！"乔维突然抽了自己一嘴巴："实话是——我害怕了。当时我太年轻，害怕她来我身边后会耽误我，再多出一个孩子，那我就被彻底废了——这才是实话，我怕了。所以我费尽心思劝她别来，可她连退学手续都办完了，也已经跟爸妈摊牌，她爸妈一怒之下跟她断绝关系，她也是真的走投无路了，我也就心软了，买了这枚戒指，带钻里面最便宜的，还是跟人借的钱。"苏凉语气冷漠地说："你别跟我说你后来劈腿了，她伤心欲绝，带着孩子远走高飞了。"乔维的目光黯淡下来，平静地说："她在上海去火车站的路上，被一辆公交车撞死了，一尸两命。"乔维甚至连情绪的起伏都没有，低着头说："到现在我都不知道，是个男孩还是女孩。"

"有些事，永远等不得。"乔维望着天边放亮的一道红线，捏着戒指，比划在苏凉面前说："去找她。"

苏凉回："操你妈。"

## 第十三章

　　一九八七年的一个普通夏夜。街道两旁鳞次栉比的饭店和歌厅门前亮起霓虹，无一扫兴地向渴望摆脱孤寂的黑夜献媚。

　　究竟有多久没站在夜里凝望一条街了？苏敬钢问自己。以前又何曾有过站在街边发呆的雅兴？几年前，这座城的每一条街都同样的朴实、枯素，看不看都没任何两样。如今，这一栋栋、一幢幢又是几时冒出来的？大街上又是几时多了一辆辆进口汽车？奔驰、宝马、丰田、凌志，有些车标苏敬钢甚至根本叫不上名字——又是从几时开始，周五的夜晚变得令人如此焦躁不安？街边的音像店门前摆放着两个大得能当木墩坐的音箱，回响着一个女人蔫唧唧的声音，不同于邓丽君的娇哆，那声音只能称为骚浪。苏敬钢的耳朵像是被人用糨糊给糊上了，烦得他快步横穿过街，一鼓作气冲上了音乐学院家属楼的七楼。


"你是左娜的爱人？"

花白头发的男主人坐在厅堂左侧的红木椅上，神情不敢相信。方桌右边椅子，坐着女主人，眼神冷得像冰窖。二人背后是一副泛黄楹联，两行苏敬钢认不清的草书大字装裱在酒红色锦衬上。墙壁上一人多高的中式方格书架中摆满奇形怪状的木雕、玉器和线装书。角落里躺着一架五弦古琴，整座厅堂古香古色。苏敬钢的鼻孔被平生最陌生又艳羡的味道所占据，也学起斯文人说话："没跟大叔婶子打招呼就登门，不好意思。"——"谁是你婶子？！"女主人激动地探前身子下出逐客令，"你给我出去！不出去我就报警！"男主人咳嗽一声，平静地说："坐吧。"苏敬钢坐进对面的软沙发里，一屁股陷了进去。男主人叹气说："老话说得好，风水轮流转，谁又能想到呢？"

"大叔，当年我浑，不懂事，你们想打想骂，我活该。"苏敬钢诚恳地弯下腰，低头盯着光亮的地板上自己的倒影。

"连海也是自作自受，毕竟他还大你几岁。"

一个月前，左娜再次去报考市歌舞团——再次，是因为早在六年前，左娜就从厂里偷偷跑去音乐学院参加歌舞团的面试——当张榜后得知被拒时，才听说面试自己的考官正是宋父，左娜当场落泪。试前两天，她还在兴高采烈地征求苏敬钢意见：你说我是唱《小城故事》呢，还是唱《在水一方》？这两首"邓丽君"苏敬钢都没听过。左娜又说，不如唱新歌吧？《我只在乎你》，怎么样？苏敬钢断然拒绝说，不行，这首歌只能唱给我听！左娜咂着舌尖说，哟，还真较真儿啊？不唱就不唱。左娜想了想决定，那就唱《原乡人》吧，考官起码看过那电影吧？唱这首，他们那个年纪的人比较能接受。

苏敬钢坦然地说："当年提前招生，小娜就考上过一次，可父母不让念……"

"就没见过你这么厚脸皮的！"宋母无情打断，"把我儿子打成残废，还有脸上门求我们？我儿子让你毁了，他这辈子都被你毁了！"

"对不起！"苏敬钢从沙发里拔起身，"咚"的一声跪在地上说，"我错了！"

"认错有啥用？你那张二皮脸能撕下来一层给我儿子吗？"宋母呜呜地哭起来。宋父伸手去抚老伴儿的背，被宋母狠狠一把甩开，飙泪喊道："就你不记仇！装什么大公无私？演给谁看啊！""事儿过去那么多年了，揪着不放有用吗？你冷静冷静……"宋父话还没说完，宋母已轰然起身，进了里屋，回身一刻索命似的挖了苏敬钢一眼，"砰"的一声将老少两个男人隔在门外。

"大叔，你打我吧，捅我两刀也行，但今天我必须求你收小娜进团！"

"先起来说话。"宋父起身上前拉苏敬钢的胳膊，却奈何不了对方稳如磐石的身躯，缓和说，"这事儿也不是我一人能说了算的，团里还有其他领导。"苏敬钢抬起头说："只要你肯收下小娜，她绝对不会让歌舞团失望，我知道就是你一句话的事儿，你知道小娜唱得好。""那孩子唱得是不错，不过……""唱得好为啥不收她？我看得出来，大叔不是公报私仇的人，为啥不收？"宋父为难说："左娜只会唱邓丽君，现在招通俗歌手都要至少能唱苏芮的，演出能压住场的……"

开锁声响起，高高瘦瘦的宋春鸣一进门，看傻了眼。宋春鸣见到苏敬钢，整个人不自在，慌张地进了自己房间。"你起来吧。"宋父不再强挽，坐回红木椅子。苏敬钢站起身，缄默不语。宋春鸣的房门开了，朝厨房走时路过客厅，驻足半步，目光越过苏敬钢对宋父说："今天下午团里开会，新增了几个通俗的名额。""我怎么没听说？"宋父一脸较真儿。"你没去开会，"宋春鸣走进厨房里，声音渐弱下来，"我听金团长说的。"

一切尽在不言中。宋父对苏敬钢说："明天下午，让左娜来办公室找我。""谢谢大叔，"苏敬钢感激地说，"谢谢宋教授。"宋父严肃地说："先别谢，还要再唱一次，到时也不只我一个人听，让她多准备几首，把台风好好练练。""我替左娜谢谢你，"苏敬钢犹豫着退到了门口，"东西我就摆在门口了，你和婶子一定收下。"宋父没推辞，提醒说："改革以后，歌舞团都是自负盈亏，全年都在南方跑星，效益不好可能还开不出工资，你让左娜想清楚了。"宋父叹了口气："时代变了。"苏敬钢不语，低头开门，偏被宋家新装的防盗门困住，说什么也弄不清哪只把手才是门锁——另一只手帮忙解围，门锁"啪"地弹开，宋春鸣从容地说："千万让左娜想清楚，进了团就是另一种日子，这一行没有铁饭碗。"苏敬钢回说："跟你大哥说，我对不住他，以后有啥用着我的事儿，我苏敬钢给他赔上命也不冤。"宋春鸣苦笑着说："我哥从那以后就不混了，这辈子也不想再碰见你。"

日子一晃就入了秋，左娜跟着三十多人的歌舞团外出跑星已有两个月，一路沿海南下，从辽宁到河北，再从山东到浙江，一个半月后抵达福建。与台湾一衣带水的福建，是大陆最早吸收台湾流行文化的阵地，也因此左娜到厦门如鱼得水。每当她惟妙惟肖地唱起邓丽君时，必定是全场最火爆一幕，台下掌声雷动，甚至台下有观众听到《原乡人》或是《在水一方》时眼泛泪光。不少闽商时常大方地花上几百块给台上的左娜献花，一场下来台边已堆成花海，左娜需要频繁蹲低又起身地放下怀中不堪重负的花束。演出结束，更有中年男歌迷留下苦等，只为了跟左娜合一张影。左娜暗自得意，最得意的是自己果然没料错，舞台才是她生命的归属。

左娜出门的两个月来，苏敬钢又当爹又当妈，出差能推则推，白天上班，晚上给苏凉喂粥，上班时间里不得不把苏凉撂给苏母看管。母子二人虽仍互不搭理，可终究亲骨肉，亲奶奶难不成还能把亲孙子活活饿死？一个月下来，儿子苏凉偏偏还是更瘦弱了，中间又发了一场高烧，送去医院，大夫说再晚两天就快烧傻了。张婶儿闻讯，主动在白天接管过唯一的外孙子，悉心照料，疼爱有加，才让早已焦头烂额的苏敬钢长松了一口气。

苏敬钢喘息之余，冯劲刚好从深圳出差归来，唤苏敬钢和大昆出来喝酒。

时隔两年多，兄弟三人再次聚首鹿鸣春。饭店已重新装修，富丽堂皇，四面墙近乎被名家字画的赝品覆盖。不知是否被这廉价的伪古朴气给搅了，菜味儿竟大不如前。三人重又围聚在大堂正中央的圆桌，感慨起物是人非：粗陋木桌已换成玻璃转台，当年怒骂冯劲臭流氓的服务员小妹已当上大堂经理，再不会横鼻子竖眼睛地哄撵他们三个醉汉。

"左娜这一跑可够老远的。"

这几年，冯劲走南闯北，世面见了不少。当年高考落榜，冯劲被父母摁着头复读，第二年终于混上个电大念。三年毕业后，同样还是接父亲的班儿，不同的是以大专生身份进了单位，备受领导器重。可冯劲心里最清楚，受器重还是因为自己善于察言观色又能说会道——他清楚自己的长处，也在走南闯北中愈发熟读各类人的眉眼高低，几年下来，功力更上层楼——只需跟苏敬钢对上一眼，就能看破他内心的愁苦与不安。

"在外边跑腻了，总是要回家的。"苏敬钢自我安慰似的说着。大昆愤愤不平道："你们说的外边世界到底是啥德行？我从来都没见识过！南方老娘们儿裤头都不穿就敢往外跑？"另两人谁都懒得理大昆，干留他一人索然无味地灌自己酒。"左娜现在到哪儿了？"冯劲甩出三根烟，中华，分丢给二人。苏敬钢点着，眯起双眼："上礼拜打过电话，该到广州了。"冯劲笑得复杂，含沙射影地说："广东你也不是没去过，那地方啥样儿你也有数，能放心吗？"大昆听得哈喇子直淌，被酒精灌满的大脑袋里飘过千种声色、万般犬马。苏敬钢似嗔非怒："你啥意思？""你别多想，我是说左娜这么抛家舍业的，都可你一人折腾了，有点儿自私不是？"——"老娘们儿就得守住老娘们儿那摊儿，"大昆见仍无人应，顾自美着说，"你们瞅瞅咱家杨丹，那叫上得厅堂下得厨房。"苏敬钢冷眼望着二人，神游似的说："跑累了自然就该回了，趁年轻，让她图个高兴。""老王头儿说得还真对，"冯劲乘着酒兴，长叹一声，"你啊——情种一个！"大昆好不容易捕捉到共同话题，插话道："说起来那老小子真能活，倒一天比一天硬实，上礼拜天从大连运来两箱秋刀鱼，我一人扛不动，老王头儿上来就帮我扛起一箱，腿脚贼麻利，穿着道袍，远瞅比他妈太上老君腾云驾雾还快。"

"听说大棚要拆了吗？"冯劲毫无预警地捅出一句。

"啥？！"大昆听得大惊失色，激动喊着，"拆圈儿楼也就算了，大棚才盖几年？再拆了上他娘的哪儿买菜去？"冯劲只给自己满上，皱眉说："当然不是全拆，当初盖的钱还没回本儿呢，只说要拆南面三分之一，就是水产加熟食那两排摊子——也只是听说，还没收着准信儿。"苏敬钢追问："听谁说的？""城建的人，连大西菜行的居委会大妈都收着风了，"冯劲补充说，"这次城建打算从我们物资局进建筑材料，有人提前过来打招呼，传说是为了扩道，扒掉南面大棚再起新楼。"

"还要盖楼？动迁才几年，盖那么多楼还不够住？"苏敬钢越听越气，尤其当冯劲讲出一副事不关己的口气时。动迁之前，冯劲早就用爹妈的钱凑出了一套房，第一个搬离祖辈三代生活了半个世纪的大西菜行。"谁说不是呢。"冯劲两只断指朝北方天空一指，"咱就说那破彩电塔——这几年政府往里搭多少了知道吗？比北陵底下埋的金子还多。盖成有屁用？还不是供外地人看景的？白瞎钱。"

大昆拍桌子吼道："我他娘听不懂你说啥，哪个管这事儿？！""咋地？你还敢砍了人家？你当是七八年前呢？长点儿出息行不行。"大昆毫不含糊地说："我还能有啥招儿？哪个不给我活路，我也不让他痛快，大不了一命抵一命！"

"哎呀我操——"冯劲仰头悲鸣一声，椅子险些翻过去。他终于明白，"放下屠刀立地成佛"这句话，只是针对聪明人说的，对于蠢人，抢他们的屠刀等于要他们的命，因为他们正是一路握紧了刀才活到今天的。

凌晨一点，女经理打个哈欠上前问："还加菜吗？"

冯劲高举起左手的两根断指，对女经理说："送我一盘手指头。你欠我的。"

女经理几乎是半睡半醒着说："鸡爪子没了。"

三兄弟哈哈大笑。

# 第十四章


二○○七年十月十四日，距离方夏的二十岁生日还有一天。

黄昏日落，飞机在云天一色中穿梭，苏凉坐在北京前往东京的航班上。这是他人生中第一次坐飞机。他用手里最后的钱报了个满人即走的日本旅行团，原计划是在方夏生日前几天启程，可是团里有人签证出了问题，拖延了一个礼拜。起初，苏凉还在担心出问题的会否是自己，怕自己已经被海关通缉，一旦有出境登记就会被抓。幸好，不是。他也笑自己太把自己当回事儿了，就像他面对方夏一样——只是酒后一个冲动的念头，现在完全不知道自己为什么要上这一趟飞机。他给自己唯一合理的解释，是他想亲眼看看方夏在海的另一端到底过着怎样的日子，一个人又会否因为有了距离而变成另外一个人。

晚上九点四十分，飞机抵达东京成田机场。

苏凉手握之前方夏给自己寄信留下的宿舍地址，坐上通往东京市区的地铁。他只希望可以赶在午夜十二点前到，作为方夏二十岁当天见到的第一个人。

而此时宿舍里的方夏，已经高烧两天。日本室友害怕被传染，一早逃回了家。方夏一个人躺在床上，汗水浸湿床单，退烧药已经吃光，她还在烧着，甚至无力起身下地去倒一杯水。

方夏神情恍惚，时睡时醒，在梦里她已经死过几个来回。

两天前，方夏在打工的咖啡馆里闲来无事，不由自主地思念起苏凉，却感到心神不宁，忍不住偷偷登录了苏凉的邮箱，看到一封林伊敏回日本后发给苏凉的邮件，知道了苏凉原本打算跟她当面坦白的一切。

当天夜里，东京下起大雨，方夏拒绝徐大疆来接，坚称自己有伞，在大雨中走了近一个小时，最终走到迷了路，才钻进一辆出租车。回到宿舍，正撞见日本室友跟她的男朋友坐在床上，边穿衣服边收拾残局。室友吓得一惊，方夏却毫无反应，像是房间里只有她自己一个人，平静地洗了澡，平静地换上睡衣，平静地吹干了头发，钻进被子里，蒙头大睡。大哭大闹，都是演给别人看的。方夏不会，起码她不会当着讨厌的室友哭，更不会打电话给苏凉痛骂他一顿后没出息地哭。方夏在昏睡中梦见自己燃烧成了一团火，只觉得浑身灼热，并不疼，只是醒来又像是被人淋头浇了一盆冷水，手脚冰凉。她抓过手机，手指僵硬，不知该打给谁。两天里，徐大疆给方夏发来无数短信，打过几次电话，方夏没回没听，只是看着未接来电中的"大酱"两个字憨笑，又沉沉地睡去。在真实与虚幻交替时的一刻，方夏心想，不如就这么永远睡下去吧。此时，"大酱"再次打进来。

"为什么一直不接电话？"

"大酱……"

"你在哪儿呢？"

徐大疆听出了不对劲，急着问："是不是病了？你在宿舍吗？"

方夏喘着粗气说："嗯……在吧。"

"我想陪你过生日。"

方夏脑子烧得一片空白："晚了。"

"我就在你宿舍楼下。"

徐大疆上了楼，敲门好半天，居然等到瘫坐在地上的方夏开门。徐大疆赶忙扶起方夏，抱她回床上，用手背一量，像块烙铁，急着问："烧了几天了？药呢？"方夏神情呆滞，仰望徐大疆的脸，含含糊糊地说："药……什么药？"徐大疆明白，这是烧糊涂了，他强拉着她坐起了身子，柔声细语地说："我给你倒一杯热水喝，然后跟我去医院，好不好？"

徐大疆手机里的闹钟响了，十二点。

"生日快乐。"

"太难受了。我不想动弹。"

方夏半躺在徐大疆的臂弯里，热气随她的鼻息呼出，迎面扑在徐大疆脸上。徐大疆将方夏的头放回到枕头上，帮她盖好被，嘀咕着："那就等天亮再去。"


凌晨一点钟。

苏凉敲开门，第一眼见到的是徐大疆。屋子里只剩床头灯还亮着，蛋糕摆在地上还没拆。方夏躺在床上熟睡。苏凉挥出一拳，迎面打在徐大疆脸上。徐大疆一个趔趄，摔坐在地，刚巧一屁股压烂了蛋糕盒，血从鼻子里流了出来，他坐在地上并不大声地说："苏凉，你没资格。"——方夏惊醒，看着眼前的一幕，以为自己还在梦里。屋子里死一般安静，留给方夏足够的时间清醒。方夏的眼睛突然雪亮，打起精神，似乎连病也好了，斜靠在床头，不卑不亢地问："你来干什么？"苏凉尝试平静下来说："来看你。"

"你一声不吭地跑过来，就是想给我惊喜吗？"方夏语气轻松地说，"祝贺你成功了。你跟林伊敏合送的惊喜我早就收到了，谢谢你们，你可以回去了吗？"方夏从床上起来，冷冰冰地对苏凉说："我们不是已经分手了吗？还来干什么？"苏凉低着头说："对不起，我没有信守承诺，我也没想你原谅。这半年里发生了太多事，不知道怎么开口……"

"那就不必了，"方夏打断说，"你当我还是小孩子吗？那种话也会信？其实你也跟我一样吧？从来没有当真过，都是随便说说而已，只要当时开心就够了。"苏凉努力想要从对视中得到一个情非得已的真相，但方夏的目光坚硬如壳。苏凉选择了放弃，他眼神涣散地说："你恨我吧。"——"我可不敢。"方夏反而像大病初愈，神气重现，"我不敢恨你，否则我不是太小气了？你有勇气来跟我坦白，跟我道歉，我已经荣幸万分。只是——你不该打我男朋友。"徐大疆一时瞪大了眼睛，方夏拉起他的胳膊说："苏凉，虽然缘分也许来得有早有晚，可是对的人，永远都会在对的地方等着你——你说是吗？不好意思，先你一步找到了对的人，我相信你也会找到的，或者你已经找到了——要加油哦！"方夏笑容可掬，就像苏凉刚刚认识她那时的样子。

苏凉改了机票，在方夏生日当天就返回了北京。

新的逃亡，又开始了。在内心深处，苏凉或许痴迷这样的生活。自从十岁的那个黄昏，他一路狂奔去追逐注定无法挽回的母亲，就已经确信了自己是个没救的人。自怜，是他最后的解药。

"再给我一罐啤酒。"

"先生，您不能再喝了。"

"为什么？"

"您都喝第七罐了。"

"所以呢？"

"已经醉了。"

"我连这个自由都没有？"

"跟自由没关系，是安全的问题。"

"我花钱买不行吗？"

"更不是钱的问题。"

苏凉定睛看着眼前的空姐，视线确实已经看不清了。

"我可以投诉你吗？"

"没问题。"空姐仍然在笑，"醒酒了我等你。别哭了。"

空姐走后，苏凉抹了一把脸颊，手背上竟全是泪水。


下飞机时，空姐跟乘务长一起站在机舱口跟乘客们再见，江渡渡主动叫住了苏凉："醒酒了吗？还投诉我吗？"——"江渡渡！"乘务长对苏凉鞠躬说，"先生，对不起，如果今天的旅途让您有任何不愉快，我代表公司向您道歉。"苏凉盯着这个叫江渡渡的空姐半天，终于看清对方的长相，说了句："对不起。"

机场外打车的人排成了长龙，如果打车回住处至少要两百块，苏凉选择去等夜间巴士。过了半个小时，仍不见一辆巴士来。此时，一辆白色保时捷跑车停在他面前，车窗摇下，居然是换过一身便装的江渡渡。"这个点儿早没有大巴了，走吧，捎你一段。"苏凉仍在醒酒，像是失去了行为能力，听指挥上车。

深夜的北京四环，不时可见跑车飞驰而过，实际只是听到一阵轰鸣的马达声，根本看不清车影。江渡渡在车里点燃一根烟，眯着眼咒骂："这帮孙子，大半夜出来飙车，爹妈有几个臭钱不够他们嘚瑟的了。"苏凉问："你平时脾气就这么冲？飞机上对我已经算温柔了吧？""谁让你撞枪口上了。"江渡渡满不在乎的样子，"今天是我最后一飞。""不干了？""一把年纪，该找点儿别的事做了。"苏凉端详江渡渡的脸，不以为然："你才几岁啊？"——"你几岁？"江渡渡反问。"二十一。"苏凉竟报了虚岁。"小屁孩儿！"江渡渡露出得意，"姐姐我大你七岁！"

江渡渡也是个名副其实的北漂，十八岁从哈尔滨来北京闯，一晃十年过去，她在北京有了车，有了房，有了户口，她已经被这座城市所认可，镶嵌在北京的钢筋铁骨中，无人可撼动。

"你去一次东京，怎么一件行李都不带？"江渡渡问。苏凉不愿再提及，言简意赅地回答：“少牵挂。”——“哟、哟、哟！”江渡渡在一旁噘起嘴说，“装文艺？真酸。你们这个年纪的孩子，不用问都能猜到——除了情伤，还能有啥？被甩了就说被甩了，还牵挂？小小年纪，喝顿酒，哭一宿，第二天就好。别浪费时间，有空做点儿正事儿多好。”苏凉吹醒了酒，抬杠说：“这不是没正事儿嘛！”

话音至此，车已经停在了苏凉租住地的门口，江渡渡脱口而出：“就住这破地方啊？”苏凉明白她有口无心，毫不在意地说：“便宜就行。”江渡渡不禁感慨：“想当年我刚来北京时，住的房子也没比这强到哪里去——那你靠什么生活？”苏凉如实说：“才来北京，什么都没做。”“那怎么行？大小伙子不能这么干耗着，得找事儿做。”江渡渡一本正经起来竟让苏凉有些不适应，她认真说话时不经意会走漏出亲切的东北口音，“帮你介绍点儿活儿吧，反正明天开始我也闲着，照顾一下小屁孩儿。”由不得苏凉拒绝，江渡渡要过他的手机，存了自己号码进去，突然神经质似的抬头说：“你可别以为我要泡弟弟啊！姐姐我自己还是一朵鲜花，不喜欢吃嫩草，不是看在你今天这么可怜，又是东北老乡的分儿上，才懒得帮你。”

苏凉望着江渡渡开走了，街道上已经出现清洁工人的身影。

半地下室几乎密不透风，烟酒味弥漫。地上散落着空酒瓶，只剩半瓶还立在墙角，苏凉拎起来喝了个精光。他扑倒在破床垫子上，像一副没有骨头的皮囊，体内支撑灵魂的东西被一天一夜的虚幻蚕食，所有苦乐也如抽丝剥茧般被带走——那个名叫母亲的女人，我们之间的债，从此一笔勾销。只是在此刻，他依然能听见从遥远的大西菜行的一栋老房子里传来的男人咳嗽。

# 第十五章

苏敬钢在广州站下车后，买了一份《羊城晚报》，当他盯着"羊城"二字时，还以为自己下错了站。入秋，苏敬钢跟厂里请假，身上揣着一千五百块钱，坐了三十六个小时的火车南下，没告诉任何人，包括左娜。苏敬钢只匿名给歌舞团的金团长打过一个电话，谎称要请他们回城演出。金团长是朝鲜族，说普通话口齿含糊，电话里应了一声：回不去，还在广州呢。

苏敬钢以丰富的出差经验，摆脱掉强拉人住店的中年妇女们，在远离火车站两公里处一条冷清的街巷里找到一家便宜旅馆住下。

日落以后，街道上人潮涌动的时长要比家乡久得多，这就是发达，苏敬钢想。他在街边面馆随便吃了一碗面，出了店门，行走在广州城的夜色中，突然被一个年轻女子拉住胳膊：

"老板，耍一下？"女子西南口音，浓妆艳抹，奶子勒得快蹦出来。"一百块。"年轻女子在胸前竖起一根手指头，神秘兮兮地说，"走吧老板，去楼上耍。"——"耍不起，"苏敬钢反问，"你咋知道我就是老板？""哎哟，这里见面都叫老板嘛！"女子不依不饶，死拽住苏敬钢不放，"给你算便宜点儿，八十。一天没开张了，一百块，两个人怎么样？上楼再给你叫个妹子。"苏敬钢摆摆手，神情认真地问："打听个事儿，广州出名的夜场都有哪几个？"女子先是一噘嘴，随即摊开手伸到苏敬钢面前，苏敬钢无奈地掏出十块钱摆在女子摊开的手心里，女子不屑地撇撇嘴，苏敬钢又掏出十块递给她，女子这才笑逐颜开地说："大哥想玩夜场啊？你给我五百，我叫俩姐妹陪你玩，我们在场子里都有熟人，喝酒打七折，到底还是给你省钱。"——"痛快儿说！"苏敬钢烦了，女子吓得一激灵，把二十块钱塞进乳沟，乖乖汇报道："夜场分两种，酒吧和迪厅，酒吧就是纯粹喝酒、听歌、看演出，迪厅就是跳舞，搂搂抱抱，你想玩哪种？"

"看节目的酒吧都有哪几个？"

"快活门，快活林，老羊城，夜宝贝，英伦会馆，最有名的几家。"女子贼心不死，撒娇道，"大哥一个人去多没劲啊，我陪你吧！"

"滚蛋！"

英伦会馆、夜宝贝、老羊城、快活林，苏敬钢每晚去两家，进去都不能白坐，非要买一杯酒才行。一杯酒十几块甚至几十块，还不得不硬着头皮给服务生小费，几天下来，几百块不知不觉进去了，依然没寻到左娜的踪影。

星期六的晚上，仿佛整座广州城都不用睡。苏敬钢来到快活门，全城最大的酒吧。舞台中央聚光闪耀，四周被黑压压一排音箱围绕，阵势庞大。苏敬钢坐在台下最后排的角落中，并非因囊中羞涩，而是前排视野好的位置早被大把老板、总经理、社会大哥们提前预定。这些人会在十点钟以后入场，故意将前排好位置留给早到的后排人士眼馋半宿。

十点整，蹦上台了一个不男不女的主持人，没说上几句竟同时涵盖普通话、广东话、洋文。演出开始，先是七八个衣着比苏敬钢遇到的那个站街妹还暴露的女孩子上台跳舞，音乐"咣咣"地响，正是姜兰在苏敬钢家中放的那种歌。苏敬钢强忍着看完，酒虽难喝，还是下肚两三杯。接着是魔术，男魔术师、女助手，表演大变活人——苏敬钢都怀疑自己是眼睛太尖，还是聪明绝顶，竟一眼识破其中猫腻——俩"活人"根本就是一对双胞胎嘛！俩人胸都不一般大。苏敬钢看得恼火，又强忍过了一个杂技、一个讲黄笑话的和几首流行歌曲，起身正准备要走。

"让大家久等了！"主持人蹿上台，大臂挥舞着调动气氛，对着麦克嘶吼，"压轴节目嘛，值得等！大家说，值不值得？"台下有人吹口哨，有人向台上丢单枝的玫瑰。苏敬钢重又坐下，只听主持人拖长每个字的尾音喊着："现在有请大家期待已久的小邓丽君——赛——琳——娜，登场！"

身着银色闪亮长裙的赛琳娜——左娜，步履轻柔，面带微笑，两手横握麦克搭在小腹前，微微弯腰鞠了个躬，台下响起掌声与欢呼，乐队缓缓奏起：

> 在你身边路虽远未疲倦
>
> 伴你漫行一段接一段
>
> 越过高峰另一峰却又见
>
> 目标推远让理想永远在前面
>
> 路总崎岖也不怕受磨炼
>
> 愿一生中苦痛快乐也体验
>
> 愉快悲哀在身边转又转⋯⋯

"停！"——台下响起巨大的敲桌子声："停——"

台上依旧在唱，台下经理跑过来第一排中间的独桌，俯身恭敬地问："李总，怎么了？"——"我说停！听不懂人话吗？"一个粗壮的中年男人像骂孙子似的对经理吼，"叫她别唱了！"

经理冲台上挥挥手，左娜不知所措，乐队却乖乖停下，空留左娜傻站在台上。

"'是'俊又俊'，不是'钻又钻'！"男人夸张地模仿左娜的粤语咬字，"你那是东北话！"台下众人跟着笑起来，左娜脸"唰"地一下红透了粉底。经理冲她使了个眼色，哄着说："没事了！李总意思是让你换一首，换一首唱！"

身在广州，左娜每晚特意会唱两首粤语歌，《漫步人生路》已是自认最娴熟的一首，如此遭人拆台，心中委屈。左娜战战兢兢地说："那我给大家唱一首《何日君再来》……"太紧张，左娜一张口说话，反而东北味更浓，引得台下又一阵坏笑。经理赶忙打圆场说："好，这首好，唱吧！""好什么好？何日君再来——听着跟窑子门口拉客似的。"李总当面回撅。"要不李总您点一首吧，只要是邓丽君，咱们赛琳娜都会唱。"李总声高不下："我想听新歌，《我只在乎你》，唱这个！"他紧接着让身后的黑衣保镖掏出五百块钱甩给经理，豪气地说："让她好好唱。"

苏敬钢在人群与酒桌中穿梭，拼命从最后排向台前挤，整座舞池大似海洋，每个陌生人都仿若一堵南墙。左娜看到了，她看到了苏敬钢，茫茫人海一眼识中的欣喜，左娜还是第一次居高临下地体验。"我在！"——这是苏敬钢紧盯着左娜的双眼时，眼中写满的两个字，只有左娜一人能懂。

"快点儿！"李总再次恼怒，催促道，"《我只在乎你》，快唱！"

乐队已然奏响，左娜手中麦克缓缓往嘴边移，却迟迟不张口。

"唱啊！"

"唱你妈——"

李总手肘倚搭着的独桌被一脚踹翻，海蓝色玻璃台面在眼前碎地——苏敬钢与三个黑壮保镖扭打作一团，他的脸上已挨数拳，仍屹立不倒，随手抄起邻桌的洋酒瓶，甩开膀子抡，两名保镖先后被砸破头，捂着脑袋往后退，邻桌的客人也惊叫飞起。苏敬钢面前仅剩一个目测足有一米九的巨汉。巨汉还没等反应，已被苏敬钢狠狠一脚踢在裤裆中间，弯身倒地，苏敬钢顾不及补拳，朝李总冲上来，李总倒退一步，从他背后蹿出一个矮子，矮子手中的不锈钢托盘，疾风一般狠狠扇在了苏敬钢的右脸，力道奇大无比，只一招，苏敬钢便被抽翻过去，手撑在地，想要挺身，又被紧追的一招"野马蹬地"踩翻，脸贴在冰凉的地上，右耳嗡嗡作响——矮子一身运动服，手指粗的金链子压弯脖子，正不屑地笑着。

李总上前耀威，蹲下身，拍打着苏敬钢的脸："挺牛逼啊！太小瞧人了吧？"苏敬钢，大西菜行拼命三郎，身经百战：扎瘸小尾巴腿，花过宋连海脸，独战十几人如入无人之境——今晚，遥在千里之外的灯红酒绿中，如此狼狈，还是生平第一遭。"以为自己挺牛逼呗？"李总指着矮子，炫耀般说，"这也是个练家子。"苏敬钢瞥一眼傻站在台上落泪的左娜，狠咬着嘴唇说："有本事你整死我！"

"别打了——求求你们别打了！"

左娜踉跄着跑下台来，长裙拖地，哭花了妆。

苏敬钢如有雷鸣在耳，听不清左娜在说什么。但仅凭左娜的哭相，就知道她一定是在哀求。经理上前劝架，被李总一句"滚蛋"骂走，他盯着左娜看，脸上竟浮现出歉疚："他是你什么人？"——"他是我男人！"左娜抹着泪说，"老板我求求你，你想听什么歌我现在就唱，求你高抬贵手！"——"不是相好的吧？""我们结婚了，"左娜顿了顿又说，"我们有儿子。""你算是一朵鲜花——"李总话说出半截儿，摆了摆手，示意矮子放开苏敬钢，轻巧地抠着耳朵说，"都当妈了，还大老远跑到这里来赚钱——你这个老爷们儿啊，不要也罢！"苏敬钢重站起身，攥紧拳头，目光凶狠。"咋地？还不服？"李总像在嘲笑小孩子般，"敢拼命不算本事，有这工夫动点儿脑子多赚钱，别让老婆出来卖唱。"李总一番"教诲"，在苏敬钢眼中等同于干嘎巴嘴，耳朵里模糊不清，以为对方仍在羞辱自己，支开步子又要上，被左娜强拉住。左娜的指尖在苏敬钢的手心里抠了抠，苏敬钢望着左娜妆粉上风干的两道泪痕，努力平静下来。"我家也是东北的。"李总的语气竟也平和起来。左娜闹不明白这是否算在讲和。"信我一句，这地方不是你们能待的，趁早回老家，别总惦记往外跑。"苏敬钢耳痛渐弱，终于听清一句，立马不留情面地回骂了一句。李总哭笑不得："你把我弟兄打那德行，没跟你要钱就不错了！还跟这儿拉硬！"

左娜生拉硬拽着苏敬钢出了快活门的旋转大门。


"你是经常被人这么欺负吗？"苏敬钢站在陌生的街头问道。

"你到底来干啥？给我添乱吗？"左娜一身银色长裙，长长的裙尾拖在脏兮兮的路面上异常突兀，如同美人鱼上岸，双脚都不知该如何移动。——"我来干啥？今晚我要是不在，还指不定出啥事儿！"苏敬钢拽左娜的胳膊，左娜故意将眼睛撇开，苏敬钢又扳过她的下巴，四目相对，苏敬钢说："跟我回家！"左娜吼起来："他们要听什么，我唱就得了！没你什么事儿都没有！"

苏敬钢怒喊："我刚才要是不在，你真唱？我只在乎你——你真给别人唱？"左娜眼圈一点儿一点儿地红起来，泪水在眼眶中打转，终于还是安静地淌下来。"跟我回家。"苏敬钢悬空的大手慢慢放下。左娜抹了一把泪说："回家我能干啥？还回厂子画图吗？我回不去了……"苏敬钢才发现左娜的头发长了，她离家时还是中短发，如今发梢已经过肩，抹过发胶被吹到耳根后，突显出一张小脸，搭配着身上的银色长裙，像极了邓丽君在演唱会上的经典造型。"反正你还在放产假，回去跟单位领导好好说，实在回不去了，还有我，我干啥都能养活你，"苏敬钢轻轻地说，"还有咱儿子。"

左娜心底最不堪一击的那块被戳中，泪如泉涌，五官跟眉毛全部在脸上拧巴成一团，好像在围绕着鼻子开会，谴责自己这个世上最不称职的母亲。

## 第十六章


冯子肖得知自己有可能被减刑时，已经是二〇〇八年的七月底。一年前，冯劲的那一箱货里，夹藏违法物品，具体是什么，冯子肖也无从得知——大概也只有冯劲和吕总心里清楚。货的问题出在物流公司，正是冯劲跟吕总的第一次合作。吕总的物流公司常年行贿，直至与一名受贿的关员因分赃不均爆发矛盾，而当时上级恰恰正在调查该人。一来一去，该人被抓，抖出了吕总即将上岸的一箱货，也就是冯劲的货。该人还坦白，此次不同以往，吕总要求提货要跟他单独对接，还给了指定接货人跟车牌号，猜到一定有蹊跷，才跟吕总提出加钱，最终闹掰。

吕总提供的提货单上，冯劲只填了一个名字：苏凉。

海关最终并没查出那批货中有何蹊跷。唯独冯劲失算了，想不到自己的儿子竟因为兄弟义气这么老套的东西遭殃——尽管苏凉的名字在提货单上，但苏凉与冯氏亨顺贸易公司从未签署正式的雇佣合同，加上冯子肖又主动揽下所有罪责，苏凉被认定为无罪——只剩苏凉自己不知道。

时间倒退回二〇〇七年的十月底，苏凉还在把北京的地下室，当成自己的逃亡窝点。如果没有江渡渡，他还不知道要在那里住多久。苏凉在江渡渡的引荐下，面试了一家报社和一家杂志社。

"你都会什么啊？"江渡渡第一次约苏凉去面试前在电话中问。

"我跑得快。"苏凉在电话里自嘲说，"应该没人给钱让我跑吧。"

"说正经的！"

"照相凑合。"

苏凉从两家公司面试出来，江渡渡一眼就瞧出苏凉的不快，安抚说："哪有头一次面试就成功的？此处不留爷，自有留爷处，大不了咱就再换别家。"

"他们都要我了。"苏凉沮丧地说。

"那你还拉着张驴脸干啥？"江渡渡白了苏凉一眼，"害我瞎着急！"苏凉解释说："报社让我拍社会民生，杂志社让我拍娱乐新闻，说得好听，就是狗仔队呗。"江渡渡叹了口气，说："眼高手低。你一个小毛孩子，啥工作经验都没有，又不是专业学摄影的，你连大学文凭都没有，难道一上来就给你个首席摄影师干啊？人家给你份工作就不错了！你不知道现在年轻人找工作有多难？你还不知足了？听我的，挑一家先干着，先保证自己饿不死。"很奇怪，苏凉竟能听得进去江渡渡说话，乖乖找台阶下："现在就要饿死了。我请你吃饭吧，还人情。""一顿饭就想还？美得你！"江渡渡说，"人情先攒着，等你发达了，再跟你一起算。今天我请客。"

江渡渡载着苏凉去了一家西餐厅，服务员极热情——苏凉明白，都只是因为江渡渡开了一辆好车，早在他跟冯子肖出入各类高级场所时就深谙这一点。

"社会真残酷啊。"苏凉随口一说，江渡渡参透他的意思，忍不住又教育起他："别总那么愤世嫉俗，做人要大气，先要包容这个世界，你才能拥有世界。"苏凉嘴上不愿承认，即便江渡渡说的很多话都像是从那些鸡汤书里背下来的，但是她身上确有一种气质是那些小女生们学不来的：成熟、老辣、精明——甚至"油滑"这个词，放在她身上，对苏凉来说也是褒义。

苏凉翻开菜单，一道开胃小菜都要上百元，他迟迟不敢开口点菜。也不知道江渡渡是否察觉，主动帮他点了。等菜间，苏凉终于忍不住问："你是富二代？"江渡渡直勾勾地看着苏凉的眼睛，"扑哧"一声笑出来："你看我像吗？"苏凉傻傻地盯着看一会儿，说："倒是有几分大小姐气质。"江渡渡抿嘴不语，从包里掏出唇膏，仔细地涂唇膏，才说："你见过谁家大小姐去当空姐的？"苏凉说："万一是航空公司的公主下基层呢。"江渡渡被逗乐了，偏过头，换一个角度看苏凉，说："我知道你脑子里在想什么。"——"什么？"——"我一定是被包养了，对吧？"江渡渡出其不意，"你这么想也正常。"苏凉辩解："我没有。"江渡渡嘴角上翘出一个"无所谓"的弧度，说："小时候，课本里教育我们不能以貌取人，可是当你越长大越会明白，以貌取人的准确率是最高的，尤其当你阅人无数以后。"苏凉不愿承认，自己在认真品味对方的话。江渡渡继续说："人都是虚伪的，一边说以貌取人不公平，一边又根据你的衣着相貌、言谈举止、家庭背景、朋友圈子，在心里给你打分，这样可以最快地判断他人的价值——就好比门口那个服务员，认定我们能消费，自然对我们热情，这是人之常情。又好比你，觉得我一个年纪轻轻的空姐，开好车，吃贵的餐厅，如果不是富家小姐，那就只剩下一种可能，被包养，所以我说可以理解。"苏凉毫无防备地被江渡渡的"直白"击穿，只好坚持自己最擅长的——把谎言说得很真诚："就算你真被包养，我也没偏见。"——"狗屁，鬼才信呢。"江渡渡说过自己先笑起来。苏凉还是输了。但至少他明白了，在江渡渡面前，他可

228

以不用再撒谎了。这令他感到莫名轻松。

　　苏凉收到报社第一笔工资当晚，带江渡渡去了乔维驻唱的酒吧。

　　同为东北人，江渡渡跟苏凉有着一样的习惯：不喜洋酒，只爱啤酒。苏凉说："今天我请客，你敞开肚子喝吧，我室友在这儿唱歌，有七折。"苏凉要了一打雪花啤酒——老家产的啤酒，在北京酒吧里并不常见，得意地对江渡渡说："尝尝我家乡的味道。"江渡渡轻蔑地笑说："就你们家产啤酒啊？服务员，来一打哈啤！"

　　"要这么多你喝得了吗？"

　　"哈尔滨姑娘喝酒怕过谁？认输你就说，姐姐送你回家。"

　　"苏凉还真是认了个好姐姐。"乔维走上前，拍拍苏凉的肩，对江渡渡说，"早就听苏凉说过，你漂亮又能干。"

　　"你跟人家说我是你姐姐？"江渡渡没理乔维，盯着苏凉不放，眼中带着真伪难辨的愠色，"我这么老？"苏凉不知所措，闪避开江渡渡的目光，乔维被晾在一边，知趣地说："我准备一下上台了，想听什么歌就告诉服务员，我优先给你们唱。"

　　苏凉和江渡渡一声不吭地拼酒，暗地较劲。当他们各自喝下半打自己的家乡酒后，酒吧的气氛也到达整晚高潮。乔维调低麦克架，用他那富有磁性的嗓音说："下面两首歌送给台下我的两位朋友，希望大家喜欢。"

江渡渡点的是《其实你不懂我的心》。

苏凉点了一首《不想只做朋友》。

江渡渡拿啤酒瓶口指着苏凉，醉醺醺地说："小屁孩儿，你有心吗？别以为你耍点儿小心思，装装可怜，再多灌我几瓶酒，就可以把我当黄毛丫头骗，反正你对别人都说我是你姐姐，姐姐就有姐姐的样子，弟弟也要像个弟弟，想打别的主意？做梦。"

"给你讲个笑话吧。"

"不听。"

江渡渡扭过头喝酒。苏凉自觉没趣，钻去洗手间。

从洗手间回来，苏凉的位子已经被乔维坐了。乔维正在跟江渡渡埋头说话，尽是笑意。苏凉走过去，左右的位子都已被客人坐满，只好站在二人身后，这令他感到浑身别扭——自己的姿态太像是小孩子在偷听大人说话。乔维还在说笑，江渡渡一侧身看到苏凉，又兴冲冲地拉过他说："乔维的笑话不好笑，该你了！"苏凉面露不快："不会。""少装，"江渡渡晃着苏凉的胳膊说，"刚才你不是要讲个笑话吗？快讲！"只见乔维一扭头回去台上准备开唱。苏凉疲惫地坐回属于他的位子，手杵在桌上，撑着头，闭目养神。江渡渡试探地问："喝多了？难受吗？"苏凉闭着眼睛摇头。"那你怎么了？"江渡渡意识到苏凉不开心，换了口吻说，"我都没生你的气，你倒还摆起脸子了。"苏凉抬起头问："刚刚我要给你讲的时候你不听，怎么乔维一过来你又要听了？"——"吃醋了？""没有！""就是吃醋了！"江渡渡伸出食指戳在苏凉的面颊上，说，"你这个朋友不是什么好人，我不喜欢。"苏凉惊讶于江渡渡的直白与刁钻，调侃道："我也不是什么好人。""但我喜欢。"江渡渡面色红润，"回我家喝吧？"

苏凉一踏进江渡渡家门，酒就醒了一半——客厅大得离谱，布局别致，装修精良。苏凉从小到大都住在大西菜行的老房子里，儿时的邻居跟玩伴们也是家境相仿，没见过这么好的房子，即便冯子肖家的豪华别墅，也不及这房子一半漂亮。

"别愣了，换鞋。"

江渡渡两脚一甩，大喇喇地将高跟鞋踢飞，走进浴室去了。

客厅的墙上挂满江渡渡的艺术照，从照片中的衣着跟笑容，苏凉大概能猜测出每一张拍摄时的年纪——这是一个懂得宠爱自己的女人。苏凉又探头瞄了一眼卧室，东西多，但有序，从摆设到布置看得出她一个人住。

"帮我拿一下浴袍，在客厅沙发上。"

江渡渡在浴室里喊。浴室里日式拉门的玻璃是磨砂的，苏凉隐约能看见身体的轮廓。苏凉把门拉开一道缝儿，伸手递进浴袍，江渡渡接过时，身上的水滴在苏凉手上。花洒的水声停了，江渡渡穿着睡袍出来，头裹着浴巾。

"你去洗吧，待会儿等我叫你出来，你再出来。"

苏凉在浴室里淋了半天，把江渡渡给的干净浴巾围在腰间，坐在浴缸边等。等了一阵，终于听见江渡渡在客厅里唤他，拉开门一看，惊呆了——江渡渡穿着空姐制服，头发是盘好的，腰杆是挺直的，双手叠搭在小腹前。

"先生，请问您想喝点儿什么？"

江渡渡浅浅地鞠了个躬，脸上挂着和蔼可亲的笑容。

苏凉回过神儿来，开始觉着有趣了，认真地配合说："有酒吗？"江渡渡温柔地问："请问您要啤酒还是红酒呢？"苏凉神气地说："把你家最好的酒拿来。""您请稍等。"江渡渡踱着小碎步，走到酒柜前取出一瓶红酒，又拿出两只高脚杯放到餐桌上，找到开瓶器，对苏凉说："先生，能麻烦您自己开酒吗？我没劲儿。"苏凉绷不住笑了，拔开红酒塞子，对江渡渡说："我投诉你。"——"您不能因为我没劲儿就投诉我吧？"江渡渡表情委屈地说，"先生，本次服务态度还满意吗？"苏凉喝一口红酒，说："我又决定不投诉了。"江渡渡眯眼笑着说："谢谢您支持我的工作，请您帮我做一个乘客反馈，本次服务您最满意的是哪个部分？"苏凉装作思考地挠了挠头，板起脸说："腿。"

"烦不烦？我才刚入戏！"江渡渡一下子破了功，抱怨着还没玩儿够，已经被苏凉一把抱起，进了卧室，相拥倒在软软的公主床上。江渡渡揪着苏凉的鼻尖说："你这可是超级 VIP 服务！"

后来跟江渡渡住在一起的日子里，苏凉可以放肆地在房间里光着屁股跑，学蜡笔小新逗江渡渡开心；也可以安然地躺在沙发里，怀抱着听她骂几句糟心事。吃昂贵的餐馆，苏凉习惯了江渡渡买单，甚至还会开自己的玩笑说："我才是被包养的。"苏凉越不客气，江渡渡反而越高兴。"你的包养成本还真低，管吃管住就行，只怕是个贬值资产，你以后要是身体一天不如一天，那我就赔了。"这时，苏凉总会悠悠地说："不怕，日子还长。"每每听到苏凉这句话，江渡渡的眼神里都会露出消沉，自言自语："你们男人有的是时间，何况你还是个没长大的孩子。"

睡在江渡渡床上的第一晚，是苏凉在出事以后的几个月来睡得最沉的一觉。翌日醒来，江渡渡在开放式的厨房里做早餐，煮了西兰花，煎了鸡蛋饼，还榨了两杯橙汁。江渡渡的手艺，苏凉实在不敢恭维，除了西兰花还算是有叶绿素的味道，鸡蛋饼连淀粉都没搅匀——这让苏凉突然怀念起苏敬钢做的早饭。如今他不在家，苏敬钢应该不用再操心每天早饭吃什么了吧？有周晓燕在，应该会打理好饮食起居吧？不可否认，在苏凉心里，周晓燕的手艺是唯一可以胜过苏敬钢的人——自己的父亲苏敬钢，此刻还好吧？

江渡渡穿着睡袍，眼巴巴地看完苏凉吃光自己做的早餐，才说："明天我要回哈尔滨一趟，大概十天回来，我留给你一把钥匙，这些天如果不愿意回你那地下室住，就住在这里，离你上班也近多了。"

两人才共度过一晚，江渡渡就要走。苏凉难掩失落地问："有什么急事？""回家陪陪我爸妈，我都快一年没回过家了。半个月前就订好票了。顺道办点儿别的事。"苏凉更加不快："别的事是什么事？"——"管那么多！"江渡渡语气是嫌弃，脸上却在笑，"回去跟朋友谈一些生意啊，否则哪还有钱养你？"苏凉一句话也没再说，回到卧室的床上装睡，半眯着眼睛看着江渡渡从衣柜里收拾出衣服，整理好行李出门，也没说声再见。

苏凉对报社的工作不满意，一直消极怠工，终于跟主编大吵一架。主编是个教条的中年男人，他骂苏凉的最后一句话是："如果不是找社长走后门，我怎么会收你这样的废物！"苏凉不气也不怒，只是故作潇洒地摔门走了。他觉得这样的结果也好，省得还要写一封冠冕堂皇的辞职信，更不必虚伪地堆着笑脸跟一群平日表面上你好我好，背地里以挤对新人为乐的同事演一出依依惜别。

自从来到北京，除了天安门和故宫，苏凉还没去过什么景点。失业第一天，苏凉避开人流高峰，坐地铁来王府井闲逛，正当他在一个卖卤煮的小摊儿前排队，有人从背后拍了他一下，苏凉回过头，惊讶又尴尬——惊的是没有想过会与对方重逢；尴尬的是叫不上对方名字，只记得自己给人家起的外号：雏菊。幸好对方也面临同样的尴尬，便灵机一动，道一声："是你啊。"苏凉笑着点头："是我。"雏菊抑制不住兴奋："我说怎么联系不到你呢，上个月我还给你打过电话，结果是空号。原来你躲到北京来了。"苏凉撒谎说："我手机丢了。"

　　自从上次夜店一别，苏凉再也没见过雏菊，因此对这个女孩的印象都是停留在黑暗里。晴空白日，聊过几句，苏凉得知雏菊是跟几个老师和同学来北京舞蹈学院交流学习的，为期一周，过两天就回去。

　　苏凉请雏菊在王府井吃了一顿狗不理包子，雏菊又提出去动物园逛逛。傍晚，两人又去了798，雏菊请苏凉在一家画廊酒吧喝了两杯。

　　深夜，苏凉带雏菊回到江渡渡的家，雏菊见到客厅里江渡渡的照片，问苏凉是不是他女朋友；苏凉说不是，是表姐。

　　两人在江渡渡的床上睡了一夜。第二天，苏凉送雏菊回舞蹈学院，彼此没有留新电话号码，从始至终也没问过对方名字。

# 第十七章

寒冬腊月。大雪封城。全市交通瘫痪。

苏敬钢推着一辆从周国大饭店里借来的三轮车，被大雪没过半个轱辘，每向前一步，苏敬钢都要使更大的力气将腿从雪中拔出——他要去接大昆出院。

就在苏敬钢去广州的日子里，大西菜行的大棚被拆了一半。拆迁政策落实之迅猛，比冯劲听到的传闻还早了三个月。被拆的那一半，刚好有大昆的水产摊儿。拆迁启动后，大昆每天坚守在摊儿前，晚上就睡在摊儿上，不给任何人可乘之机，哪个敢动他的摊子，他就砍谁，拆迁队里没人敢上前，区政府、派出所、居委会，全都派人找大昆谈过话，丁点儿用没有，大昆从始至终只有一句话："谁拆我，我杀谁！"所有人都拿他没招儿，拆迁被迫停工。后来雇了一个新的拆迁队，有黑社会背景，可拆迁队的负责人并没动用暴力，而是暗地里找到刚刚跟大昆结婚不久的杨丹做工作。没人知道来跟杨丹谈判的人究竟开出了怎样的条件，最终令杨丹协助他们对大昆使出一计调虎离山：某天，杨丹谎称母亲重病入院，急需手术，她要去送钱，可手头钱不够。大昆当即决定亲自去找冯劲借钱，让杨丹留守。当天下午，雷雨交加，大昆骑着他的摩托车，飞奔在湿滑的路上。一路车都少见，可偏偏就在大昆行驶到一个没有红绿灯的十字路口时，一辆货车横冲出来，从大昆右侧撞上他。大昆连人带车在雨水中飞出几十米远，右腿膝盖和大腿骨，当场压得粉碎。

就在那个雨天下午，大棚里的最后一个水产摊儿被拆。水产摊儿的老板娘，闻名大西菜行的"鱼西施"杨丹，也从此不见了踪影。

苏敬钢从雪中一路走来，到医院时，浑身湿透，雪水和汗水迅速又被寒冷的天气冻住，在他的皮夹克上结出薄薄一层冰，走起路来身上响起"嘎、嘎、嘎"的破碎声。

病床上的大昆看上去气色并不是很差，相反胃口还很好，一日三餐酒肉不缺，可还是瘦了一大圈儿。苏敬钢从广州回来后，每天都来看他。大昆出狱，没单位也没集体，医药费无处报销，家里的钱又全部被杨丹卷跑了，苏敬钢只好跟冯劲商量，凑钱帮大昆缴付大笔医药费。

窗外大雪漫天，大昆刚刚睡醒，一睁眼见到苏敬钢，若无其事地说："走吧，回家。"苏敬钢劝说："这么大的雪，非得赶今天走吗？我明天再来接你。"大昆固执地说："来都来了，为啥要再跑一趟？"苏敬钢清楚大昆心里在想什么，坚持说："你不用心疼住院费，钱用不着你操心。"——"少废话！"大昆九死一生后仍脾性不改，"我说今天就今天！你不拉我，我就自己爬回去！"苏敬钢见大昆真有要翻身扑到床下的架势，拿他没辙，只好跟两个大夫一起用担架把他抬下楼。

雪停了。

"我就说老天爷特别照顾我。"

大昆躺在三轮车后的拖板上，矮胖的身子底下铺着一层棉被，身上还盖了两层，打着石膏的右腿用一个旧枕头垫高——所有这些都是苏敬钢从家里带来的。

天空放晴，阳光被白茫茫的积雪反射，晃得苏敬钢有些睁不开眼。大昆压在三轮车后，令苏敬钢比来时前进得更艰难。

"三儿，"大昆在苏敬钢身后唤了一声，"是不是我下半辈子都要坐轮椅了？"苏敬钢没有回头，继续费力地前进："你上半辈子还没过完呢，想那么多干啥？好好养着，等能动了就带你去北京看大夫，北京的大夫肯定能把你治好，瘸是肯定的，至少还能让你站起来。"——"你不用骗我，你来之前大夫就跟我说了，我这辈子都得坐轮椅了。"苏敬钢不说话，只有沉重的喘息中带出来的哈气在嘴边萦绕。"我就是在想——现在好点儿的轮椅得多少钱？"大昆好像是在自言自语。"这些都用不着你操心。"苏敬钢停下，掏出烟，抽出一根点上，插进大昆嘴里，自己又点上一根，继续拉着三轮车走。"三儿，"大昆一遍遍唤苏敬钢时的口气都保持着一致的声调，"我这辈子都娶不到媳妇了吧？"苏敬钢不知道该如何回答，回避着说："你娶过了，有啥好？"大昆的身子盖得严严实实，只露出一张圆脸在外面，他翕动着两片唇，用力地吸了一口又吐出来，叼着烟说："不娶媳妇就生不了儿子，我是三代单传，老刘家在我这儿绝了后，我对不起我爹娘。"苏敬钢心里涌上一阵酸楚，抽着鼻子说："等凉凉长大了，给你当干儿子。"——"英雄所见略同。"苏敬钢听见大昆似乎在身后笑，后又"噗"地一口将烟头吐出老远，干脆地说，"跟杨丹结婚时我就想过，要是生儿子，我就让他认你当干爹；要是生闺女，我就把她嫁给凉凉，嫁进你家我最放心，天底下没人比你更好了。"

苏敬钢心如刀绞，加快了脚步，远远地望着一半在倒塌、一半始终在建设中的大西菜行。


大西菜行的老住户里，大昆是最后一批回迁进新楼的，就在大昆坐上轮椅后不久。二十五岁，大昆成了个彻彻底底的残废，他的性情更加暴戾，借由自己残疾不便，向政府讨要来新房的一楼，抢占了一个临街的位置，不久后私自改装成门脸儿房，开了家麻将社，一些老邻居和曾经熟识的社会人常来照顾生意，从此系以维生。

开春以后，大昆已经可以摇着轮椅四处闲逛，偶尔见到围坐在树下打纸牌麻将的老头儿和老太太，他都会硬凑上前搭手玩儿两圈，然后要赖似的抢走几张牌，嬉皮笑脸地说："大叔大姨，玩儿纸牌多没劲啊，还要在外面风吹日晒的，以后就来我的麻将社玩儿，还能赌钱。"邻里都拿他没办法，知道惹不起他，只好去他的麻将社玩上个三五毛钱的。冯劲也会时常带一些社会上的朋友前来光顾，通常是喝过酒以后来，来了也不是真的玩儿，只是坐着跟大昆神侃上一会儿，甩下三头两百当意思。苏敬钢偶尔过来，但只是为看望大昆。苏敬钢嗜酒、好斗，但从不沾赌——包括"赌命"，这是他对左娜的承诺——半年以前，苏敬钢没有跟八幺子去云南——就在筹划出发前，八幺子在歌厅里贩卖摇头丸被抓现行，判刑十五年。入狱后，由于八幺子表现良好，刑期减为十二年。

八幺子出狱时，已经是一九九九年。

一九九九年，是奇特的一年，整个社会笼罩在一种极度浮躁的气氛下。老百姓刚刚在盛行一时的"世界末日"的谣言里混混沌沌地挺过来，又被时间驱赶着，强行去迎接千禧年，心情说不上是悲是喜，但脸上仍要挂着美好的笑容：国庆五十周年大典，签订世贸双边协定，神舟飞船成功上天，害人邪教铲除殆尽，通通都是国家的好事，人民有理由相信他们即将过上更加幸福美满的生活，心里却有种说不出来的惶恐和不安。

出狱后的八幺子比普通百姓还要惶恐，还要不安——十二年，世界对他来说已经变得像外星球：BP机是啥东西他连见都没见过，就已经被遍地的大哥大、天地通所取代；无数豪华如宫殿的洗浴中心和娱乐场所拔地而起，连他这个著名盲流子进去了整不明白套路了；整座城的街道宽了，汽车多了，街上的姑娘穿得也自由开放了。这一切都令跟世界隔绝了十二年的八幺子看花了眼，搞晕了头。蹲大牢那些年，八幺子的钱就已经被七个姐姐瓜分殆尽，现在出来了，没有单位，又是刑满释放人员，找不到正经工作糊口，就连早年跟的大哥也被毙了。八幺子无处投奔，在社会上闲逛了好一阵，终于有当年一起混过的朋友愿意收留。朋友在北市场开了一家典当行，喊八幺子去帮忙，才算有碗饭吃。

北市场，早在清末还不叫北市场，已经是这座城历史最悠久的杂八地：客栈、酒馆、浴池、窑子，遍布大街小巷；说书人、杂耍艺人、小商贩、算命先生、窑姐、难民、叫花子，远不止三教九流，统统在此集散。民国时期，张作霖下令兴建了北市场和南市场。南市场与北市场齐名，内有著名的八卦街，相当于京城的八大胡同，一度曾是这座城的商业中心。大西菜行即是南市场兴盛后的分支，独立成为新的农贸集散地。大西菜行没开始卖菜时，是这座城的"菜市口"——旧社会砍头的地方。见证过大西菜行近百年风雨变迁的老王头儿常说：这块地底下的戾气太重，生养出来的爷们儿不嗜血那才怪。

八幺子年少时在大西菜行混过，后来去南市场也混过，最后流落到北市场。他念过这座城里最好的学校，也坐过这座城里最阴冷的牢，他的背景实在复杂，可正因如此，练就了一身油嘴滑舌、随遇而安、能屈能伸的本事——八幺子自认为这是种本事，生存的本事。日后的事实也证明，他这一身本事是值了钱的。

八幺子在典当行干得风生水起，用他自己总结出的做典当生意成功的精髓，就是四个字：乘人之危。说来容易，但典当行的生意并不是什么人都干得了，最基本的要求是见多识广，凡是值钱的、可以拿来典当的东西都要略知一二。这些东西包罗万象：老早年是金银首饰、名贵珠宝，现如今是名表皮草、汽车洋房。不仅要辨得出假货，估得出底价，预得见涨势，更要敢扯谎、够狠心。通通这些，都让八幺子深感原来自己天生就该吃这碗饭。不到三年，八幺子帮朋友把典当行做成了北市场最大的一家，又过三年，八幺子恩将仇报，施计把朋友挤对走了，典当行从此成了他一个人的家业。

刚出狱时，八幺子曾经找苏敬钢喝过一次酒，苏敬钢倒是赏脸了，还请了客——但他们没去周国大的四季香，因为那时四季香早已不在，周国大也不在了。

一九九二年的某个夏夜，周国大死于一场见义勇为。那天原本是妹妹周晓燕的婚礼。周晓燕三十岁那年，嫁给了铁路上的一名火车司机，终于满足哥哥的期盼，走上平常女人该有的生活轨迹，爱情对她来说，已经是可有可无了。婚礼当天，周国大喝了这辈子最多的酒，他兴奋得替妹妹和妹夫挡酒，跟每一个来宾都喝上满杯，等到宾客散尽，连新婚夫妻也入了洞房，周国大还在喝。找不到人陪酒，他就换一家小饭店，叫几个社会上的朋友继续喝，喝到酒桌上只剩下周国大一个人时，已经是早上五点三点。周国大拖着烂醉的身子横穿青年公园回家，偏偏撞见两个小混混在抢一个年轻女孩的包，他上前喝止，女孩趁机跑了，当他再要打起精神教训两个小混混时，一把尖刀直插进他的胸口，只一刀，周国大就倒在了血泊之中。

周国大的尸体被发现时，他仰面躺在草坪上，西装里的白衬衫被大片凝结的血染成紫黑色——那是周国大生平第一次穿西装，也是生平第一次没有把他那根所向披靡的红缨钢鞭别在腰间。

周国大出殡当天，不少社会上混得有头有脸的人物前来送葬。这些人大多被周国大收拾过，有些在刚刚出道时还只是周国大的小弟，有些在潦倒落魄的日子里常到周国大的饭店里白吃白喝，他们如今都已经发了财，开上了好车，住上了洋房，唯独周国大一辈子没赚过大钱，没住过大房，也唯独一辈子没做过亏心事。

葬礼上，周晓燕泣不成声，需要左右有人搀扶才不至于瘫倒。按照习俗，该由男性晚辈为亡人喊丧、摔老盆、撒纸钱，可是周国大没有子嗣，也没有弟弟，只有一个妹妹。周晓燕抽泣着，拉着苏敬钢的手，恳求他说："我哥一直把你当亲弟弟，今天我求你，给他当一回亲弟弟吧！"苏敬钢二话没说，披上孝衣，走到送葬队伍的最前，一路把周国大的遗体护送到火葬场。火化前，苏敬钢献上了周国大多年前就为自己扎好的那束白花圈。苏敬钢凝望着花圈中央，大大的"奠"字下，周国大亲手用毛笔写的"周国大大人纳"六个字已经褪色。

苏敬钢跪下，对着周国大的遗体磕了三个头，随后仰面朝天，大声喊道："哥！一路走好！来世咱们做亲兄弟！"

三十一岁的苏敬钢，已经见证过太多的生死离别，在此五年前，也就是儿子苏凉出生的第二年，他的兄弟大昆，选择以一种极端的方式离开人世——那本是春夏交际，一个平淡无奇的夜晚。晚上七点刚过，苏敬钢一边听着电视里的《新闻联播》，一边哄着刚满一岁的小苏凉睡觉，左娜正在厨房里忙着做饭。

　　家里的电话响了。

　　仅仅是通过电话那头的喘息跟抽泣，苏敬钢就听出是大昆。

　　"出啥事儿了？"

　　"我对不起我娘。"

　　"啥事儿慢慢说，你这是咋了？"

　　"我不想活了。"

　　"是不是又吸了？你在哪儿呢？"

　　"三儿，你还记得我娘小时候老领着咱俩来浑河边儿捞鱼不？"

　　苏敬钢没有回答，喉咙无力地被回忆紧紧钳住。

　　"我还记得有一次，摸到一条半米长的大鲶鱼，那时咱俩个头儿还小，俩人一起扯着网子，我还是被拖进水里了，哈哈，后来你一上小学就长成了大高个儿，我他妈还是坐第一排！"

　　大昆抽了一声鼻涕，继续说："你还记得那条鱼有多大吧？这几年浑河里再捞不到那么大的鱼了……"

　　苏敬钢陪他一起回忆："咋可能忘？后来回到家，你娘炖了一锅鲶鱼豆腐汤，整整吃了三天，我还记得锅里下了一个大白萝卜和一把香菜，那两年香菜特别贵，可你娘最舍得给孩子花钱，从来没亏过我们哪个的嘴。我还记得有一次，冯劲偷喝了你家一瓶香油，肚子疼得直打滚儿，你娘不但没发火，还乐呵呵地笑话他，拼命给他灌热水冲肠子……"

"还是你记性最好，我吸粉儿把脑子吸坏了。"

"你现在这熊样儿，你娘在天上看见多寒心！你信我，老老实实戒了，重活一把还来得及！"

"来不及了。"

"我要去找我娘了。"

"你他妈想都别想！"

"三儿，你要好好过日子，把我侄子抚养成人，让他使劲儿念书，长大千万不能再跟我们一样，我到那边儿也会替他多积阴德，念着他，帮着他。"

"你在浑河桥上呢——你要是敢不见我一面就死，将来不给你烧纸！"

苏敬钢努力拖住大昆，忽听电话那头响起一段京剧唱腔："哇呀呀——"

"一路行来暗思量，想起了幼年性儿实不应当，少时间回去把老娘看望，母子俩见面要叙叙衷肠……"

《李逵探母》，大昆会唱的唯一一出京戏。

苏敬钢听得泪流满面，哽咽着说不出话，左娜闻声从厨房赶来，只见苏敬钢手握听筒一个劲儿地哭，果断地按下免提键："我的娘，笑着脸儿，颤着身儿，拍着咱肩膀，她叫道——李逵我那好儿子，铁牛我那乖儿子哟——少不得做些面食馍馍，叫咱尝一尝，与老娘对坐把话讲，我一边说，我一边吃，边吃边说，边说边吃，咱李逵心中不住地喜洋洋，紧行几步西门往，恨不得插双翅，飞到咱老娘的身旁……"

铿锵的叫板声从免提中传出，床上的小苏凉被吓得"哇"地叫了一声，大昆在电话那头听到，"嘿嘿"地笑着说："拜拜了，大侄子。"

"嘟、嘟"的断线声响起。

苏敬钢发疯似的冲下楼，一路狂奔到浑河边，那里有一家屹立三十年不倒的食杂店，苏敬钢问坐在铁亭子里的老太太："大娘，刚才有没有一个坐轮椅的胖子在你这儿打电话？"老太太怔住一下，才说："有啊，买了一瓶老龙口就走了，多给了我好多钱——你是来要钱的吧？"

天空下起小雨。

浑河桥上，大昆的轮椅空着，地上立着一樽空酒瓶。

苏敬钢的脑子像被万斤铁锤砸过，双脚像被灌了铅，一步一步蹭到轮椅旁，他顺着轮椅面对的方向望去，浑河水缓缓流淌，夹带着细雨的微风从河面上吹过，泛起不起眼的涟漪。

# 第十八章


二〇〇九年的第一天，方夏带徐大疆回家，跟方父方母一起在日本过元旦。这已经不是徐大疆第一次跟方夏回家，每次来，方母都比上一次对他更热情。

方母忙活了一桌子菜，酒过三巡，终于开口："你毕业以后怎么打算的？"徐大疆放下酒杯说："打算继续出国深造，毕业了可以回老家，也可以留在日本，跟叔叔阿姨一样，不过都取决于小夏的意愿。"方夏假装没听见，嘴里还不闲着，说："锅包肉炸过火了，手艺退步，你反省下。"方母懒得理会她，对徐大疆说："你指望她有想法？你的成熟要是能分给她一半该多好……"徐大疆信誓旦旦地说："阿姨放心，以后她去哪儿，我去哪儿。"——"我去女厕所，你去吗？"徐大疆只是憨笑，方母在一旁数落女儿："你还能不能有点儿正经的？"

方夏满不在乎地说："我没开玩笑，做不到的事就别瞎承诺，到最后害人害己。"

　　方夏爱吃，但自从她跟徐大疆在一起，食欲越来越差。她厌倦了每次开饭前听徐大疆吹嘘他挑的餐厅有多么高端，服务有多么特别，是他提前多少天打电话才预订到的位子，看不惯徐大疆的做派：喝红酒前必须先把高脚杯在手中轻轻地晃几圈儿，凑近鼻子闻一闻，小口抿着喝，每次还总会点评两句，明明都是网上背下来的。方夏最受不了的，是徐大疆要把每道菜都给她夹一遍，笑眯眯地盯着方夏吃，之后自己再开动——那不是吃饭，是喂养。

　　三年前，曾经有个男孩总是抢方夏碗里的菜吃，有时夸张到令她连肚子都很难填饱，可她还是吃得那么开心。两个高三学生，吃的不是大排档，就是小面馆，吃饭时两人总是打闹个不停，你捅我一下，我掐你一把，每顿饭都是一场体力加智力的角逐，最后还要比谁跑得快，慢的人买单，当然，方夏从来没赢过。

　　"凉凉，"方夏曾有过唯一的一次，壮着胆子问，"你恨她吗？"

　　苏凉缓缓呼出一口气，摇摇头，嘴角似乎还挂着笑。

　　当年，方夏临去日本前，没有胆量跟苏凉道出实情，反倒对苏凉问个不停，伺机渗透些讯息。

"为什么亲情总是伤人最深？"方夏问道。

"我也不知道，"苏凉说，"反正也没的选。"

方夏垂下眼皮说："小时候，我在医科大学的家属院长大，院里有个捡垃圾的吴奶奶，虽说捡垃圾，可她比谁都好干净，每天穿戴整齐，如果不是拖着一大袋子空塑料瓶在身后，谁也猜不到她捡垃圾。医大的叔叔阿姨们都对她很尊敬，一口一个地叫她吴教授。小时候我还以为是大人们心眼儿坏，故意取笑她，长大后才听我爸妈讲，吴奶奶真的是大学教授，还是当年第一批日本留学生，回国后，一直是胸外科的女第一把刀。后来她跟一位男教授结了婚，生下两儿一女。三个孩子都成了材，大学毕业后分别去了美国和加拿大深造，只是没有一个再学医。子女们都在国外成家立业，入了外国籍。吴奶奶退休后不久，老伴儿就去世了。三个子女谁也不愿意回来，都是定期给吴奶奶寄钱。听我爸爸说，吴奶奶把子女寄的钱都捐希望工程了，连自己的退休金也捐给了，一分不留，然后去捡垃圾。前两年她还签了一份遗体捐献书，死后也不跟老伴儿合葬，说没脸见。"

"她是在赌气。"

"我爸也是这么说，她一定是伤透了心。可我爸妈现在不就做着跟吴奶奶的儿女们同样的事吗？他们还不是把老人们都丢着不管吗？"

"人要往前走，总要丢下一些人，往往是最亲的人。"

"在你心目中，人生就是这样吗？那也太难过了吧。"

"习惯就好。我被人丢下过，我知道那是什么感觉。"

"什么感觉？"

"没有感觉。什么都没有了。"

方夏已经很久没有想起过这些，她耳朵"嗡嗡"地听着父母跟徐大疆在饭桌上对话，悄悄掏出手机，翻出曾经最熟悉的号码，在桌子底下打出一条短信：

新年快乐，混蛋。我什么感觉都没有了。


苏凉收到短信时，正躺在江渡渡的床上。江渡渡夺过手机，转头盯着苏凉的眼睛，酸溜溜地说："日本号码，是那个让你在飞机上梨花带雨的前女友吧？"苏凉翻过身，假装睡着。江渡渡不紧不慢地说："明天你就别过来住了，走之前把钥匙放到家门口。"苏凉的肩抽动了一下，依旧沉默。江渡渡继续说："你以为我回家那几天里你干了什么我不知道？楼下的保安都跟我说了。说实话，我不想赶你走，本来觉得你这个小孩又可爱又有趣，可以做个好玩伴，可你玩得有点儿太过火了。"苏凉心里一颤，背对着不说话。江渡渡冷笑："我理解，年轻男孩嘛，就算每天找不同的女人上床也情有可原，但是你不该越界，我不是你姐姐，这也不是你家。"

苏凉坐起身，光着上身，低头说："我这就走。"

"别演了。"江渡渡听上去并没有恼怒，"大半夜回哪儿去？回那破地下室？工作都没了，交房租的钱都没有吧？"苏凉回头，没等开口。"我什么不知道？"江渡渡骄傲地说，"你不干了也不跟我说一声，害得我还被人家劈头盖脸地损了一顿。"——"谁让你替我走后门儿的？"苏凉反将一军，"那破地方谁稀罕啊。"江渡渡一下子从床上跃起，声色俱厉地对苏凉骂："我不找人求情，就凭你也能找到工作？恐怕连送报纸人家都不要你！一天到晚瞧不起这个瞧不起那个，你又靠什么在北京混下去？你有什么本事？"江渡渡声嘶力竭，赤裸的胸脯一起一伏，见苏凉一句话也不说，又压住火，"我不是你什么人，我也没资格骂你——我就是贱！犯贱把你捡回来！"——"那你忍心把我再扔回大街上？"苏凉轻声说。

"我还真是小瞧你了。"江渡渡咬着牙翻白眼，"小屁孩儿。"

赖在大床上又多睡了两天，苏凉终于被江渡渡强行拉出了门。

江渡渡开车带苏凉来到一家高级酒店，一路上就在对苏凉说："想当摄影师，哪有那么容易？就算天赋再高，一没专业认证，二没业内名气，也是白费。唯一的出路就是办个人影展，办了个展就有圈里人认识你了——你别不屑，圈里圈外，就这么俗。"

空荡的包房足以坐十人，江渡渡告诉苏凉，他们要等的人只有一个，财神爷。不久，一个父辈年纪的中年男人准时地进门，体态丰盈，笑容满面。江渡渡主动跟男人拥抱，男人拍拍江渡渡的背，笑着说好久不见，又连忙跟站在一旁的苏凉握手，嘴里夸着一表人才。江渡渡生拉硬拽地请男人坐了上座，郑重对苏凉介绍说："这就是我常跟你提起的隋总。"苏凉学着谦卑地点头："久闻大名。"隋总摆摆手，摇着头笑说："不用跟我客气，我跟渡渡是老朋友了，她的朋友就是我的朋友，能帮的忙我一定帮，更别说是老乡了。"苏凉点头。隋总笑声爽朗："话说回来，渡渡，你什么时候才愿意来帮我做事啊？"江渡渡笑说："您可别开玩笑了！隋总手底下高手如林，美女如云，还缺我这种好吃懒做的？不怕我把您公司吃黄了吗！"隋总哈哈大笑，两人默契地喝了个交杯酒，苏凉无地自容，麻木地帮忙倒酒。

两个月后，苏凉办了第一次个人摄影展，展列的作品大多是他拍下的北京和老家两座城市的都市记忆，其中受评价最高的一张，是大西菜行最后一间平房被推土机铲平的一瞬间，灰黑色的雾腾起，像泼墨画。

影展的场地是在798艺术园区里的一个小展厅，为期三天，租金具体多少，苏凉不清楚，关于钱的一切都是江渡渡跟隋总谈，苏凉也不问，还不起的人情，开口都多余。影展结束后，果真有几家平面媒体公司和杂志社联系苏凉，希望找他去做摄影师，待遇从优。苏凉受宠若惊，一时挑花了眼，最终选择了一家并不知名的旅游杂志，他看重的是外拍摄影师公费出游的福利。

苏凉在北京终于有了一份稳定的收入，他住在江渡渡家，吃住不花一分钱，攒下大部分的工资都寄到了老家的郭医生手里——苏敬钢买药的钱。每个月还有机会去外地一两次，生活似乎已经走上正轨。但他发现，江渡渡对待自己的态度在逐渐改变。江渡渡仍没有开始任何新的工作，苏凉也不见她赚钱，花销却一贯地大手大脚。江渡渡每天会花越来越多的时间跟苏凉黏在一起，手艺也越来越好，连跟苏凉说话的语气也越来越轻柔，唯独在打电话时偶尔背着苏凉。苏凉直白地问过，跟你联系的都是男人吧？江渡渡每次都岔开话题，总有不同的女孩发短信给你，我都没怪，你也不可以要求我，记住，我们还不是男女朋友。

这样的生活一直持续到四月底，苏凉生日。

当天苏凉不用工作，和江渡渡一直在床上睡到中午。江渡渡起床后，换上了一条深V领、侧开衩的连衣裙，说有些私事要办，便匆匆出门。苏凉在江渡渡起床前偷看了她的短信，他知道江渡渡要去哪里见谁，没有拆穿。

餐厅外，大雨滂沱。

隋总带了两瓶白葡萄酒，产自他在北京远郊的私家葡萄酒庄。江渡渡微醺，以往单独跟男人出来喝酒，她都可以把控得恰到好处，今天也不知道自己怎么了。两瓶酒喝得很快，隋总也醉了，两人互相搀扶着走出餐厅。隋总红着脸给江渡渡开车门，江渡渡正要钻进车时，听到了身后的一声唤。

苏凉站在雨中，从头到脚被淋透，一把伞攥在手，没撑开。

江渡渡吃了一惊，双手遮住头顶朝苏凉跑过去，连衣裙被雨水淋湿，紧贴着她的线条。

"你有病啊——"江渡渡跟苏凉面对面站在雨中，"有伞你不打！"

"伞是拿来接你的，我不需要。"苏凉面无表情。

"你还学会跟踪我了？"江渡渡来回扭着身子，一时不知说什么好，盯着苏凉落汤鸡的样子，说，"少跟我玩儿苦肉计！别以为你会装可怜，就能让我以为你多爱我——早都跟你说了，我不吃这一套。"

"我只是来接你回家。"苏凉唇上喷着雨水说。

"我用得着你接吗？有你这么接的吗？故意想让我下不来

台是吗？"江渡渡回头望了一眼车里的隋总，又扭过头对苏凉说，"回家？那是你家吗？你又算我什么人？！"

"回家，陪我过生日。"

"你到底想要我怎样？"

苏凉拉起江渡渡的手，走到车前，隋总摇下车窗，苏凉平静地说："谢谢你今天请渡渡吃饭，但她现在要回家陪我过生日，不好意思。"隋总有些尴尬，连忙客气地说："你今天过生日啊？咋没提前跟我说一声？要不你俩都上车，咱们换个地方一起庆祝。"苏凉面无表情地说："隋总心意我领了，但是我跟渡渡之前说好了，今晚就我们两个人一起过，你也喝了酒，还是打电话叫司机来接吧。"隋总无奈地说："要不你们进车里等一会儿，司机来了让他把你们送回去。"

"不麻烦了。"


江渡渡的手被紧紧地攥着，伞还在苏凉的另一只手里握着，从始至终也没撑开过。他们就这样在暴雨中朝前走，谁也不说话，见到出租车也不招手，一路走到雨过天晴。

暴雨过后，空气罕有地净透。

江渡渡实在走不动了，脚被高跟鞋磨破，她脱下来，一只手拎着。湿漉漉的衣服粘在身上，很不好受。江渡渡眼望前方，光脚踩着积水，欢快得像个孩子，自言自语般说："看来我修炼得还是欠火候。"

江渡渡也曾深爱过一个男人，但那已经是很久远的事情了。唯一不曾改变的，是自己一直被许多男人爱着，但她不爱他们，却也不疏远他们，甚至与他们每个都保持着若有似无的关系。总之，那都是很久以前的自己了。

两人进到家，晚霞也进家，透过落地窗，铺陈在客厅地板上。

苏凉打开冰箱，想要自己动手做菜，看了半天，遗憾地说："为什么我每年过生日都这么惨呢。"

他无奈地关上冰箱门，只见江渡渡赤身裸体地站在客厅中央，湿漉漉的裙子堆在脚边，她的身上洒满了金光。她张开双臂，闭目微笑，把自己站成一尊雕像。苏凉走上前，脱去同样湿透的上衣，将她揽入怀中——两副躯体在地板上翻滚，窗帘都没来得及拉，也许谁也没想要拉——江渡渡以为，她和苏凉至少在某一个瞬间是相爱的。爱，没什么见不得光的。

## 第十九章

还没等到进入九十年代，第一机床厂的营业额就已经每况愈下。年轻人纷纷申请停薪留职，下海闯荡。苏敬钢也曾被冯劲叫去参加过几次酒局，认识了一些私营业主，大部分做生意已经发家，他们劝苏敬钢尽快从厂里出来，下海。

"你是干销售的，没人比你更清楚，如今哪家厂子不赔钱？重工业不行了，大家都在搞合资企业、对外贸易，老外出钱我们出力，就算赚的是辛苦钱，也不是以前那点儿死工资能比的。"冯劲不止一次苦口婆心地为苏敬钢"解放思想"，他自己早已把物资局的铁饭碗当成闲职，"以前搞贸易那叫投机倒把，现在那叫互通有无，咱们远的不说，搞边境贸易，我们有优势——俄罗斯啊！我那几个朋友拿卫生巾跟老毛子换汽车，你敢信吗？"——"合法吗？"苏敬钢每每都是这句，气得冯劲恨不得撬开自己的脑子给他看看，现在的世界都变什么样了。

冯劲费解地问苏敬钢："你咋了？我以前不知道世上还有你苏敬钢不敢干的事儿。"苏敬钢平静地说："不被抓当然没事儿，被抓就有事儿，我一个人不怕，但我现在有儿子。"冯劲不在乎地说："我也有儿子啊。""我儿子将来要出国留学，"苏敬钢一提起儿子苏凉，脸上总会浮现出难以掩饰的喜悦，"我要是出什么事儿，那我就成了我儿子的污点，别说他将来要出国留学，就是以后想找个好工作都难，老子的黑锅不能让儿子背，我劝你也别太嚣张，多为你老婆孩子想。"

冯劲不是没听过苏敬钢的劝，最初下海那两年，做的一直是正经生意：搞过出租车公司，代理过外国营养品，还在南站开过小旅馆，组过建筑队揽过工程，可惜没有一样干得长久——直到后来，他带着老婆孩子一起去了深圳，一走就是十年，跟苏敬钢也断了来往。冯劲具体做哪行发家，无人知晓。十年后，当冯劲回到这座城时，已经是个千万富翁。

而苏敬钢，选择陪在他的儿子身边，不再动别的心思。直到后来，他的儿子也只有他了，两人却也不再亲密。

苏凉两三岁时，苏敬钢觉得儿子智力超群——可惜，只有他这么觉得。

苏敬钢从小就没有好好念过书，中学毕业后连基本的汉语拼音都不会，自然觉得儿子苏凉两三岁就能一字不差地背出左娜教他的成语，那就算神童。唯独令苏敬钢担忧的是，苏凉太瘦弱了，生下来就比普通的孩子体重轻，月科里又没有充足的奶水，能够健康长大已经算是奇迹。但是苏敬钢对儿子给予了全部的厚望，他没有气馁，他坚信通过自己的调教可以让儿子强壮起来。于是苏敬钢开始了对儿子的特训：他用钉子把一个沉重的糠皮芯枕头吊在卧室的房门上，让儿子每次进出时都用头狠狠撞上几下。苏敬钢煞有介事地指导说："爸爸教你一个打架的绝招——撞羊头！凉凉，你太瘦小，以后出门要是有比你高的孩子欺负你，你就用头撞他的肚子，哪怕再高的个子被撞翻在地，身高优势也没了，你再骑到身上揍他的脸……"

"你把儿子都教坏了！"左娜尝试阻止苏敬钢野蛮的教育方式未果，只能埋怨，"你以为是男孩就都要像你一样啊？天性有别，懂吗？"苏敬钢理直气壮地反驳："王大爷早就说过了，这孩子性格随我。"左娜被气得直翻白眼："说性格随你，又不等于就要跟你一样浑。你看咱家凉凉像是会出去跟人打架的孩子吗？我儿子可是斯文人。"苏敬钢不屑："男孩子就该有男孩子的样儿！天天被人欺负的男孩，长大了也成不了大事！"

"歪理邪说！"

这种时候，唯有小苏凉像个受气包似的，夹在父母一来一去的争吵中，进进出出时还不忘朝硬邦邦的枕头撞上几下，枕头荡回来拍在他的小脑门儿上，晕晕乎乎——每每见此场景，苏敬钢和左娜都会转怒为笑。左娜最担心的就是小苏凉每天在大西菜行这样的环境里长大，早晚要学坏。可苏凉终归是要出去玩儿的，总不能整天把儿子锁在家里。左娜于是只好每天骑车载着苏凉去音乐学院的家属院里玩儿。在左娜眼里，那里的小孩子都是"正经"人家的孩子，苏凉跟他们一起，玩的起码不是打打杀杀。

左娜也是由那时起，开始在音乐学院办的成人艺术班里学钢琴，她想在学会最基本的唱教方法后，去教小孩子唱歌，赚外快补贴家用。九十年代初，左娜的第一阀门厂已经有一半以上的工人下岗，舍得下面子的，哪怕去大西菜行卖烤地瓜、烤羊肉串儿，也饿不死。侥幸保住工作的，也都忙着在外面搞副业，生怕哪天就下岗了。左娜也想学人搞副业，可除了画图，她就只会唱歌。

从广州回来后，左娜时常会怀念在全国各地的夜总会里张口就能大把赚钱的日子。但是生活毕竟回到了所谓的正轨，即便曾经在舞台上被人当作"小邓丽君"深受追捧，选择了退出，也要跟平常女人一样，洗洗涮涮，买菜做饭，照顾孩子。左娜不敢说这样的日子就有多么枯燥和乏味，毕竟安稳的家庭生活给她带来许多舞台上体验不到的人生乐趣，但是左娜在心底始终能感受到，那一团明媚炽热的火焰正在随着青春一同消亡。

苏凉三岁时，苏敬钢终于从厂里出来，跟冯劲一起跑了三个月出租车，白班夜班轮流倒；左娜下班以后跑去别人家里教小孩子唱歌，她不是音乐学院出身，也没有专业证书，雇左娜的人家多是因为左娜要的学费便宜。两个人都没空照顾孩子的日夜里，张婶儿再度替他们照看起小苏凉。左娜曾提议送苏凉去上幼儿园，可是一出口就被张婶儿回绝。张婶儿觉得上幼儿园太浪费钱，她又放心不下。左娜觉得，苏凉上了幼儿园就可以早日学知识，哪怕多认几个汉字、会说几个最简单的英文单词也好，否则将来上了小学会被同龄的孩子落下。张婶儿却坚持说："当年你哥和你不都是这么散养着长大的吗？谁也没上过幼儿园，也没成傻子。"左娜拗不过固执的母亲，任由着小苏凉度过了一段每天除了吃和睡，就是在户外玩耍的学龄前时光。

清晨，苏敬钢下了夜班回到家，左娜刚好起床，收拾着准备去上班。左娜对着镜子匆忙地化妆，对苏敬钢说："待会儿你给儿子弄早饭，我着急出门。"苏敬钢上眼皮搭着下眼皮说："今天上班这么早？"

"以后可能都要早，我跟主任说了下班去给小孩上课，主任说理解，允许我以后早点儿上班提前把活儿做完，就可以提前下班，省得每天回家太晚不安全。"左娜说着嗅了两下鼻子，嫌弃地说："一身烟味儿！在家不许抽了，别把儿子给呛着。"苏敬钢不快地说："不抽烟怎么顶得住一个晚上？"左娜又说："今天我妈要帮我哥看孩子，过不来了，午饭和晚饭你给凉凉做吧。"——"我又不会做饭。"苏敬钢胸中积蓄着一股闷气。"不会学啊？"左娜也恼怒起来，忍不住大吐苦水，"我一天到晚趴在案子上画图纸，肩周炎都累出来了，晚上还要骑十站地给人家孩子上课，回来还得洗衣做饭，这些都是我出生就会的吗？从小到大，我啥时候自己做过饭？都是我妈做给我吃，我还不是为了这个家后学的吗？你就不能体谅一下我吗？""你本来也用不着这么辛苦！"苏敬钢说，"我从厂里出来，不就是想多赚钱让你跟儿子过得自在一点儿嘛，我就弄不明白了，现在钱又不是不够你花，你还把自己累得跟驴一样辛苦为啥！"左娜撇过头说："我不想可着你一个人累，行了吗？"

"你没说实话。"

苏敬钢盯着左娜频闪的眼睛，他太了解这个藏不住心事的女人了。

"我想买钢琴。"左娜喃喃自语。

苏敬钢不解地问："你买钢琴干啥？那些孩子家里不是都有钢琴吗？""我买给自己。""买来干啥？""弹。""废话。"苏敬钢积压着一夜未眠的怨气终于被激起，大声地说，"你是不是还做明星梦呢？"左娜也被激怒："我自己买！不用你的钱！这辈子我不能上台唱歌，还不能做自己喜欢的事吗？你可以去外面花天酒地，我在家给自己找点儿乐子都不行嘛！"——"我花天酒地个屁！"苏敬钢瞪起眼睛说，"我干啥了？"左娜挺直腰杆说："你隔三差五去歌厅，以为没人知道吗？低俗，让人瞧不起。"苏敬钢胡乱挥舞着手说："现在知道瞧不起我了？早干啥来着！就你高雅，你有文化，你有追求，我他妈就是低俗！我为啥去歌厅？因为我要养一帮俗人！你以为开出租车是啥俏活儿？公司一共没几个人，都快走光了！别人家公司给的钱多，我跟冯劲给不起，司机都跑了，不然用得着我这么没日没夜地熬？留下的再不对他们好点儿，谁还愿意跟着我们干？大过节的不得犒劳一下人家？说下馆子就得陪吃，说去歌厅就得陪玩，我能有啥办法？！"苏敬钢喊得大声，左娜却丝毫不怕，吊起嗓子跟苏敬钢对着喊："我就每天在家里好吃懒做吗？就你有道理！就你有苦衷！就你够朋友！还当自己是社会大哥呢？香港电影看多了吧你！"

"少他妈讽刺我！"

苏敬钢少有地对左娜说了粗话，累积在他心底的愧疚再也压制不住，随手抓起桌子上的茶壶向身后甩了出去，正砸在卧室房门的玻璃上，玻璃碴子与碎瓷片交织着散落满地，他大声吼着："我够鸡巴朋友！我兄弟死了都会记恨我！"

左娜不作声了，她被空气中爆裂的脆响吓得发抖，眼泪止不住地掉。她瘫坐在凳子上，低着头说："我知道，因为大昆的死，你恨我，可我做错了吗？如果那天晚上我放你去跟人拼命，这个家今天还在吗？我不想让我儿子从小就没爸，也不想让他的爸爸在监狱里待一辈子，我有错吗？"

　　一九八八年初，大昆刚刚坐上轮椅，就染上了毒瘾。

　　也不知道他是通过谁认识了几个西塔的朝鲜族混混，常来他的麻将社打牌，不只是照顾生意，是因为大昆的麻将社可以赌大钱。若论起这座城的"灰色地带"，西塔当属第一，那里一直是朝鲜族聚居地，地上，有全城最好的烧烤店、冷面店、韩式桑拿，但在地下，歌舞厅遍布暗娼，毒品也是从这里开始，向这座城最早期的娱乐场所扩散。后来，西塔的一条街逐渐演变为人尽皆知的红灯区——直至二〇〇四年底，这座城上任了一位新公安局长，上任后的第一把火就烧在了西塔，严打黄赌毒。传说在严打的头三个月，按摩和歌厅小姐们见形势不妙，纷纷逃回老家，走人前，一口气把整条街 ATM 机里的现金都提空了。

　　大昆跟两个朝鲜族混混成了朋友，他们引诱大昆吸毒，他们对大昆说，"吸粉儿"可以缓解身体和精神的双重痛苦。大昆信了。混混对他起初是送，不久后是卖，很快就演变成大昆求着他们买。

大昆吸毒的事，苏敬钢一直以来都不知道，大昆也没敢跟苏敬钢说。大昆吸毒上瘾以后，很快花光了积蓄，开始四处借钱。对大昆知根知底的人都听说了他是借钱去吸毒，没人再愿意借，是人都清楚那是个无底洞，借出的钱有去无回。大昆毒瘾发作时痛苦难忍，手头没钱，只好拿房子抵账。可是房子给了人，大昆就无家可归了，于是他赖了账。两个混混来收房子时，大昆把他们撵走了，等他们再回来时，是七八个人，他们砸了麻将社，痛揍了大昆，恐吓大昆说一个礼拜后再不交房子就废了他。麻将社被砸的当晚，苏敬钢接到大昆的电话。大昆走投无路，只能跟苏敬钢说实话。苏敬钢又气又恨，但事已至此，只能想对策。大昆说，下一次混混们会带西塔的一位大哥来，当面要他的房，敢不给就剁手。

　　大昆对苏敬钢说："三儿，我不怕，我可以跟他们拼命，反正我这条贱命也早就不值钱了，可我现在是个废人，站都站不起来，吸粉儿吸得连菜刀都握不住，真他妈窝囊！这房子是我娘窝了一辈子平房才换来的，我不能给他们……"

　　"欠多少？"

　　"八万。"

　　苏敬钢怔住了，那个年头，八万不是一般人能拿出来的小数目。

　　"钱没有，房子也不想给？"

大昆在电话里"嗯"了一声。

"那就只有拼命了。"


礼拜天晚上，苏敬钢趁左娜在厨房做饭的工夫，翻箱倒柜地找他当年那把尺二枪刺。左娜突然进屋，苏敬钢被堵了个正着。左娜质问："你干啥去？"苏敬钢含糊地说："不干啥。"左娜逼问："说实话。"苏敬钢扯谎说："去楼下挖点儿土，回来种花。"——"你撒谎。"左娜夺过枪刺，用刀尖儿戳着墙上的《约法三章》说，"第一条：夫妻双方不得跟对方隐瞒任何事情，否则——离婚！"苏敬钢忌讳左娜动不动用离婚作要挟，不得已道出实情。左娜堵在房门口，手撑住门框，说："今天你哪儿也不许去！"苏敬钢看一眼墙上的钟，说："我不去大昆就得出事儿！"——"你去了你就得出事儿！"左娜大声地说，"他是我男人还是你是我男人？别人我谁都不管，我只要我的男人不能出事儿！"左娜的话有理到无可反驳。苏敬钢已经火急火燎，却还要装作平心静气地说："我保证平平安安回来，保证我跟大昆谁都没事儿，但是今晚的事儿必须摆平。"——"你这叫'平平安安'回来？！"左娜晃着手中枪刺，回手"砰"的一声把房门关上，激动地说，"苏敬钢！你答应过我结婚后再不会出去干浑事儿，再不会跟社会上那些人来往，你保证过本本分分地跟我过日子，绝对不会做违法的事儿，不会做伤害家庭的事儿！你发过的誓都是骗我的吗？你是想看着我一个人孤苦伶仃地把儿子带大吗？！"

苏敬钢哑口无言，直接冲上前去开门，左娜将整个身子靠在门上，一只手死死攥住门把手，另一只手举着枪刺晃在苏敬钢面前，盯着苏敬钢的眼睛说："除非你先捅死我，否则今晚别想出这个门！"

屋里的电话响了——在苏敬钢听来，那是呼救的铃；在左娜听来，那是催命的锣。

"大昆是我兄弟。"苏敬钢望着电话，低沉着说。

"我是你老婆，"左娜也低下了声说，"这是你的家。"

苏敬钢脸上露出愧疚的神情："男人的事儿你不懂。"

"要兄弟，还是要这个家？"左娜冷冷地说，"今天你只能选一个。"

电话再次响起，铃声更加尖锐而急促。苏敬钢一屁股瘫坐在床，看着熟睡中的小苏凉，仿佛希望儿子鼻息中轻微的鼾声可以再大一些，遮盖过刺耳的电话铃。左娜走到桌前，拔掉了电话线。

苏敬钢回想起这些，心中的怒火也熄了。

他望着窗外晴朗的天空，拉上了窗帘——苏敬钢已经习惯在清晨入睡，明媚的阳光会令他不适应。他从床头柜的抽屉中取出一张存折，交到左娜手中，说："就这些钱了，密码是凉凉的生日，拿去买钢琴吧。"左娜接过存折，手上有些沉重。她自己心里也不清楚，自己究竟想要什么。左娜曾经冲破阻力，不顾非议，一门心思地嫁给苏敬钢，可是她从来没有想到过他们的婚姻生活会走到如此境地。如今她终于明白，爱情与婚姻是两回事，理想与现实也是两回事，彼此间的鸿沟就好像当年左娜跟苏敬钢两家之间门前的窄道，永难跨越。

一九九六年的春天，令左娜想不到的是，在邓丽君逝世一周后，居然冒出比她在世时更多的歌迷，迫切地需要这个曾陪伴他们在幽暗岁月里一同成长的声音。更突如其来的是，左娜竟被一家夜总会邀请出山，专唱邓丽君歌曲。彼时的左娜，是公认的这座城里模仿邓丽君最像的人。邀左娜演出的夜总会叫"恺撒宫"，老板之一正是当年歌舞团的金团长。几年前，南方娱乐业飞速发展，当地演出团体早就已经饱和，金团长的歌舞团自然也难逃解散的命运。在全国各地奔波多年后，金团长带着最后少数甘愿跟着他混饭吃的歌舞演员回到这座城，加入"恺撒宫"，从此过上了当年宋春鸣父亲口中的"守家待地"的日子。

左娜被重邀出山，又惊又喜。跟这座城绝大多数老厂的命运一样，第一阀门厂的效益日渐低迷，工人一个接一个地下岗。左娜的钢琴课也丢光了，被越来越多音乐学院毕业的钢琴系学生以更为低廉的授课费抢走生源。左娜有私心，她当然想要上台唱歌，除此以外，也想赚更多的钱。

左娜从未敢想过，苏敬钢居然会同意自己再次上台唱歌。

"只要你喜欢就行。"

苏敬钢在一个天色模糊的清晨对左娜说。当时他正费劲儿地学着为儿子做一顿丰盛的早饭："谁让我没本事呢。"左娜听了，心里有说不出的滋味，她静悄悄地从衣柜最底层收拾出多年前的演出服，在镜前跟自己的身体比对着，顿时觉得整个人都无比过时和老土。八岁的小苏凉，望着镜中从未见过的妈妈，呆呆地从嘴里冒出两个字：好看。左娜喜上眉梢，搂过儿子，蹲在镜子前，甜甜地笑着问："真的觉得妈妈漂亮吗？""嗯。"儿子猛点着头。"真是我的好儿子！"左娜双手架起小苏凉的两个胳肢窝，拼命想要把儿子举高，逗一句"凉凉，笑！"，不料力气根本不足以让儿子双脚离地。一丝悲凉在左娜心底掠过，她才意识到，儿子已经长大，自己也不再年轻。

左娜去恺撒宫演出的第一晚，金团长给她提供了新演出服——不同于多年前仿照邓丽君演唱会上经典的拖地长裙，而是短到刚刚过大腿根的紧身短裙。起初，左娜不适应，可是看看身边那些二十来岁、衣着大胆的年轻女孩，她也只好硬着头皮上。三十四岁，唱着邓丽君老歌的左娜不再是压轴出场，而是被排到演出的中间时段。一周演出三晚，一个月下来能拿到一千五百块钱出场费。每晚，左娜从恺撒宫里出来，都已经是深夜十一二点。苏敬钢会在门外抽烟等着，骑自行车驮左娜回家。某晚，左娜对苏敬钢说，她总觉得有人开车在后面跟着自己。苏敬钢非要一探究竟，于是嘱咐左娜过两天出门后自己走，他在身后远远跟着，就好像两人上学那时候。果不其然，没有苏敬钢陪在身边的第一晚，身后便出现一辆黑色凌志轿车，缓缓地跟着。左娜知道苏敬钢就在不远处跟着，心里稍有底气，没想到刚拐进一条小路时，凌志车突然加速开到左娜身旁，车窗摇下，一个西装革履的男人探出头，左娜觉得有些面熟。"我是你的歌迷，"男人面露友好地说，"几年前，我在广州的快活门就看过你的演出。"——"你他妈给我出来！"还没等男人把话说完，他就被从车后冲上来的苏敬钢一把揪住衣领子，半个身子就快被拖出车窗。"你别动手！"左娜也被吓了一跳——"干啥？"苏敬钢摸不着头脑了，"他欠揍！"左娜连忙阻止，强行掰开苏敬钢紧抓不放的手："人家就是来听歌的，快放开人家！"苏敬钢一脸诧异，闹不清左娜态度转变这么快是怎么一回事。

"这是我的电话，"男人从车上下来，递上一张手写的纸条，慢条斯理地调整着刚刚被扯乱的衣领，"我是演出经纪人。"

"电话都是假的！"苏敬钢抢过纸条，盯着上面一串与本地区号和电话位数都不同的数字。

"我的公司在新加坡。"男人不紧不慢地说。

那一刻，在昏黄的路灯下，苏敬钢捕捉到了左娜眼神中一闪而过的光。

"我觉得左娜小姐很有潜质，"男人继续说，"邓丽君在东南亚也有人数庞大的忠实听众，她去世后，我们在亚洲各地搜寻一流的模仿歌手。我不止一次欣赏过左娜小姐的演唱，毫不夸张地说，你是我迄今为止见到的模仿邓丽君最像的人，也是我们要找的人。"

左娜不说话了，苏敬钢也沉默，他们和站在面前的男人，各怀心事。苏敬钢顺手将纸条揣进裤兜儿，静过片刻，掏出烟点上，吐出一缕雾。

"我希望左娜小姐可以认真考虑，无论你做什么决定，都可以打电话联系我，我下星期就要回新加坡了。"男人最后礼貌地冲二人点点头，坐进车里，开出了阴暗狭窄的小路。

然而，两人竟都没有注意到，车后还坐着另一个男人——宋春鸣。


半个月后，某天下班，左娜早早回到家里。

"今天怎么回家这么早？"苏敬钢一进门，看见左娜正将可怜的几件脏衣服塞进盆里准备手洗，"怎么不用洗衣机？"左娜始终低着头，说："犯不着，就这么几件，机器费水。"

　　"在我的西裤右边兜里。"苏敬钢在门口一边换鞋一边说。

　　"你说什么？"左娜拼命压抑着早有准备的惊恐，眉宇间包藏着第一次做贼的心虚。"我知道你要找什么，"苏敬钢平静依旧，"纸条在我西裤右边兜里。"左娜近乎失语："我不是……"

　　"想去，就去吧。"苏敬钢终于抬起眼皮，看着左娜。左娜心惊胆战，苏敬钢的这种眼神，她再熟悉不过，只是此刻她无法判断，苏敬钢眼神中压抑的东西，究竟是爆发的前奏，还是无言以对的绝望。左娜想要说什么，却最终什么都说不出来。苏敬钢走到左娜面前，自己动手从一盆脏衣服里拎出他最常穿的黑色西裤，悄无声息地从裤兜儿里掏出写着一长串电话的纸条，塞进不知所措的左娜手心里，然后一声不响地走进客厅。左娜跟出来，她望着苏敬钢宽厚的背影在狭小的房子里渐行渐远。

　　苏敬钢站住了，他侧过头，目不转睛地盯着客厅最干净的那面墙，左娜追着他的目光看过去——墙上贴着一张微微泛黄的稿纸，纸上娟秀的字迹是左娜亲笔抄写的《约法三章》：

一、无论何时何地，夫妻双方不得跟对方隐瞒任何事情，否则离婚

　　二、无论何时何地，夫妻双方不得做出损害家庭的事情，否则离婚

　　三、无论何时何地，不得离婚

夫　苏敬钢

妻　左　娜

一九八六年八月

　　苏敬钢启下粘在稿纸四周的透明胶带，几块老旧的墙皮硬生生被撕落。他将稿纸横竖两折叠好，手却在下一秒停留在空中，无处安放。苏敬钢轻轻地撕碎了折好的纸，尽管他的动作已经很轻，"刺啦"的一声锐响还是久久回荡在客厅。

　　苏敬钢把碎纸片紧紧攥在手里，背对着左娜说，去吧，别的不用再想了。

# 第二十章

苏凉马上二十三岁了。他厌倦了逃亡般的生活，却没有一个真正能回去的家。

春节，江渡渡把自己的父母接到了北京的家里。此前，江渡渡并没通知苏凉，尽管苏凉心中不快，但他无权干涉，毕竟这是江渡渡的家。苏凉只说，不如这段时间自己搬出去住。江渡渡诧异地看着苏凉说，开什么玩笑？我父母过来，就是为了见你。

"你是不是怕了？"

江渡渡练就了一眼洞穿苏凉心思的本事。

"我需要时间。"

江渡渡笑了。

她的笑容中极尽嘲讽，让苏凉恨不得找一道地缝儿钻进去。她平心静气地说："我明白，一个二十三岁的男孩子，花花世界都还没看够呢，换作是谁也不愿意往万劫不复的火坑里跳。但我三十岁了。"她说着，又哽咽了："苏凉，难道你感觉不到我们在一起多快乐吗？只要你的心在我这里就够了，其他事情以后全都由我来做，钱你不用发愁，我来赚，这个家你也不用操心，我来打理，我什么都能做得好……"

苏凉冷漠异常地说："你何苦呢？"


江渡渡的父母到来时，苏凉将一份温馨甜蜜的爱情演绎得无懈可击。江父是一名退休工人，憨厚内敛，他跟江母一样，见到苏凉时的欣喜溢于言表。他们对苏凉的印象是年轻懂事、一表人才。江母像对待准女婿一样对待苏凉，在一周的时间里，为他们洗衣做饭。苏凉不知道江渡渡在背地里是否跟两位老人事先交代过什么，总之江父江母谁也没对苏凉提起过任何关于成家之事，甚至从未问及过他的家世，反倒像是四口人已经在一起生活了很多年。

年夜饭的桌上，都是江母做的东北菜。苏凉已经很久没吃到正宗的东北菜了，大快朵颐，几天中唯有在吃这顿饭时毫无半点表演痕迹。江渡渡对苏凉心存感激，在饭桌上配合着苏凉，拼命哄二老开心。江父一杯接一杯地跟苏凉干。苏凉还是第一次见到比自己的父亲苏敬钢还能喝的男人，他硬着头皮陪着江父，一直喝到自己吐得胃里空荡荡。

江父在除夕前夜单独跟苏凉下楼放鞭炮时对他说："我和她妈都知道，渡渡这些年在北京打拼不容易，她从小就要强，一心想让我和她妈过上好日子，她太辛苦了。其实我们从来不求别的，她一个女孩子，我们只求她能嫁个好人家，踏踏实实地过自己的小日子，你是个好孩子，又不介意渡渡年龄比你大，我和她妈都很欣慰，你是个好孩子。"

苏凉木然地点了点头。

炸响的鞭炮在黑夜中化作红色的雪片飞舞，无论是怎样的萧索和悲伤，都在一连串鞭炮声中转化为一种喜庆。苏凉感激这样的时刻，能让自己的强颜欢笑被渲染得格外真诚。


那年春节，方夏一家三口回到了这座城过年。

大年初三，方夏与徐大疆跟彼此的父母坐下来吃了一顿年夜饭，双方父母在饭桌上共同商讨两个孩子毕业后的去向。方夏打心底里厌恶这样的会面与谈话，父母默契地跳过了两个孩子的意见，直接进入达成共识的流程。

徐大疆的父母支持徐大疆毕业以后申请去英国读研究生，方母极力响应，怂恿方夏也跟徐大疆一起去英国。方夏当天虽然心情不好，可她坚守住了最基本的礼貌，未在徐大疆父母面前显露不悦。

回到自己家，方夏立刻变了脸色。方母以为她在担忧留学费用，主动宽慰："钱的问题你放心，去英国留学你爸妈还是供得起你的，你应该知道，我跟你爸在你的教育投资上从来都没含糊过。"——"所以你现在把我当作投资了对吗？"方夏冷不防冒出一句令方母摸不着头脑，"你就这么怕我嫁不出去吗？"方母明白过意思来，辩解说："我是看你跟徐大疆在一起挺合适，以为你愿意跟他一起去英国才全力支持你，怎么反过来还遭你埋怨呢？"方夏毫不领情地说："我凭什么要跟他走？"方母更为不解地说："我以为你们愿意每天在一起。现在年轻人恋爱我又不是不懂，异地时间一久都分手了——当年我在医科大学有人人羡慕的稳定工作，为什么跟着你爸跑去日本啊？还不是为了家，为了你。要是这些年我跟你爸两地分居，这个家早就名存实亡了，你现在哪还能有机会站着说话不腰疼？那我问你，你自己对未来有打算吗？如果你想留在日本，或者去其他地方留学，我跟你爸都会支持你，可是你从来都没有打算。既然没有，我们帮你做打算有什么不对？再说，徐大疆是你自己挑的。"

方夏知道妈妈说的每一句都在理，可她不想自己的人生再被人安排。方夏在日本的时间里，过着跟所有留学生一样的日子：上课、赶作业、社团活动、打工、假期旅行、恋爱，貌似每一样是自己的选择，但事实上她只是循着一条稳妥又懒惰的轨迹徐徐前行，从未真正为任何人和任何事，冲破过任何一道底线。

四年前来日本，已经令方夏后悔不已，她时常抑制不住假设，如果当初选择留在苏凉的身边，如今又会是怎样一种日子？方夏从来没有忘记，她答应过苏凉，她会在去过的每一个陌生地方给苏凉寄明信片。当她想起自己的承诺时，已经跟苏凉分手了。往后当她再提笔想要在寄出的明信片上写收信地址时，苏凉人在何方，她已无从得知。于是，她在无数张明信片里写满了那几年间想要对苏凉说的话，无一例外地全部寄给了自己。

二〇一〇年三月底，冯子肖出狱已经四个月了。

出狱后，冯子肖只身去了深圳，去见他的父亲冯劲。冯劲自从三年前出了事，就躲到了南方，最后辗转又回到了当年白手起家的深圳。早在几年前，冯劲就跟老婆办了假离婚，用前妻的名字在深圳重新注册了一家公司，实则是自己在背后经营。冯子肖出狱后，性情大变，稳重了许多。他没有埋怨过父亲冯劲，只安安心心地陪父母在深圳住了一个月。冯子肖已经对上一次一家三口共同生活的场景毫无记忆了。他猛地发现，父母都老了。冯劲的一对眼袋像是两条注满水的鱼鳔，低头时会耷拉在脸前，异常可笑。冯子肖母亲年轻时也曾是个美人，高挑丰满，如今浑身上下都在向着地心引力靠拢，头顶生出成片的白发，即便三个月染一次，仍然追不上白发的长势。

冯子肖从深圳回到老家后，空前地无所事事。虽然他的前半段青春正是在无所事事中度过的，可是此次不同以往。当冯子肖对吃喝玩乐都无动于衷时，这座城中再鲜有声色犬马可以打动得了他。冯子肖在老家待了没有一周便觉着腻了，于是去北京找了苏凉。

那时，苏凉已经从旅游杂志辞职两个月，成为一名自由摄影师。一个月中，他从北京一路向西，经内蒙古、宁夏、青海，最后到了西藏。一路上，苏凉交了一些朋友，拍了一些照片，整个人晒黑了。当他再回到北京，恰逢冯子肖到来，两个人喝了很多酒，说了很多话。饭桌上也有江渡渡。关于女孩，或者是女人，两人都闭口不谈了。他们终于在年纪轻轻的夜晚，学会了父辈的沉默。

冯子肖再次回到这座城后，卖了车，加上手头的一些钱，投资开了一家名车保养店。当年许多跟他一起玩乐的富二代朋友纷纷来捧场，把自己的好车送来他的店做保养。当然也有一些狐朋狗友，自从他出狱后就再没联系。冯子肖过上了前所未有的踏实生活，不久后交了一个女朋友，女孩是大三的学生，家在外地，每个周末都在一家连锁西餐厅里打工，冯子肖常去店里吃饭，认识了女孩，那是冯子肖人生中真正意义上第一次恋爱。

苏凉刚过完自己二十三岁生日之际，接到了一个电话——周晓燕在电话那头声音低沉地说，郭医生说苏敬钢的肺癌复发，转移到了肝，晚期。苏凉撂下电话，在北京一个无名的街角泣不成声。

父亲苏敬钢从发病到那一刻，整整挺过了四年，可该来的终究还是来了。

五月的最后一天，阳光明媚的下午，苏凉在客厅的沙发上跟江渡渡做了最后一次爱。江渡渡突然停下了喘息，回过头仰望苏凉，轻声地问："你爱我吗？"苏凉动作慢下来说："我不知道。"江渡渡的脸又扭回前方，看着窗外说："起码你终于敢说真心话了。"苏凉不再应声，两个人粘在一起睡着了。

江渡渡再醒来时，已是黄昏，苏凉不见了。江渡渡赤裸着身子，在家中的每一个房间都转了一圈儿——苏凉没有带走任何东西，可她就是能够感觉到，苏凉不只是走一会儿，而是一去不返。

# 第二十一章

一九九七年七月一日，香港回归。左娜刚好走了一年，苏敬钢只知道左娜离开家后奔了南方，并没有直接跑去新加坡，不知道她是否一路南下去了香港，因为那是左娜梦想过无数次的土地。香港回归前后那两个月，打开电视就能听到那首由香港天王与内地天后合唱的《东方之珠》。每次看到电视上播，总令苏敬钢被迫想起左娜，因为那位内地天后在十年前曾经与左娜在同一个歌舞团演出，而且她的家在大西菜行。

同年的七月底，亚洲金融危机爆发，全世界仿佛都在一时间陷入慌乱，可是这座城里很少会有人理解"金融危机"的概念，何况这场危机还波及不到这里——早在这场危机爆发前，这座城就已经衰落了，没有任何危机能令这座城更加衰落。彼时，无数家工厂倒闭，几十万工人下岗。起初工人们还没意识到发生了什么，更想不通为何自己在二十年前还被誉为国家振兴富强的伟大舵手，如今竟在转眼间被遗弃，成了对社会缺乏贡献的无业人员。他们的世界观顷刻崩塌，不愿面对事实，可是当他们发现国家的经济发展并没有因为缺少了他们而衰退，反而脚步更加轻盈地超高速前进时，他们才不得不相信自己真的已经被抛弃。

一九九七年底，周晓燕也失去了她曾认为是毕生铁饭碗的工作。

周晓燕跟火车司机结婚五年，一直没有孩子，直到夫妻二人去医院检查，是周晓燕的原因，于是她主动提出离婚，丈夫同意，原本丈夫心里就一直埋怨这段婚姻不吉利，当年周国大的死曾让喜事变丧事。离婚后，周晓燕生了一场大病，请假在家休养了大半年，这一休，再没能回去。

周晓燕回到一个人，她所有的亲人都已经离开了人世。养病的大半年里，她独自住在哥哥周国大留下的老房子里，每天躺在床上发呆，望眼欲穿地看着墙上的钟一分一秒地走。春节前，身体才刚好起来，她就迫不及待地去外面走了走，一路沿青年大街，从青年公园走到彩电塔，又从彩电塔走到大西菜行。她驻足在已经拆毁大半的大棚前，抬头望着"大西农贸市场"六个大金字，掉了三个。

恰逢此时，她与正买菜回家的苏敬钢重逢。

周晓燕在周国大去世后的几年再没见过苏敬钢，两人站在街边叙旧。周晓燕才得知苏敬钢跟左娜也已经离婚一年多了，苏敬钢也才听说周晓燕大病初愈，怕外面天冷再冻着，刚好又在自家楼下，便请她上楼到家里坐坐。

　　两人回到家，十岁的苏凉正坐在客厅里看动画片，听见女人说话的声音突然激动地回头——这是他继母亲左娜离开后第一次在家里听到女人的声音。

　　苏敬钢对苏凉说："凉凉，叫燕子姨。"

　　苏凉只是抬头望了一眼周晓燕，一声不吭地回到自己房间，关门。

　　"这孩子大了越来越不懂事儿。"苏敬钢十分尴尬地说。周晓燕说："我这个当姨的也好几年没见着了，不怪孩子认生。"苏敬钢让周晓燕随便坐，邀她留下一起吃晚饭，就自己进去厨房忙活。周晓燕闲不住，跟进厨房去看，见苏敬钢买回来的菜大多是熟食，一目了然地说："你也不能光给凉凉吃肉，孩子长身体呢，要荤素搭配，多吃营养的。"周晓燕说着接过了苏敬钢手中的菜刀，动手切起菜，对苏敬钢说："今天我给凉凉做一桌，你就在旁边给我打下手，我教你两个孩子都爱吃的菜。"苏敬钢不好意思地说："请你来家里吃饭还要你做，不像话。"周晓燕满不在乎地说："你跟我还客气啥，我就是没想到，人家都说爱喝酒的男人都是馋猫，随便拎出来一个都会做两道下酒菜，你喝了这么多年酒，怎么还没学会做饭呢？"苏敬钢笑得倒坦然："老儿子嘛，从小到大用不着我做饭。"周晓燕嘴里"嗯"着说："可不是嘛，我要不是个女孩儿，估计到现在也不会做，爹妈没得早，打小儿都是我哥给我做饭吃——说到这一点你可赶不上我哥，我哥做菜的手艺……"周晓燕说到一半，自己停了嘴，苏敬钢见她情绪有些低沉，接过话说："去年清明我还去回龙岗给周大哥烧纸了，没见着你。"——"我不敢去，"周晓燕低头切菜，"连家里都没供过我哥的遗像，我那男人嫌晦气，不让，供别的地方又没人给上香，我觉着特别对不起我哥……"苏敬钢说："你一个人过得不容易，你哥不会挑理。"

周晓燕深深地叹了一口气，烧热了油，把切好的肉菜下锅，眯眼避着油烟，说："也不用你同情我，你自己过得也不轻松吧？一个大老爷们儿不会做饭不会洗衣的，还得一个人带孩子，就算你不说我也明白。看你现在这窝囊样子，越来越像个老太太。"周晓燕嘲笑起苏敬钢来，苏敬钢无奈地说："赶上什么样儿日子都得过，有啥办法？"周晓燕专心炒菜说："办法肯定是有，再找个女人一起过，这回可要找个顾家的，要找顾家的，还得甘愿照顾凉凉的，最好她自己没孩子，省得到时两家混在一块儿过麻烦事儿太多。"

周晓燕语气轻松，可苏敬钢听出了话外音，也不知道周晓燕是不是有意的，胡乱答应也不对，开口拒绝更不妥，他只能躲在周晓燕视线无法触及的身后干笑两声。周晓燕自觉已经表达得很清楚，虽然这些年来她变得含蓄不少，跟苏敬钢说话远不及当年直白，但已经足够让这个聪明人明白了。周晓燕见苏敬钢始终没回应，也不再提，麻利地炒完四个菜端进客厅，又回到厨房打了一个鸡蛋瓜片汤，把苏敬钢买来的猪蹄儿、鸡肝、熏肘子和酱牛肉切好，四平分装碟儿，花碟摆得很有食欲。苏敬钢看着被挤得满满的一大盘子熟食，没话找话说："开过饭店的就是不一样，但是也不用舍不得盘子，装不下就别硬塞了，我再拿一个。"——"这你不懂了，"周晓燕又把洗好的两根香菜点缀在冒尖儿的盘子上，"算上汤刚好是六个菜，图个吉利。"

苏敬钢敲门叫儿子吃饭，苏凉磨磨蹭蹭地从房间出来，始终低着头。饭吃得异常安静，只有筷子撞击瓷碗的叮当声。苏凉很快扒拉完碗中的饭，自己去冰箱拿了一瓶八王寺汽水。苏敬钢呵斥道："吃完饭别马上喝汽水！"——"孩子愿意喝就让他喝吧！"周晓燕朝苏敬钢使个眼色。苏凉徘徊了一下，还是起开汽水拿回屋里喝了。苏敬钢对周晓燕说："这孩子就是平时不好好吃饭才长那么瘦。"周晓燕劝解说："你也别对凉凉管得太严，孩子这一年里经历的痛苦比你更多，当爸的要是再不亲近，孩子将来的性格会越来越孤僻——没办法，你必须又当爸又当妈，谁让你非得一个人逞强。"再次回归到说不出口的话题，苏敬钢仍装作没听见，取来一瓶白酒和两个酒盅，给彼此满上，幽幽地说："喝两口吧。"

两人也不碰杯，各喝各的，若有若无地唠嗑儿。苏凉房门缝儿下的灯光黑了，周晓燕说孩子大概睡了，让苏敬钢小声说话。苏敬钢压低嗓子说："你现在没了工作，也不能一直这么晃着，打算以后干点儿啥？"周晓燕声音很轻地说："学车，开出租。"苏敬钢又给自己倒了一盅，一口喝下，说："女人干这个太辛苦，也不安全。"周晓燕苦笑："那我还能干啥？去夜市摆地摊儿，还是去街边烤羊肉串儿？拉不下那个脸。"周晓燕拿过酒瓶要给自己倒酒，被苏敬钢拦住说："你病刚好，少喝点儿得了！"——"你管得着吗？"周晓燕脸上带着怒气，气哼哼地抢过酒瓶，倒了满满一盅，酒溢出在桌子上。苏敬钢不再阻拦，眼见周晓燕把自己灌得面红耳赤，轻声地说："有啥我能帮上忙的，你就跟我说。"周晓燕一盅接一盅地喝，没有看着苏敬钢说话："帮我？你管好自己跟你儿子就行了，帮我……"周晓燕眼眶还没红起来，泪瓣儿就噼里啪啦地掉在桌子上，跟酒混在了一起。她哭的时候仍然强压着声调："你帮我已经够多了，你帮我哥哭丧，我周晓燕感激你一辈子！"苏敬钢最见不得女人哭，忙安慰说："说这干啥，都是应该的。"——"我最喜欢的就是你讲义气，可我最恨的也是你太讲义气。"周晓燕的声音憋得太难受，鼻涕顺着唇边淌下来，"你啥时候能对自己讲义气？啥时候能对我讲义气？你自己想想，你讲的义气，都换回过啥好报？"

"你喝多了。"苏敬钢沉着嗓子说。

"少跟我装蒜！"周晓燕低吼着想要发泄，却仍然想着熟睡中的苏凉，她无声地哭着说，"我今天就想要你一句心里话！你他妈心里到底咋想的？！"

苏敬钢太了解周晓燕，面对她的激动，苏敬钢一如既往沉着地说："燕子，我就是这样一个人，如果命里注定要过这种日子，我没怨言，现在凉凉还太小，我啥都答应不了你，你也别在我身上耽误时间，等啥时候再遇见合适的……"——"我要你答应啥了？当年我追你那时候要你答应过啥吗？从来没有！反正我对你好，你也管不着，我过啥样儿日子也是我自己的事儿！"周晓燕更加激动，突然又回头望了一眼苏凉的房门，重新掐细了嗓子说，"我只要你答应我一件事——不许拦着我对你和凉凉好。"苏敬钢没有回应，也没有拒绝。周晓燕当他是默认，自顾自地说："以后我每个礼拜来给凉凉做顿饭吃，你跟着我学，等你把我的手艺都学会那天，你只要说一句烦了，我就再不来。"

周晓燕起身，摇摇晃晃地走了，苏敬钢走到门口要送，被周晓燕执意拒绝。苏敬钢回到客厅，把灯关了，担心门底缝儿漏光影响儿子睡觉，自己坐进黑暗中继续喝酒。可他和周晓燕不会知道，房间里的苏凉一直都没睡着，他们的对话，苏凉从头到尾都听得清清楚楚。

这些年来，苏敬钢跟周晓燕一样，觉得日子越过越孤单，越过越没劲。左娜走了，大昆和周国大不在人世了，冯劲绝交了，小厉害生意做大以后开始跟更高层次的人士一起混了，连苏敬钢以前的工友也陆续下岗离开了厂子，剩下他这个几乎已经被架空的销售科长。苏凉快四岁时，苏敬钢在生意场上经历过一连串的不如意后回到了第一机床厂。本来是苏敬钢主动提出停薪留职，那时就没打算会再回到厂里，碍于面子，他也没脸回去，是厂长主动请苏敬钢回去的。尽管厂子效益越来越不好，毕竟还是一份正式工作，苏敬钢一个人可以坐吃山空，但没法两手空空地把儿子带大。回到厂子的头几年，也不是没有再出去赚钱的机会——小厉害曾经在发达以后找过苏敬钢，想让他到自己公司里当副总经理。苏敬钢去见识了小厉害开的建筑公司，当时规模已经不小，小厉害也有越来越多的机会跟领导们一起吃饭，参与市区内的许多工程建设。苏敬钢曾参与过两次这样的饭局，可他实在适应不了在饭桌上陪酒陪笑、溜须拍马那一套，小厉害也拿他没办法，见他每次去都是摆臭脸，也就不敢再带他去了。苏敬钢最终拒绝了小厉害的好意，因为苏敬钢在心里坚信，帮兄弟打架可以，给兄弟打工不行，他也知道这是自己的狭隘，他也很明白，所有的人情都会在世故中变淡、变质，可他就是不愿意自己眼睁睁去目睹整个过程。自那以后，再有其他朋友邀请苏敬钢一起做生意，都被苏敬钢拒绝了，因为那时儿子苏凉已经长大，他在闲余时间里要带着苏凉奔波于各类补习班和兴趣班。

是苏敬钢自己选择了孤独又固执地活着，没有在所谓的黄金年龄里选择再去搏一把，他选择了儿子，苏凉。


一九九三年，清明节。苏敬钢跟冯劲去回龙岗墓园给大昆和周国大烧纸。

冯劲开车从回龙岗回到市区，把苏敬钢送到大西菜行。那时冯劲即将启程去深圳，老婆孩子已经提前到那边安家。苏敬钢提出再喝一顿酒，两人去了当年大昆他娘开的回民馆子。当年大昆入狱后，大昆娘为了替儿子偿还被大昆砍成重伤的二白的医药费，把苦心经营多年的饭馆出兑给了别人。苏敬钢看得出，冯劲在努力把自己灌醉，他一杯接一杯地喝白酒，眼圈里的红血丝不像是被辣出来的。苏敬钢放下酒杯说："有啥话你就直说。"——"三儿，"冯劲犹豫片刻，强憋住眼泪说，"我对不起大昆！我对不起你！"苏敬钢听着，并没有很惊讶地说："我早知道是你借钱给他，你他妈明知道他拿钱去吸粉儿，还瞒着我借他钱。但那条路说到底是他自己走的，怪不了别人。"

"我知道他拿钱去吸，我也不想借，可是我对不起他，我以为我是在帮他，我只想心里过得去，"冯劲猛摇着头说，"大昆要是没残废，他也不可能去寻死，是他妈我把他害死的！"——"你说啥呢？"苏敬钢脑子有些蒙，听不懂冯劲真正的意思。冯劲醉得上身开始摇晃，他提高了声音说："大昆被撞的前一天，是我去找杨丹谈的。"苏敬钢强忍着怒火质问："你帮那个拆迁队做事儿？"冯劲深深低下头说："那个拆迁队的人，知道我跟大昆是兄弟，特意找到我，让我去谈。开始我没同意，跟他们说大昆那脾气就是找天王老子也不好使，他们才支招儿说去找大昆媳妇，答应杨丹之后给她和大昆一笔补偿费。我觉得他们提的条件合理，就把这事儿跟杨丹说了，杨丹也同意了，我以为我也是为了大昆好，为他俩好——谁他妈知道她带着钱跑了！"苏敬钢猜到冯劲心里还有话憋着没说，追问他："他们答应给你啥好处？"——"真的没有！"冯劲委屈地说，"只是说好以后跟我合作，那时我正想单干……"

苏敬钢"砰"的一声猛拍桌子，他的大手在薄木桌面上剧烈地抖动："撞大昆的车是安排好的——对不对？"冯劲惊得抬起头，胆寒地凝视着苏敬钢的双眼，那双眼像一对烧红的炭，蒸发掉了他极力掩饰的心虚，他的声音憋得走了调儿：

"我真他妈不知道他们对大昆下手啊！我要是知道……"

下午三点，小饭馆只剩下两个人。

"谁？"

"小尾巴。"

苏敬钢高大的身躯站在冯劲面前，一巴掌扇过来，坐在塑料凳子上的冯劲被一股天大的力气晃倒在地，他泣不成声："三儿，过去的就过去吧！咱不可能再跟小尾巴拼命，咱现在斗不过他！"——"没有'咱'！今后你是你，我是我！我去！"苏敬钢红着眼，回头望了望地上的冯劲最后一眼。

"你想想凉凉！"冯劲喊着，"你要是出啥事儿，你儿子可咋办？！"

苏敬钢只站定了一下，头也不回地走出饭馆。

# 第二十二章

三年，一眨眼。苏凉终于回到这座城，回到自己的家。

二〇一〇年的五月。当他踏进家门，时间仿佛倒退回儿时，记忆中的一切从未改变。如今，在苏凉眼里，周晓燕也成为了这个家里不可替代的记忆——他发现父亲和周晓燕都衰老了，仿佛就是在他开门关门的一瞬间老的。周晓燕的神情里从早到晚刻着深深的忧伤，暗淡的黑眼圈里是终日泛红的眼白。这些年来，苏凉第一次为她感到心酸。周晓燕悄悄告诉苏凉："郭医生说，还可以再做一次手术，能挺过化疗，也不是完全没希望。可是他坚决不手术，他的脾气，你也知道，我是真没有办法了。""如果不做手术，是什么结果？"苏凉平静地问。"你爸就剩最后三个月，"周晓燕眼睛湿润，"凉凉，燕子姨求求你，你帮我劝劝你爸……"苏凉意识到，自己还是个软弱无能的孩子，无论是面对父亲，还是面对命运——然而，唯独苏敬钢自己比任何人都坦然。自从苏凉回家，苏敬钢笑得越来越多，短短几天多过他半辈子眉开眼笑的次数。

一年前的春天，苏敬钢信佛了。

彼时，圈儿楼旧址上已经拔地而起一家大型超市，一楼出租屋中的一间，是老王道士的酿名斋。某日，苏敬钢去超市买菜，顺道找王大爷唠唠嗑儿。王大爷已经老得不成样子，满头白发，瘦骨嶙峋，但他的精神头依然饱满。苏敬钢在狭小的屋子里坐下，把菜搁在脚下，环顾一周，感慨说："王大爷你也算老来享福，到底混上个舒服的地方。"王大爷撑开折扇，扇着说："舒服不了几天，我快死了。"苏敬钢笑着说："我都听你说了好几年要死，结果大西菜行现在就数你最高寿。"王大爷也笑起来，轻晃着头说："这回是真要死了。"在王大爷嘴中，"死"这个字好像是时间的另一种存在形式，自然而生动。苏敬钢不禁回想起三十年前，这老王头儿刚刚披上一身道袍蜷缩在街角的江湖骗子形象，后来随着时代发展，老王头儿也紧追社会需求，脱下道袍，换上白衬衫和藏蓝色西裤，戴老花镜摇折扇的样子俨然一位老学究。而老王头儿在这三十年里也确实饱读诗书，说话越来越有道理，玄机更是越来越深，只是在老花镜背后的那双眼睛浑浊了。

苏敬钢侧头看见身旁一尊菩萨像，颇为惊讶地说："王大爷，你不一直都是道家传人嘛，啥时候又开始信佛了？"王大爷眯着眼睛说："信啥都一样，不要有分别心，也不要太执着。"苏敬钢笑着调侃："那你这信仰也太不坚定。"王大爷语气不温不火地说："以前我觉着道家玄机深，卜事准，能帮我把命看清，我就学道家，接触佛教以后，我又觉着佛经中的奥义更深，教我把命看透，我又开始学佛。我这一辈子算是捡了便宜，信谁谁都帮我，现在两样都信，两家都帮我，挺好。"苏敬钢打趣说："敢情你这是两手抓，两手都要硬啊。"——"三儿，"王大爷貌似心不在焉地问，"你信点儿啥？"苏敬钢开玩笑说："这些年，我不是一直信你嘛！"王大爷收起折扇，摆手说："别信我，我那都是唬人的，混口饭吃。"苏敬钢心中有些疑惑，王大爷以往不会这样说话，忍不住追问："那你看我该信点儿啥？"王大爷拉开抽屉，取出两本薄册子，一本《地藏经》，一本《楞严经》，幽幽地说："既然你跟佛有缘，就跟你结个缘，有时间好好看，看透了就啥都透了，死也不怕了。"王大爷的最后一句话更像是在对他自己说，他再次闭上眼睛，靠在摇椅上气定神闲地说："我是真的快死了。"

老王道士、老王头儿、王大爷、王保礼，在对苏敬钢说过这句话的半个月后，安详地离世了。


苏敬钢在家里的阳台上种了许多花，每天早起后第一件事是对着花草诵经。他本身读字就慢，大半辈子也没看过几本完整的书，何况佛经里生僻字又多，他诵经的速度极慢。这期间，周晓燕会把早饭做好，端到客厅桌上，等苏敬钢诵完经把花草侍奉一遍，两人才一起吃早饭。饭后，苏敬钢会跟周晓燕一起去浑河边散步，去早市里看看花鸟鱼虫，买几样新鲜蔬菜回家。通常苏敬钢睡完午觉醒来，周晓燕已经出门去拉活儿了，但是她只开下午到晚饭前的四个小时，再把车交给夜班司机。晚饭两人会少喝两口，睡前读几页佛经，困了就睡。这样的日子维持了半年多。

　　苏敬钢自信佛后开始斋戒，周晓燕也跟着一起吃素，直到苏凉回来，周晓燕做的菜里才开始见肉。苏凉心里有说不出的歉疚，他没什么胃口，面对周晓燕做的一桌子丰盛菜肴，只吃了两口就撂下筷子，隔着桌子问苏敬钢："你不做手术是愁钱吗？钱我能出去赚，不够还能借，实在不行就把这房子卖了，有什么能比命重要？"苏敬钢默默地给苏凉和周晓燕夹菜，沉稳地说："我只想平平静静地过最后这几个月，手术没意义，万一我死在手术台上呢？我不想死前最后一眼见到的是帮陌生人……"周晓燕听得落下泪来，埋怨苏敬钢说不吉利的话，苏凉跟着眼圈儿泛红，只有苏敬钢笑盈盈的——半年里，苏敬钢瘦了很多，以前在他儿子眼中高大挺拔的脊背也不堪重负了。苏凉清楚，苏敬钢明明就是在故作轻松，他实在看不下去了，又匆匆吃过两口饭便回到了自己房间。

房门没有关，苏敬钢走进来，手里拎着一瓶酒。

"今晚咱们爷儿俩喝两口吧。"苏凉看着父亲跟自己说话时有些拘谨的模样，悲从中来，哭丧着脸说："我求你，别喝了。"苏敬钢坐到苏凉床边，取下挂在墙上的苏凉小时候学画的画板，平放在床上，摆好酒和两只酒杯，边倒酒边说："我这病跟喝酒也不挨着，再说你回来了我高兴，咱爷儿俩少喝点儿，唠唠心里话。"在苏凉的印象中，这还是父亲第一次这样跟自己说话，越想越心酸，泪水忍不住落下来。苏敬钢微笑着说："不哭，爸知道你心里也难受，爸也舍不得你。爸跟你说几句心里话。来人世上走一回，爸该看的也看了，该懂的也懂了，再多活个三年五年也还是这些东西，长短其实没区别，爸没啥遗憾的，唯一不甘心的就是没看够你，一想到将来看不到你成家立业、娶妻生子，心里才是最难受的……"苏敬钢也哽咽起来，仰脖喝下一口酒说，"爸别的啥都不怕，真的，爸这辈子就没怕过啥，爸连死都不怕……"

这是苏凉人生中第一次见到父亲落泪，父亲苏敬钢在他的眼中一向是铁打的爷们儿，他从小到大甚至一度怀疑苏敬钢根本就是个不会笑更不会哭的人。

苏敬钢手抚着军绿色的画板，陷入无尽的追忆，温柔地说："还记得小时候爸爸带你去学画吗？"苏凉毫不犹豫地说：

"记得，小学二年级开始学，画班还是我妈报的名，她走了以后，就是你带我去……"苏敬钢有些得意地说："你小时候画得可好了，到现在我还留着你那时候画的素描呢。"苏凉叹了口气，说："可惜我没长性，学了几天就放弃……"——"不怪你，"苏敬钢说，"老师都说你有天赋，要是你画画没天赋，现在也不会照相照这么好。我知道那时候你妈刚走，你心里难受，有抵触情绪，你自己不愿意学，我就没再逼你。"苏凉听到父亲坚持在夸自己，竟然感觉别扭得很，自己从小被父亲夸的次数屈指可数。苏凉顺着父亲的回忆继续说："后来你还想把我培养成钢琴家，也失败了，这个确实怪你——我五音不全随你。"苏敬钢跟儿子碰杯，浅笑着："没随你妈。"

苏凉抬头看见门框上深深的钉子孔，回想起小时候被父亲逼着学"撞羊头"的一幕就觉着好笑。苏敬钢有些话想说，欲言又止，收拾了床上的酒杯跟画板，对苏凉说："咱爷儿俩过两天再聊，睡吧。"

翌日上午，苏凉出门跑步，刚跑出小区院门不到五百米，只见一辆白色面包车横拦在面前，车门猛地被拉开，跳下来两个中年壮汉，左右一架把他扔上车。

苏凉被推下车后，又被塞进了一间饭店的包间。面前一张偌大的圆台，台后坐着两个男人，左边的穿西装，右边的是光头，他们身后还有两个壮汉。苏凉被绑他来的两个壮汉摁到椅子上，他痴痴地看着周围，双腿剧烈地打战，肩膀不停地在抖——他从未如此地怕过。

"小伙子，你是叫苏凉吗？"西装男人的语气不温不火。

苏凉想要说话，可是他张开嘴却发不出声，他不知道该怎么回答这个最简单的问题。"问你话呢！"身后一个壮汉用膝盖顶了一下苏凉的椅背，惊得他一哆嗦，险些从凳子上滑下去。"别吓唬孩子。"西装男人训了壮汉一句，又看着苏凉说，"苏敬钢是你爸吧？"苏凉脖子僵直地点了点头。男人掏出手机摆在台面上说："给你爸打电话，高登大饭店，三〇二包间，让他现在过来。"苏凉没勇气碰那手机，旁边的光头拿起手机说："还是我打吧。"

半个小时过去。

当苏敬钢走进包房，苏凉呜咽着长唤了一声："爸——"

苏敬钢静静地走进来，眼睛看着苏凉，声音并不大地说："没事儿，爸在呢。"

"老三，坐吧。"

光头，是八幺子。

苏敬钢听着刺耳，多年过去，八幺子对自己的称谓不是"三哥"，而是"老三"。一个壮汉上前对他搜身，从腰间摸到裤脚，确认没带家伙才落座。

台面上摆着几道华而不实的菜，菜与菜之间相距很远。八么子探前身子拿过一瓶啤酒，倒进一个空杯，放在圆台的玻璃转盘上，转到苏敬钢面前，对他说："老三，这么请你出来实在是没招儿，你别往心里去。我今天就是当个和事佬，把你和郭总约在一起好好唠唠，有啥问题咱一起想招儿解决，毕竟咱打小儿都是朋友，有啥不能商量的？"苏敬钢没有碰酒杯，坐着不动说："先让我儿子走。"

"你儿子还真走不了，这事儿必须你们父子俩一起解决，"西装男人终于说话，"要不然我也不可能找你来，老三。"

苏敬钢再定睛看——小尾巴的辫子不在了，梳着分头，人也胖了，笑起来有红晕从脸上的皱纹下浮出。

"小尾巴，你今天要是来找我报仇的，我一句废话没有，反正我也是活不了几天的人了，但你要是非牵扯上我儿子，我死了也拉你当垫背的。"苏敬钢激动得咳嗽了两下，他的脸色暗黄，透着些许黑紫，看上去很虚弱。

小尾巴歪着头，不怀好意地端详着苏敬钢说："老三，这么说话就是你不讲理了，不是我欺负你们爷儿俩，要说把你儿子牵扯进来的也不是我，你得去问问你兄弟冯劲，我那批货是折在谁手里的。"苏敬钢恍然大悟，残破的记忆在他的脑海里翻滚，一直深入下去搅乱他的五脏六腑，他有些反胃。

小尾巴点燃一根烟，猛吸一口，整个人罩在烟雾中，继续说："冯劲加上你儿子害我损失一百五十多万。冯劲跑路了，我逮不着他，他儿子坐牢，我找了也没用，更何况我是讲理的人，提货单上写的是你儿子的名字，我就得找你儿子，结果你儿子也躲起来了，前两年我可没少费工夫找他。"小尾巴一副有苦说不出的表情："但我找过你麻烦吗？我没有。因为我讲理。我得拿着人再说话，够意思了吧？今天总算你们爷儿俩都在，咱就把这事儿唠明白，你看怎么解决？"

"跟我没关系，法院都判了！"苏凉坐在一旁鼓起勇气说。

"这孩子说话怎么跟你爸一样不讲理呢！"小尾巴把烟碾灭在烟灰缸里，"法院要是能解决这事儿，我还找你们爷儿俩来干啥？法院是法院，我是我，我不管法院怎么判的，但是欠债就得还钱，杀人就得偿命，有没有法院都是这么个理儿，你跟冯劲把我的货弄丢了，我就得找你俩要钱，冯劲跑了，没办法，这事儿就得你和你爸一起扛——你们说吧，怎么还这个钱？"

八幺子插嘴对苏敬钢说："郭总说的话都在理，两边不都是朋友嘛，我才来当这个中间人，有啥事儿大家可以一起商量。老三，我们知道你这些年混得不咋地，拿不出这么多钱，但郭总有诚意，可以让你们父子俩分批还钱，数还可以商量，我这点儿面子也值几个钱，我就算帮你跟郭总求过情了，一百二十万，你看行不行？行的话咱就现在打个欠条，五年内还清。"

"老三，我也听说你病得挺重，趁你人还在，趁我还愿意跟你坐下来谈，"小尾巴说，"赶紧帮你儿子做好主，走了也能安心，你现在是可以逞能，但是你想过没有？等你人没了，你儿子咋办？债还得一样还，而且一分不能少。"

苏敬钢拿起面前酒杯，喝了一口酒。

苏敬钢，你已经是将死之人，尊严和骨气对你已经毫无价值，你不能把它们带进棺材，但舍弃它们却可以救你的儿子，让他免受屈辱的折磨。苏敬钢在心里对自己说——这是一桩只赚不赔的好买卖。

"能放过我儿子吗？"苏敬钢看着小尾巴，"我不可能让他这辈子都在还钱。"小尾巴扬起眉问："放过？啥意思？好像现在是我勒索你们爷儿俩似的。"苏敬钢说："我知道你不差这点儿钱，别让我儿子还了。"小尾巴抽了一口烟，说："你得给我个理由。"

苏敬钢说："算我求你。"

"啥？"小尾巴偏过头，"我没听清，你再说一遍？"

"算我求你。"苏敬钢一字一顿着说。

"老三，你说谁能想到，你也有求我的一天？"小尾巴长舒一口气，心满意足，又点燃一根烟，回忆着说，"老三，我比你大两岁，按理说你应该叫我一声哥。算一算，咱俩认识也有三十多年了，可不算短。年轻那时候我就瞧得起你，本来咱俩可以做兄弟的，可你就是他妈太嚣张，太不识相。就我这条腿，人家都叫我郭瘸子，还不是拜你所赐吗？这件事儿我后来有再找你算账吗？你别以为是因为一直有周国大护着你，我才不敢动你的，因为我不是小心眼儿的人，冤冤相报何时了？当年我答应了两清，就是两清，君子一言，驷马难追……"

"你对大昆不就是报复吗？"苏敬钢打断小尾巴，他想骂娘，可还是忍住。

"怪你那兄弟比你还不识相。"小尾巴一副怒其不争的表情，"当年我真没想过废他，就是想吓唬吓唬他，可是这种事儿谁都说不准，遭了就遭了——苏老三，你知道为啥你和你兄弟混得都不如我吗？知道我比你们强在哪儿吗？我识相！在社会上混，你必须识相，就是要知道啥时候该逞能，啥时候该服软，光知道逞能从来不会服软，就算是龙是虎，也早晚被抽筋扒皮！"

"你们啊——"小尾巴戳着自己的太阳穴，拧着唇角说，"死在没脑子！"

八幺子在一旁附和说："过去的恩怨都过去了，郭哥是大度的人，老三不是不懂道理，他这不就学会服软了，这不是在跟郭哥求情呢嘛！"小尾巴像模像样地问苏敬钢："你这是在跟我求情吗？"苏敬钢说："是。"——"这钱——"小尾巴犹疑片刻，掸掸烟灰说，"看在你我多年交情，我就当一回冤大头！不过，你得先给我个交代啊，否则传出去让人知道我被弄丢了货，还忍气吞声咽下来，往后我还咋混？对手底下人也交代不过去，是这个理儿不？"

"你说话算话？"苏敬钢干脆地问。

"当场立字据。"小尾巴信誓旦旦。

"你要啥交代？"

"先给我跪下。"

苏敬钢从椅子上缓缓起身，迟疑片刻后，双膝开始颤动。

"爸——"苏凉也从椅子上起身，哭号着。

"苏敬钢！你他妈给我站直了！"

包间门被推开，周晓燕三两步冲到苏敬钢身边，伸手撑起他屈膝向下的身子。苏敬钢一下子回过神儿来，惊讶地说："你来干啥？"——"给我站好！"周晓燕猛一使劲儿，拉直了苏敬钢的腰跟背，"你他妈给我清醒点儿！"

"燕子姨！"苏凉哽咽地唤着，他从未见过如此凶神恶煞的周晓燕。周晓燕见到呆立在一旁的苏凉，眼圈儿微微泛红，一改对苏敬钢的大吼大叫，语气温柔地安慰苏凉说："凉凉不怕，有燕子姨呢！"

"燕子，"八幺子佯装淡定地说，"老爷们儿之间的事儿，女人别掺和。"——"八幺子，你他妈的算老爷们儿吗？！"周晓燕破口大骂，"你他妈还不如一条好狗！你当年差点儿就去要饭那时候，三儿是咋帮你的？我哥是咋对你的？！你他妈就是没良心的狼崽子！"——"周晓燕！我看你是女人，不跟你一般见识！你哥人都没了，别老把他搬出来吓唬人。周大哥是好人，对我也不薄，我心里念着。但旧交情跟今天这事儿不挨着，生意是生意，钱是钱，我好心帮老三讲情，反倒被你骂个狗血喷头，我他妈冤不冤啊？！"八幺子敲桌子掩饰他的无地自容。周晓燕怒火继续烧："王八犊子！我哥要是还在，你们敢他妈这么仗势欺人？！敢不敢硬碰硬地拼一把？一个个人模狗样的，全他妈是屄逼！"

小尾巴终于说话："燕子，你骂够了没？骂够了咱就说事儿！你要是能替老三出一百二十万，我随便你骂——你能吗？"周晓燕大骂："小尾巴，亏你也是出来混的！你为啥非得要老三跪？不就是因为当年老三撅了你的棍儿，不服吗？你他妈这叫乘人之危，你还配立棍儿？！"——"闭嘴！"苏敬钢喝止周晓燕，转而对小尾巴说，"你现在立字据，我儿子不欠你一分钱，我现在就跪！"

"好！"小尾巴跟身后壮汉要过纸笔，随手划拉两行，指着苏敬钢喊，"跪下！"

苏敬钢甩开被周晓燕钳住的胳膊，单膝着地，另一条腿也在慢慢地向下弯着，高大的身躯坠向地面……

"我操你个妈——"

只见周晓燕在眨眼间冲到小尾巴跟前，没等四个壮汉来得及阻拦，一把短枪已然从她腰间拔出，顶在小尾巴的太阳穴上——"我崩了你！"周晓燕嘶吼着。她手中的枪，正是苏敬钢当年造的那把，还有一颗钢砂残留其中。周晓燕用枪管戳着小尾巴的头，大喊："谁他妈敢上前？！"小尾巴摆手示意壮汉退下，斜眼看着周晓燕和她手中那把他熟悉的短枪，想不到时隔多年，自己久经大场面后，还是犯在这把土枪手里。

周晓燕一只手摁在小尾巴立好的字据上，另一只手上的枪始终抵在小尾巴的太阳穴上，恶狠狠地说："签字！"小尾巴不动，周晓燕把枪抵得更死，重复道："叫你签字！你知道我敢玩儿命！"

"燕子！"苏敬钢起身叫着。

"闭嘴！"周晓燕回敬他道。

"为这爷儿俩跟我拼命，"小尾巴镇定地恐吓周晓燕说，"你不替自己想想？"

周晓燕瞪着小尾巴的眼睛说："我他妈早豁出去了！"

小尾巴被逼签好字据，被周晓燕夺过来揣进口袋。小尾巴摇着头说："我可真替你不值！"——"少他妈废话！"周晓燕紧紧攥着枪，命令小尾巴，"叫他们都起开！"小尾巴笑而不语。周晓燕冷不防抓起桌上的钢笔，笔尖紧紧顶在小尾巴喉咙，血从小尾巴脖子上渗出。"动真格的也行！"周晓燕手中一使劲儿，尖刺被转得更深，疼得小尾巴龇牙咧嘴。周晓燕朝苏敬钢喊："你带凉凉先走！"苏敬钢立在原地不动，苏凉冲过来拉住父亲说："爸！你走！"周晓燕举枪对着小尾巴的头向后退着，嘴里喊着："都走！我看谁敢跟来！"

三人拼死命回到家，苏敬钢让周晓燕带苏凉赶快离开。苏凉惊魂未定地说："报警吧！"苏敬钢说："报警有用，他们也不能那么嚣张。你跟着燕子先去别的地方待一段时间，你们互相照顾好，我知道就放心了。等我想办法解决，否则就算我死了也不踏实。"周晓燕和苏凉被苏敬钢强行送下了楼，正当他们手里提着行李还没走出院门时，早上绑走苏凉的面包车急速拦在他们面前，车门"哐当"一声被拉开，四个壮汉冲下来，人手一把片刀。

苏敬钢看见了，小尾巴就坐在副驾驶里面。

"他们这不是要钱，是想要你命。"周晓燕才看破。

话音未落，苏敬钢一把推开周晓燕和苏凉，冲出门去，从腰间拔出短枪——它被遗忘在苏敬钢的床下三十年，身上的白银雕花生了一层氧化的黑斑，木制的枪托也已经发霉开裂——苏敬钢不知道它是否还能像三十年前一样血气方刚，他左手举枪，贸然朝前扣动扳机，"轰"的一声，钢砂喷散，冲在最前面的壮汉应声倒下，胸前黑糊一片。这把枪完成了它一生中最后的使命，枪身随着轰鸣声炸裂开来，碎烂的木屑深深嵌进苏敬钢的手掌中，他的左手血肉模糊。

"爸——"苏凉发疯似的冲向又一个壮汉，他含胸低头，箭一样把自己射出去，头狠狠地撞在壮汉的胸口——这是父亲教他的"撞羊头"。壮汉面露痛苦，却纹丝未动，抬脚把苏凉踢出老远。苏敬钢冲过去扑倒壮汉，扭打作一团。壮汉的力气大过苏敬钢，几次把苏敬钢压在身下，长长的片刀垂直砍下，苏敬钢用小臂挡，似乎已经感觉不到任何疼痛，两只废手合力扭断了壮汉握刀的手腕，夺过片刀，劈头盖脸一通乱砍。壮汉挨了几刀，飞也似的跳起躲开，苏敬钢双手撑着起身，又冲过去砍，他的头上是血，身上是血，手上也是血，他嘴里在大骂，他的眼睛在喷火——这是周晓燕眼中的拼命三郎，苏凉今生从未见识过的父亲。

一把弹簧刀干净利落地插进苏敬钢的左肺。

太阳已经斜斜地朝天边的云层后移动，猩红的火烧云映在半空。苏敬钢仍然直挺挺地立在原地，他不由自主地转过头朝周晓燕和苏凉回望，他们惊恐的眼神令他心酸，可是他哭不出来，也说不出话。他的耳朵里响起一种悦耳的声音，来自一个邈远的方向，那声音像是一个声线柔美的女人在对自己低语，他的身体软了下来，他的手撑住白色面包车的车门，血红的手印赫然成行。可是他突然两眼一瞪，突然一把拉开副驾驶的门，抬手举刀，朝小尾巴砍去，小尾巴猝不及防，第一刀就被砍中脖颈，头直接趴倒。苏敬钢紧接又是几刀，刀刀砍在小尾巴后脑。他挥舞着手中的刀时，短短的刀柄还插在自己的胸口，随着他一高一低的胳膊上下摆动着。两个壮汉回过神儿来，上前对苏敬钢狂砍，苏敬钢终于倒下了，刀从他的手中滑落，他的手掌还在无力地朝小尾巴倒在血泊中的头上敲击着……

救护车赶来时，小尾巴一帮已经开着面包车将小尾巴送往医院。苏敬钢躺在血泊中双目发直，周晓燕和苏凉双双跪在地上，用膝盖撑着苏敬钢不断下坠的头。

"只能跟一个人！"

周晓燕推着苏凉跳进了车，自己被遗留在她此生最熟悉的街头。

救护车里，三个急救员加上苏凉四人合力把苏敬钢抬到担架上。

救护车直奔陆军总院。苏凉坐在一旁握紧苏敬钢的手，泪流不止。他看着从苏敬钢肺里流出的紫红色的血一点点减少，眼皮也频繁地闭合。"爸！坚持住！"苏凉哭喊着催促司机再开快一点儿。

"堵车啊！没招儿！"司机头也不回地说。

苏凉突然打开救护车后门，不顾阻拦跳下车，眼前东西和南北两条交叉路口塞成死路，两个顶在一起的私家车主正站在十字路中央对骂。"我操你们妈！都给我让开！"苏凉像个疯子一样叫骂。"他妈的有你啥事儿？！"其中一个车主指着苏凉的鼻子回骂，气哼哼地绕过面前横七竖八的车辆朝他走过来。"快回来！"两个急救员跳下车，强行将丧失理智的苏凉又拉上车。

苏凉不知如何是好，他年轻的生命仿佛也随着父亲苏敬钢身体里不断流淌出的血滴一点点地在消逝。

"左拐！进青年公园！绕过去！"

"青年公园不允许进车！"

"我求你了！快他妈开！"

司机把救护车向左一转，开进了青年公园的大门。

苏凉的手心里感觉到，父亲的指尖微微动了一下。

"前面过去不了！"

苏凉跳下车去看，几根拦车柱就挡在眼前，死路一条。

"只能倒回去。"

苏凉的耳朵嗡嗡作响，他迷失在儿时最熟悉的地方。他的双脚踏在青草地上，身后的假山有涓涓细流从孔洞中涌出，山下的小池塘里有金色的鲤鱼在游。

救护车的车后门大敞着，落日的余晖斜射进去，温暖了苏敬钢的身体。苏凉看见，他的父亲苏敬钢微微抬起了头，拼命用眼底的一道残光向车门外望着，他的右手极其缓慢地抬起，攥成了拳头，"咚、咚、咚"连续而又沉闷地敲击在身旁的氧气瓶上。急救员想摁下苏敬钢的手，却怎么都摁不动。"等一下！"苏凉一个箭步蹿回车里，握紧苏敬钢的手，"爸？你是不是找我？有什么话说？"苏敬钢的大手在苏凉的手中轻轻摇晃着，仿佛用尽了最后的力气，他的头依旧微微地抬着，苏凉顺着他的目光看过去，苏敬钢盯住不放的，是那座假山。

苏敬钢露出了一个释然的笑。

那笑容，多年前苏凉曾在他的脸上见到过。那是在母亲离开家后的第三年，苏凉刚刚上初二。某日，他回家打开门，邓丽君的歌声萦绕在客厅里：

> 任时光匆匆流去
> 我只在乎你
> 心甘情愿感染你的气息
> 人生几何能够得到知己
> 失去生命的力量也不可惜

苏凉悄悄地脱了鞋，光着脚走进客厅。被夕阳映照成金色的客厅比平时宽敞出不少，尘埃静静地飘浮在光里。父亲苏敬钢仰面躺在老沙发里，双手垫在头下，闭着眼睛，悠然自得。他的身体太长，两只脚丫子延伸到了沙发外，随着节拍慢悠悠地晃动着。苏敬钢显然没有发觉儿子进门。苏凉蹑手蹑脚地走近一些，他不确定父亲是否睡着了，只见他的睫毛在微微地颤动，嘴角挂着罕见的笑容。苏凉站在原地，安静地欣赏父亲脸上舒适的表情，仔细地聆听老三洋录音机里传出的动人歌声——他终于辨出，歌声并非邓丽君，而是母亲的：

所以我求求你别让我离开你
除了你我不能感到一丝丝情意

"爸……"苏凉紧握起苏敬钢越跌越深的手，两只手之间隔着父子二人的血。

苏敬钢缓缓闭上了眼睛，头也渐渐沉下，躺进儿子的臂弯，脸上依旧挂着难以磨灭的笑容——浮现在他眼前的最后一幅画面是那座假山——他看到了自己，十八岁的自己，身穿一身笔挺的中山装，踏着洒满霞光的石板路，脚步轻盈地朝假山走去。假山下，一个十八岁的女孩回过头，脸上是温婉的笑。

# 第二十三章

苏敬钢去世后，苏凉断了与所有人的联系，除了周晓燕一人。出殡后没几天，苏凉进门时撞见周晓燕在收拾她的衣物，他劝周晓燕留下。"燕子姨，这房子就留给你住，我以后恐怕更少回来了，回来时有你在，这就还是家。"周晓燕含泪点头，站在客厅，对着苏敬钢的遗像哭着说："三儿，你放心吧，只要凉凉愿意，我会替你一直照顾他，直到我去找你的那天。"

警察在一个月内抓到了小尾巴的四名打手，法院认定苏敬钢属正当防卫，判小尾巴赔偿苏家六十七万元。彼时的小尾巴已成植物人，后脑做了多次手术，头骨靠钢板撑着，仍有一处骇人的凹陷。苏凉收到这笔钱时，手里沉甸甸的，这就是一条命的全部价值吗？苏凉总觉得有人或者神在暗地里的某处嘲笑着这一幕幕悲欢，令他脊背发凉。

苏凉的大伯和二伯，也就是苏敬钢的两个亲生哥哥，平日本来跟苏敬钢父子无任何来往，听说自己弟弟的命在死后换来了一大笔钱，先后跳出来向苏凉讨要，宣称从法律意义上他们跟苏凉具有平等的继承权，钱应该平分。当然，要求平分的财产还包括苏敬钢留下的房子。苏凉被逼无奈，把钱转到了用周晓燕名字开户的银行卡里，房产证上也改成了周晓燕。苏敬钢的两个哥哥含恨空手而归，因为苏凉亮出了父亲苏敬钢的遗嘱，内容只有一行字：

"本人身后财产全权交由儿子苏凉处置。"

下面是苏敬钢的签名和红手印。遗嘱是周晓燕在苏敬钢出殡后才拿出来交给苏凉的，她把遗嘱攥在手中看时，哽咽着对苏凉说："就这一行字，你爸他花了整个下午，浪费了半本稿纸才写成，他每次提笔刚一写完'遗嘱'俩字，就说自己字写得太难看，咋看都觉着丑，然后撕了重写，你爸说这是他第一次，也是最后一次写东西留给儿子，字要写得漂亮点儿。"

苏凉把赔款存进银行卡时，惊异地发现卡里居然多出了三十万。跟银行查询汇款人，十万来自深圳，二十万来自新加坡，都是匿名。

这些算是赎罪的钱吗？苏凉不认为任何人有罪，可愧疚是对每个人最残忍的折磨——如果这样做可以让他们心安理得一些，那么苏凉接受。他只是觉得有些荒诞，他跟父亲在一起二十几年，生活向来是捉襟见肘，可是当父亲离开人世后，他居然在一夜之间拥有了一百万。

苏凉心乱如麻，他翻开父亲留下的被翻到破损的电话簿，似乎就在半分钟内阅尽了一个男人的半生，曾经围绕在他身边的人，曾经发生在他身上的事。电话簿里某些页脚干净白皙，没有丝毫被翻看过的痕迹；而有些页则布满了浸着油光的黑黑的指纹，甚至早已凋零脱落。那一页被整齐地折叠起、夹在电话簿中间的纸上，打开来只有一个宅电，下面记着一个名字：姜兰。

苏凉知道姜兰是谁。在他十几岁时，曾无意间听说，姜兰是母亲左娜离开后跟老家唯一的联系，左娜除了定期给母亲张�儿寄钱，与这座城再无瓜葛。

十几年过去，苏凉还是找到了姜兰家。

家中只剩下一双老人，他们是姜兰的父母。老头子前两年刚中风，半边身子仍不自如，说话也不利索，但意识清醒。老太太正相反，身子骨硬实，脑袋糊涂。老太太得知苏凉来意后，竟很热情地说："小娜跟老三的孩子嘛！我记得！过得真快啊，连你都长这么大了，当年就数你在院子里最淘，就没见你走过路，从来都是一阵风似的从东跑到西，过马路不看红绿灯，有一次要不是你姥姥把你从车轱辘底下拽回来，现在哪儿还有你！她为那个家可是操碎了心，可到老也没捞着一个好，闺女走了，儿子不孝——哎呀——"老太太长叹一口浊气，伤感中带着忿忿不平："我真是可怜她啊！"

"奶奶，"苏凉坐在老沙发里，小心翼翼地问，"姜兰阿姨去哪儿了？"

"她？"老太太的口气冷若冰霜，"跟你妈一样！远走高飞了！"

"去了哪里？"苏凉问。

"跟你妈一样！"老太太还是不变的口气，"新加坡。"

"我妈真的在新加坡？"苏凉前倾着身子追问。

"你妈早些年回来过两次，"老太太缓下语气，"兰子那时候还没走呢，她们见过面，你妈想见你，好像是你爸拦着不让——换成是我也不会让！说走就走，结婚生孩子当成脱裤子放屁的事儿？恨死人！你妈回到自己家，还挨你姥姥骂——确实该骂！小时候那么乖、那么懂事的一个孩子，咋能说走就狠下心走呢？光是往家里寄钱有啥用？每年寄回来一次钱，因为你爸不要，让你姥姥帮攒着，等你结婚娶媳妇那天一起给你——哪承想还没等到你娶媳妇呢，你姥姥就傻了，钱都被你舅舅给骗去了，连人也给撵出家门了……这个畜生啊！"

苏凉无言以对，这些故事说起来太长，也许用余生来听都未必够用。老太太越说也糊涂，越说越不挨着，苏凉便作罢。

他把买来的两袋子水果挪了挪位置，让开了房门，踏出门前，老太太反过来问："老三呢？你爸后来又找人没？"

"我爸没了，"苏凉平静地说，"今年春天的事儿。"

老太太沉默片刻，只悠悠地说："傻孩子。"

透过浑浊的眼神，苏凉不确定老太太是在说他，还是他父亲。


不久后，苏凉带着一点儿钱远行了。

可他不知道自己究竟想要去哪儿，一路沿海南下，半月到达广州。路上他不由得联想，当年母亲左娜南下演出时，是否也跟自己走的同一条路线？

途经杭州，苏凉去了灵隐寺，在寺门外结识了一位老居士。老居士是扬州人，带发修行三十余载，后来搬到杭州住，每天都到灵隐寺门外打坐、诵经，为往来的善男信女们开示，不收分文。他让苏凉想起了大西菜行的老王道士，不同的是，老王道士收钱，最后全都捐了。他听父亲讲过，他的名字，是用一只鸡跟一条鱼从老王道士那儿买的——这一路上，苏凉总是东一篦子西一扫帚地忆起这些往事，其实还是在回忆着给他讲述这些往事的父亲。苏凉打算启程去下一站时，老居士问苏凉要不要跟他一起去普陀山。

苏凉在普陀山上住了一个月。

一个月后，苏凉准备离开前，他经过方丈允许，把父亲苏敬钢的骨灰撒在了大雄宝殿前的大香炉里。骨灰跟香灰混在一起，瞬间不见。老居士对苏凉说："你替你父亲积下极大的功德，来生他能在佛祖脚下侍奉三宝，可是多少人往生后的奢望。你父亲信佛不久，身后竟有此福报，看来他命中是与佛交下了天大的善缘，真让人羡慕啊。"

临别前，老居士赠予他一本口袋装的《金刚经》。苏凉就这样信佛了。

苏凉将《金刚经》随身揣在口袋里，继续南下，每日早晚读诵，一路从广东又向西拐到广西，等到了一个叫北海的地方时，《金刚经》他几乎会背了。某晚，当他躺在一家小旅馆的床上，彻夜难眠，他问自己——罪孽有轻了一点儿吗？痛苦有少了一点儿吗？一个人是否在任何时间、任何地点都可以被佛祖拯救？他想，佛祖太辛苦了，要管天下人，天下事。想着想着，他就睡着了。直到次年三月，当他途经北京，正准备返回老家之际，在火车站看到日本福岛大地震的新闻时，脑子里竟然先冒出了一个新的问题：假如全天下的事，佛祖都要管，那这天下，婆娑世界，有没有范围呢？日本也在内吗？假如此刻在南极有人诵经，佛祖也会听得到吗？"阿弥陀佛。"——苏凉抬头看着大屏幕里的新闻，在心中默念。

二〇一一年三月十一日。东京时间十一时四十六分。日本福岛发生里氏八点九级大地震。

　　地震发生时，方夏正在东京地铁中央线上的一节车厢里。地铁在紧急刹车后持续剧烈地摇晃了足有几分钟，车厢里的光源和空调全部被切断。方夏感到从未有过的恐惧，她本能地掏出手机，信号全无。

　　足足等了半个小时，地铁车厢的车门才重新打开，方夏随着人流涌出地铁站，步行朝宿舍的方向走。一路上，她感到地面和大楼在不停晃动，看到路灯和广告牌倒塌，街上排满了人。方夏步行了五个小时回到宿舍，学生们都在楼下有序地站好，分发着水和饼干。学校的广播里正在报道地震的最新情况，地震引起的海啸在沿海地区冲毁了无数房屋建筑，上万人失踪。

　　方夏的父母刚在一个月前回到北京的舅舅家，她跟其他同学一直在宿舍楼下等到天黑，等到余震退却，手机有了信号，她急忙给母亲打了一个电话报平安。方母在电话那头急得哭出来，敦促方夏立刻买票飞回来，去找徐大疆陪她一起。方夏给徐大疆打了两个电话，通了但没人接。过了几分钟，徐大疆打回来。

　　"你在哪儿呢？"徐大疆焦急地问。

　　"回到宿舍了，"方夏说，"你在哪儿呢？"

"我在……"徐大疆顿了一下说，"机场。"

方夏的心寒得彻底，整个身体像被封住。

"我是想等你一起走的，"徐大疆忙解释，"可我妈没经我同意就买了机票，再晚就来不及了，现在日本出境的机票价格飙升，对不起！你等我回到国内一下飞机就帮你订票！你先照顾好自己啊……"

"不必了，"方夏冷冷地说，"千万别让你妈妈担心，乖乖去英国，恕不奉陪。"


二〇一一年三月十五日。大地震四天后。

苏凉乘坐的航班抵达东京成田机场。

与此同时，方夏跟林伊敏坐在从东京返回北京的航班上，静待起飞。一年前，两个女孩重修于好。林伊敏忘记了苏凉，交了一个稳定的男朋友，主动找到方夏寻求原谅。对于曾经的荒唐，两个女孩子一笑了之。

飞机就快起飞，林伊敏的手机突然响起，是一个陌生号码。林伊敏接起电话，电话那头的声音令她无比惊诧。她抖着手把手机递给方夏，望着方夏不解的眼神说："是苏凉。"

"你在东京？！"

"给你打了两天电话都不接，你人在哪儿？"

"我在飞机上，你在哪儿呢？

"就在机场。"

"你跑来干什么?!"

"接你回去。"

电话里安静了几秒钟,响起方夏的哽咽声。

"我答应过你,无论在哪里,只要你需要我,我都会跑过来接你回去。"

"你有病啊!你这算什么?!"

"兑现承诺,求个心安。"

"你待在原地别动,我下飞机!"

林伊敏摁住方夏说:"别瞎闹了,怎么可能让你下去?"——"那也不能把他一个人丢在这儿啊!"方夏急得哭了出来,"要走也是跟他一起走。"林伊敏握起方夏的手说:"我能理解你的心情,可现在不是任性的时候,大家都安全才是最重要的,现在你老实跟我回去,让苏凉留在机场哪儿也别去,马上订明天回国的机票,你们约好回去见,不差这一天半天啊。"方夏犹豫着,林伊敏替她拿电话,贴到方夏的耳边,点头鼓励着。

"我听到了,她说得对。你先跟她回去。"

"那你赶紧订明天的票,我在北京等你。"

"我知道你安全就够了,回国后不用找我。"

"你以为自己是谁?!想来就来,想走就走?!"

电话那头的苏凉一言不发。

方夏瞬间泪流满面，苏凉依旧是那个被丢下的孩子。

苏凉轻轻说了声"再见"，挂了电话。

飞机开始滑行。

"他不会有事，你不要太担心。"林伊敏宽慰说，"今天早上新闻里说，中国大使馆已经敦促航空公司加开日本回国内的航班了，说不准他现在已经买到明天的机票了——不过他也真是的，永远让人捉摸不透。"

方夏望着舷窗外，云越飘越远，她的目光也追随而去，自言自语般说："我好像从来都不认识他。"方夏拼命用手背抹着泪，不敢看林伊敏的眼睛。


苏凉再一次从方夏的生活中消失。

他买了更贵的机票从东京直接飞回这座城。他简单打点过行装，背上相机和三脚架，又一次上路。临行前，他跟周晓燕在家里吃了一顿饭，周晓燕的气色越来越好，每天也学着当年的苏敬钢一样烧香念佛。苏凉还去了一次回龙岗墓园，看望了半年前过世的姥姥。姥姥临走之前是无忧无虑的，她的老年痴呆症吞噬了她人生大部分记忆——除了自己带外孙长大那几年里的趣事，而且是全部细节，翻来覆去地跟人讲，每每讲到外孙三四岁时的调皮故事就乐得自己前仰后合。张婶儿，一个在嫁人后便丢掉了自己名字的老人，如愿以偿地在一场酣睡中停止了呼吸，外孙是她在这个世上记得的最后一个人。

　　苏凉不知道下一次回到这座城将会是何年何月。

　　这一次他没有漫无目的地走，而是沿着五年前第一次出远门的路线，坐火车到了云南，停留在大理古镇。苏凉在古镇的人民路上找了一家小旅馆，一住就是两个月。

　　旅馆有四个老板娘，都是中年女人，她们来到大理之前彼此并不认识。其中一个老板娘姓郑，住店的客人无论长幼都叫她郑姐。郑姐年纪不到四十，湖北人，五年前离了婚，孩子判给了前夫，她自己一个人跟朋友出门散心来到大理，从此再也没离开。郑姐每天早上睡到自然醒，起床后跟一些同样赖床的住客们一起吃早饭，然后靠在院子里的沙发上抽烟。她每天都穿不同的花裤子，无论走到哪里都只穿拖鞋，她的脚长得很美。苏凉问郑姐可不可以给她的脚拍张照片，令苏凉意想不到的是，郑姐甩掉拖鞋，直接把花裤子也脱下来，露出里面贴身的小短裤。当时院子里还有其他几位住客坐在一起乘凉，郑姐当着众人的面，在院子中央转了一圈儿，欢快地对苏凉说：“连腿也一起拍进去吧，我的腿长得也好看。”几位住客异口同声地赞扬起郑姐的一双美腿。郑姐得意洋洋地说：“去年有一个画画的说想画我的脚和腿，我直接把屁股也借给他画了！”住客们跟着郑姐一起没心没肺地笑，郑姐狐媚的眼神和肆无忌惮的笑声反倒让苏凉害起臊来。

"我喜欢这里。"苏凉抬头望着小院上空四方形的天。

"我第一次来的时候也跟你一样，"郑姐沉寂下来，点燃一支烟，说，"如果真想，就留下来，人跟水土也讲缘分。"

"那我就在这条街上再开一家旅馆，跟你抢生意。"苏凉打趣。

"我才不怕你哩！"郑姐飞着眼角，扭动着腰肢说，"就怕你待不长！多少人都试图在这里扎根儿，可是没两年都走了，不是生意赔本，就是忍受不了单调，第一眼的新鲜劲儿一过，就又怀念起大城市的热闹了，跟谈恋爱一样。我怕你待不了几天就会想家，想女朋友，到时落荒而逃。"郑姐笑着看苏凉。苏凉摇头说："放心，这些牵挂我都没有了。"郑姐挑了一下眉毛，轻快地说："那倒好，留下来陪姐姐解闷儿，又多一个聊天打牌的人！"

"开旅馆太操心，"苏凉又反驳自己说，"不如开家酒吧。"

"洋人街上遍地都是酒吧，再说酒吧成本高，没有经验容易赔钱，"郑姐好心劝解，"你还是干点儿别的吧。"

一个月后，苏凉在大理古镇开了一家咖啡馆，距离郑姐的旅馆不出一百米。开店的房子是一家出租的老旧民居，单层附加阁楼，租金每年七万五，苏凉一次性签了两年。装修费花了五万，卖咖啡也卖茶，苏凉既是老板也是店员，只雇了一个当地的小妹帮忙。

装修接近完毕时，装修师傅建议苏凉给后窗装一个防盗铁窗，因为古镇有段时间晚上常有小偷出没，专偷一些防盗不严的商户。防盗窗就是最简易的由横竖几条细钢筋焊成的铁网，直接罩在窗户外面，用射钉枪钉死四角。

晴天下午，苏凉一动不动地站在原地，顶着大太阳看几位工人装铁窗。工人以为苏凉是在监工，干得异常认真，其间没有扯一句闲话。但苏凉并非在监工，他甚至没有在看面前的防盗窗。

他看见的，是二十年前的另一架铁窗。

那时苏凉刚满四岁，夏日清晨，父亲苏敬钢带着他从花鸟鱼虫市场逛回来，刚刚进到自家小区院门，见十几位邻居正围在一楼某户的防盗窗前，热议着什么，人群中间是住在一楼的大姐，看上去心急如焚。苏敬钢牵着苏凉走上前询问，才知道当天是高考第一天，大姐把女儿送到考场才发现准考证落在了家中，急忙赶回家后竟意识到门钥匙被反锁在家中。邻居们要打电话叫开锁的人来，大姐说来不及了，马上要开考了。夏天，铝合金拉窗没有关，透过防盗窗，众人清楚看到一串钥匙就摆在茶几上。大姐急得号啕大哭，不停用双手狠狠抽自己的脸，拼命骂自己："为啥要装这防盗窗！我他妈当初脑子叫驴踢了！为啥就今天忘带钥匙！我他妈该死……"大姐上气不接下气，瘫坐在地，邻居们赶忙上前搀扶并安抚，却都苦于帮不上忙。苏敬钢独自走到防盗窗前，一只手攥住一根钢筋，摇了摇，朝屋内眺望一眼，回手拉过儿子，蹲下身子问："儿子，你愿不愿意当一次英雄？"小苏凉的眼里闪着兴奋的光，狠狠点头。

苏敬钢双手紧抓住两根相邻的钢筋，双臂猛一发力，肩头连脖颈的青筋暴起，只见两根钢筋被一点点掰弯，缝隙越来越宽。围观众人大惊失色，全都聚拢过来给苏敬钢加油打气，大姐也激动地从地上一跃而起，瞪大眼睛在旁傻看。苏敬钢咧开嘴大喝一声，缝隙被扯成一个狭长的洞。苏敬钢松开手，喘了口气，高举起小苏凉把他递到窄洞前："钻进去！"四岁的小苏凉比同龄的孩子瘦弱许多，单薄的身子轻而易举地钻过窄洞，头却被卡住，他再一使劲儿，疼得叫出来。苏敬钢连忙张开手，继续掰钢筋。两个男性邻居上前帮忙推小苏凉的屁股，嗖地一下，小苏凉像条小泥鳅滑进了洞里。"从窗子跳进去！"苏敬钢在身后指挥着。小苏凉跳进屋里，只听见阿姨在窗外跳着脚大叫："钥匙在茶几上！"小苏凉拿起钥匙，回到窗前，踮着脚朝窗外喊："是这个吗？"——"是！是！小祖宗快出来！"大姐喜极而泣。小苏凉个子矮小，够不到窗台，他在屋内转了一圈儿，搬来一把凳子，踩着凳子爬上了窗台。邻居们在窗外异口同声地赞叹："这孩子真聪明！"苏敬钢眉飞色舞地说："我的儿子还用说！"他两手架着小苏凉的两只胳膊在空中举着，父子俩对望着笑。大姐拿了准考证，含着泪说："你们爷儿俩就是我的救命恩人！"大姐话没说完，跨上车飞蹬而去。

苏凉目不转睛地看着眼前崭新的、在太阳下闪耀着银光的铁窗，仿佛回到了四岁的夏天，他仰起脖子仰望着父亲高大威猛的身躯、手臂上黝黑健硕的肌肉跟刚毅的脸。那一刻的父亲，是永恒的。

二〇一一年十一月十二日，云南大理。

小咖啡馆里，此刻，只有苏凉和方夏两个人。

窗外忽明忽暗，几片云从太阳面前徐徐飘过。

方夏偏过头望向窗外时，苏凉才敢偷看她的侧脸——五年过去，方夏的样子似乎一点儿都没变。

转眼快到中午，苏凉的肚子开始咕咕叫。他问方夏："还没吃饭吧？"方夏耍脾气似的说："不饿。"苏凉径自走回吧台后，用小电磁炉烧起热水，不一会儿便热气蒸腾。他从冰箱里取出小妹前一天擀好冻起来的一袋面条，下锅，将鸡蛋和切好的蔬菜倒入滚汤，又七七八八地加入各种调味料，顿时香味扑鼻。

窗外传来一声闷雷，两人埋头吃着。

"会下大雨吗？"方夏嘴里嚼着面问。

"这里的天经常这样，"苏凉递上一张纸巾，"下不起来。"方夏眼睛也不抬，只把嘴伸上前去，示意双手正忙着吃面，苏凉明白意思，张开纸巾帮方夏擦干净挂着油星和辣子的嘴角。那种自然而然，仿佛时间又倒回了五年前。苏凉见方夏面前的碗里晕开几朵涟漪，起初他以为那是方夏的汗珠，当他清楚地听到抽鼻子的声音时，才确信那是方夏的眼泪。

方夏深埋着头说："你有没有一种感觉，其实这几年从头到尾都是一场梦，什么都没有真的发生过。如果我现在抬起头来，我们就会回到相遇那天的病房，你躺在床上，腿上打着石膏，我坐在你面前吃面，我们其实一直被留在了高三的那一天，从来都没分开过。"苏凉放下手中筷子，不说话，只是呆呆地看着方夏，刹那间也会相信，面前这个女孩，或许真的有倒转时光的魔力。

"我带你出去转转吧。"苏凉说。

小妹从阁楼上下来时，苏凉嘱咐她看好店，有什么事情就给他打电话，随后带着方夏去古镇上闲逛。

十月过后，是一年中的淡季，古镇街上的游人稀稀拉拉，乌云散去，夕阳下降得很慢，极不情愿地磨蹭着退到苍山背后，映红洱海的水。两个人在街上走得很慢，方夏低着头，没有再主动跟苏凉说话。

夜幕降临时，两个人已经把整个大理古镇从里到外、来来回回地逛了个遍。终于两人都走累了，方夏停在洋人街上的一家酒吧门前。

"我想喝酒。"方夏兀自说着。


两人坐在苏凉第一次来这家酒吧时坐过的靠窗座位。

"我们还从来没有一起喝醉过吧？"方夏问道。苏凉默认。方夏重复："应该是从来没有一起喝过酒吧？"苏凉看出来她醉了，说："慢点儿，我陪你。"

"地震时去日本找我，你是怎么想的？"方夏问。

"买一张从东京转机去菲律宾的机票，只要转机时间超过十二小时，就可以在机场申请七十二小时入境签证。"苏凉如实回答，"不用提前申请日本签证。"

"我没问你怎么去的！"方夏有些激动，"我问你怎么想的！"

"地震之后你的电话都打不通，"苏凉缓缓地说，"怕你有事。"

"真有事，等你去接我也晚了。"方夏又拿起一杯酒，一口干掉。

苏凉不愿回答，沉默地喝酒。

"你这几年都干什么去了？"

"什么都没干。"

"你过得好吗？"

"为什么偏要找我呢？"苏凉的口吻不近人情，"我还会再走的。"

"你混蛋！"方夏哭得撕心裂肺，却被更吵闹的音乐声瞬间掩埋，只有下斜的嘴角被痛苦的表情扯开。她伸手硬扳过苏凉的脸，抽泣着说："你看着我！"苏凉始终侧着眼睛——"看着我！"方夏哭喊一声，临近的酒客们不由得看过来。

"你还记得你对我说过的那些话吗？"方夏执拗地绕回最初的话题，逼问似的说，"全都是骗我的，对吗？你说过，无论何时何地，只要当我需要你时，你就一定会跑过来找我。"方夏像是在演独角，单薄的身板被一束昏黄的灯光所笼罩，一字不差地重复起苏凉五年前许下的誓言："你还说，如果有一天我丢了，你会跑遍全世界把我找回来……苏凉，这些话难道全都是为了好听才说的吗？"

"不重要了。不是吗？"

酒吧门口一阵喧嚣，老板走进来，一个身穿机车夹克的壮汉频频跟酒醉的酒客们击掌，店里顿时热闹起来。唯独苏凉和方夏坐在窗边固执地对望，与狂欢的人们隔绝，老板却偏偏走过来主动跟他们打招呼，苏凉跟老板熟络，寒暄了几句。"老板，投影可以借我用一下吗？"方夏说话时眼睛紧盯着苏凉。

"自便！"老板热情有请。

方夏拿过自己的手袋，开始翻找东西，苏凉眼看方夏从包底拿出一摞用塑胶包好的光盘，抽出最上面的一张，起身走到吧台前，跟 DJ 简单说了两句，就把光盘插进连接墙上投影的电脑里。

酒吧里的音乐停止，刹那安静，紧接着开始有客人小声嘘嘘地说话，他们像等待电影开场一样用期待的目光聚焦在墙壁上的黑屏——对于苏凉，那几秒仿佛比几个世纪还漫长。黑屏亮起，出现了一个男孩稚嫩的脸，那是十九岁的苏凉。身后是当年跟方夏相遇的天桥，他单手举相机自拍，另一只手拿着报纸：

"今天是二〇〇六年十一月七号，天气晴。从今天开始，我要开始一个漫长的计划。我的腿也好得差不多了，昨天尝试了一下，跑起来基本不疼了。算一算，你已经去东京整半年了。我很想你。记得我现在站在这里对你说过的话吗？方夏，无论你在哪里，只要你需要我，我都会跑过去找你。如今我们分隔两地，这句话变成一句空话。我想要兑现承诺你的誓言，我想借时间和距离送你一个礼物。知道这座城跟东京之间的直线距离是多少吗？三千零九十六公里，来回就是六千一百九十二公里。从今天开始，我会每天跑五公里，如果一年里可以至少跑三百天，四年后刚好跑完全程，那时也是你毕业的时间，就当作是我跑着把你接回来吧。我会把我跑过的每一条街道都用你送我的小相机录下来，做一个见证，也当是你在身边陪着我。"

大屏幕上的画面开始上下左右地摇晃，带着所有人朝枯燥的前路奔跑，盯着看上半分钟就会头晕目眩，生理不适。酒客们纷纷撇回眼看着手握遥控器的奇怪女孩，又顺着她紧盯不放的目光看到坐在窗边的一语不发的男孩，很是疑惑。

方夏切掉了无休止奔跑的画面，又换了一张光盘：

"今天是二〇〇七年一月一号，小雪。新年快乐！新的一年，要更开心！一个人在国外照顾好自己，学习和打工也别太拼命，永远记住身体第一。就快过年了，可以倒数你回来的日子了。上一次视频你瘦了，过年回来一定要好好吃饭，不胖回来十斤不放你回去！有没有觉得？长大以后，一年比一年过得快，现在看来也是好事，这样就不会觉得分开的日子太难熬……这些话，当面我不好意思跟你说，可是对着相机我就说得出口，希望等你看到那天不要笑我。好了，不多说了，我要开始跑了，今天得放慢点儿速度，这两天都下薄薄的雪，落在地上结一层冰，昨天一不小心就把屁股摔青了！"

酒吧里的气氛有种说不出的奇怪，酒客们都默契地认真观看屏幕中的男孩每一天的喜怒哀乐，和他跑过的长得不可思议的路。方夏像一个电影放映员，尽职尽责，每到颠簸的跑步画面出现时就切换一张光盘，抽选随机，时间跳跃，一切都只凭她的手气：

"今天是二〇〇七年二月十四号，天气阴。今天早上跟你吵架是我不对。可是我听到你去参加学校的联谊舞会就是不开心，我信任你，也信任我们，我小心眼儿，你知道的，都是因为太在乎吧。"

"今天是二〇〇七年四月十五号，小雨。我很内疚。你又病了，可我却不能陪在你身边照顾你，有时我会觉得自己就是个虚伪的骗子，满口说着爱，却连最基本的呵护都做不到。我恨自己。恨异地恋。"

"今天是二〇〇七年六月八号，天气晴。我不知道你是不是还在生我气，为什么决定暑假不回家？我今天匆匆挂了电话是怕说多了又要吵架，不过现在我觉得，吵架也比冷战要好。一肚子话说不出来，算了吧，不说了。跑步去。"

随着方夏跳跃着播放光盘，大屏幕上男孩的脸也在一点点成熟起来：

"今天是二〇〇八年十二月二十四日，平安夜，天气晴。天气有些冷，我相信我们是真的分手了，可我不知道自己还在做这件事有什么意义。就快跑完全程的一半，我已经习惯了这个习惯，每天都有自己跟自己独处的机会，跟这个世界说说话，跟你说说话。也许，从今往后都只是自言自语了，但我宁愿相信你还能听见。还记得我曾经对你说过吗？跑起来的时候，我的腿就不属于我了，我也不是我了，我没救了。"

"今天是二〇〇九年十月十五日，你的生日。方夏，你在哪里？你还好吗？还有任何人和事情会令你真正在乎吗？我相信有，也一定有，祝你拥有一切的意义。生日快乐。"

"别放了！"窗边的苏凉大吼一声，面红耳赤，已经灌了自己太多的酒。

　　"苏凉，"方夏表情激动，声音哽咽，她紧紧地抓住麦克，"你为什么就不敢承认呢？我一个女孩子都可以舍下脸面来找你，可你的面子就那么重要吗？现在我就站在你面前，有话你为什么不敢说出来？！今天你要是不说出你的心里话，我这辈子都瞧不起你！"

　　"说爱她！说爱她！"酒客们举杯起哄，像在看世界杯——"我爱你！"有年轻男人主动代替苏凉冲着方夏喊话。

　　"有意思吗？！"苏凉大喊一声，方夏和酒客们都不再作声。

　　苏凉头也不回地走出酒吧大门，洋人街上灯火通明，热闹非凡。他疾步穿越四方街，拐进人民路上僻静的一段，心和肺才彻底缓过气来。他听到了身后一跑一颠的脚步声。他回过头，古城月光下，一个漂亮女孩哭花了脸上的妆，时间在此刻倒退回从前，年轻的孩子纯真如初。

　　"苏凉，我们不要再分开好吗？"方夏的头深埋在苏凉怀中。

　　"方夏，"从苏凉平静的语气里，方夏嗅到了怀中这副躯体内那股熟悉的寒意，"去东京找你之后，我还去过一个地方，新加坡。在那里我见到了我曾经的母亲，依旧很漂亮，但不再唱歌，嫁给了一个华侨。如今，她对我来说，只是一个普通的女人，一个真正属于自己的女人。我问了她藏在心里十几年的那个问题，她的答案是，不后悔。那一刻，我替她高兴，真心实意的高兴，你能懂吗？恨消失了，爱也就不存在了。我不恨任何人了，也不用再爱任何人。"

苏凉站在古镇昏暗的石路上说出的每一个字，方夏都听得清楚，却听不懂。她竟然有些害怕，怀中的这个男孩——如今是一个男人，好像一个陌生人，尽管他的脸和声音还是那样熟悉，可是他的心跟自己的心之间，有着一道深不见底的鸿沟。方夏害怕，可她还是犹疑地在他怀里点头。

"起码此刻，你是开心的，不是吗？"

苏凉也点点头："但我还是要走的。"

"我知道。"方夏闭上眼睛，轻声说，"凉凉，笑。"

苏凉面无表情，也合上了双眼，几乎快要睡着了。

# 不是尾声

苏凉的满月酒，苏敬钢办得比结婚时还要朴素。

红星大酒楼的小包房里，只有苏敬钢、左娜、冯劲、大昆，还有左娜怀中的小苏凉。

"你们俩结婚时我还在号子里，没凑上份子，今天我大侄子满月，红包我给双倍的！"

大昆把红包甩到桌子上，神气得很。苏敬钢喝得脸红，笑着说："你赚那几个钱不容易，就别嘚瑟了，跟我不用扯这些。"——"你他妈又瞧不起我是不？！"大昆愤愤不平地嚷着，"今天这钱你不收，以后就他妈别处了！"——"小点儿声！"左娜两只手捂起小苏凉的耳朵，白了大昆一眼，说，"别让我儿子从小就听你们骂脏话长大，将来要是学坏了，我跟你们没完！"

"当妈了就是不一样！"冯劲打趣道。

彼时的冯劲顺风顺水，在物资局的工作步入正轨，正盘算着自己下海做生意。他举杯提议干了杯中酒。"三儿，今天大侄子满月，我再送你们一份大礼！"冯劲神秘兮兮地说。

"你能有什么大礼？故弄玄虚！"左娜嘲笑冯劲，苏敬钢也跟着笑。

"瞧不起人是不是？我今天就让你们开开眼，当一回玉皇大帝和王母娘娘！"冯劲得意地朝包房的窗外一指，"看见没有？彩电塔的工程基本竣工，就差内部装修了，明年才能正式投入使用——不过——今天我就借职务之便，提前带你们上去逛一圈儿，过一把俯视苍生的瘾！"

冯劲带着他们坐上施工用的外置电梯，电梯一路上升时，透过铁丝网，可以看见外面的一切。

苏敬钢感觉自己真的在向云彩里飞，他的双腿开始剧烈地发抖，可他强装出镇定的样子，不想被左娜笑话——苏敬钢差点儿忘了，自己这辈子最怕的两样，除了左娜的眼泪，还恐高。

从电梯走进彩电塔顶层的转盘，苏敬钢终于不再怕了。

透过三百六十度开放式的水泥转盘，这座城尽收眼底。大昆无所畏惧，嚷着要走到转盘上面的护栏处看更高的风景，冯劲禁不住他的软磨硬泡，只好带大昆从步行梯又登一层。

观景台里，只剩下苏敬钢一家三口。

苏敬钢微醺，感觉自己好像飘浮在云上，午后的阳光照在身上，温暖惬意。身旁的左娜低头抚弄着儿子的小脸，小苏凉在母亲的怀中眯眼睡着。

左娜轻轻地摇晃着臂弯，嘴里哼着她最爱的歌：

如果有那么一天
你说即将要离去
我会迷失我自己
走入无边人海里

不要什么诺言
只要天天在一起
我不能只依靠
片片回忆活下去

任时光匆匆流去
我只在乎你……

云层在苏敬钢的头顶飘过，阳光被遮住又钻出，在一刹那击中了苏敬钢的心。他透过橙黄色的空气远远望去，生平第一次觉得，这座城，挺美的。

二〇一一年十月初稿

二〇一二年十二月定稿

二〇二二年七月再版初次修改

二〇二三年三月再版二次修改

二〇二三年四月再版三次修改

**图书在版编目（CIP）数据**

我只在乎你 / 郑执著 . —— 北京：新星出版社，
2023.11
    ISBN 978-7-5133-5305-2

    Ⅰ . ①我… Ⅱ . ①郑… Ⅲ . ①长篇小说 – 中国 – 当代
Ⅳ . ① I247.5

    中国国家版本馆 CIP 数据核字 (2023) 第 167982 号

# 我只在乎你

郑执 著

| | | | | |
|---|---|---|---|---|
| **责任编辑** | 汪 欣 | **特约编辑** | 杨 奕 | 王心谨 |
| **特约策划** | 一 言 | **营销编辑** | 金子茗 郑博文 | 王蓓蓓 |
| **装帧设计** | 韩 笑 | **内文制作** | 田小波 | |
| **责任印制** | 李珊珊 史广宜 | | | |

**出 版 人** 马汝军
**出　　版** 新星出版社
　　　　　（北京市西城区车公庄大街丙3号楼8001　100044）
**发　　行** 新经典发行有限公司
　　　　　电话（010）68423599　邮箱 editor@readinglife.com
**网　　址** www.newstarpress.com
**法律顾问** 北京市岳成律师事务所
**印　　刷** 河北鹏润印刷有限公司
**开　　本** 850mm×1168mm　1/32
**印　　张** 11
**字　　数** 200 千字
**版　　次** 2023 年 11 月第 1 版　　2023 年 11 月第 1 次印刷
**书　　号** ISBN 978-7-5133-5305-2
**定　　价** 59.00 元